FOLIO BIOGRAPHIES

collection dirigée par

GÉRARD DE CORTANZE

Bouddha

par

Sophie Royer

Gallimard

Crédits photographiques :

1, 2 : Bridgeman Art Library. 3 : OnAsia / Rajat Ghosh. 4 : Alamy Images. 5 et 11 : La Collection / Jean-Louis Nou. 6 et 9 : Claude Humbert-Droz. 7 : RMN / Thierry Ollivier. 8 : RMN / Hervé Lewandowski. 10 : Dist RMN / BPK, Berlin / Jürgen Liepe. 12 : Corbis / Christophe Boisvieux. 13 : Corbis / Sygma / Pierre Vauthey.

Diplômée des Langues O', Sophie Royer est spécialiste de l'Inde, où elle séjourne régulièrement. Pendant deux ans, elle a produit et animé l'émission *India TV* diffusée sur Internet (Canalweb). Auteur du guide *Les Indes à Paris* (Parigramme, 2002), coauteur de divers ouvrages dont le *Larousse des civilisations antiques* (Larousse, 2006) et *Le Goût de l'Afghanistan* (Mercure de France, 2007), elle a aussi participé récemment à l'écriture de plusieurs documentaires, parmi lesquels *Ganga mata* et *Le Monastère de Lamayuru*.

À ma mère.

Qu'ai-je appris d'autre, en effet, des maîtres que j'ai écoutés, des philosophes que j'ai lus, des sociétés que j'ai visitées et de cette science même dont l'Occident tire son orgueil, sinon des bribes de leçons qui, mises bout à bout, reconstituent la méditation du Sage auprès de l'arbre ?

CLAUDE LÉVI-STRAUSS,
Tristes Tropiques.

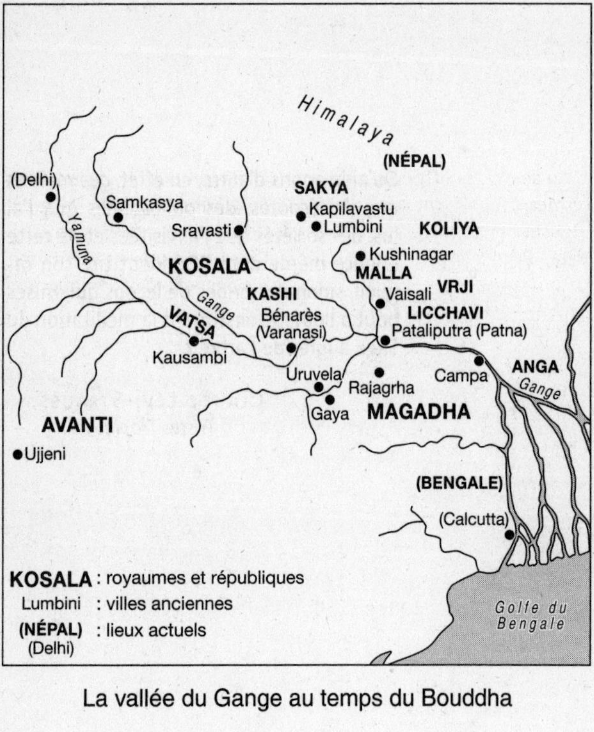

La vallée du Gange au temps du Bouddha

AVERTISSEMENT

Au sein de la littérature canonique bouddhique, les noms et les termes connaissent des transcriptions différentes et/ou de nombreuses variations. L'auteur a utilisé de préférence la version sanskrite, qui est la plus connue des lecteurs occidentaux. De même, pour une meilleure lisibilité, les extraits des textes canoniques ont parfois été légèrement modifiés.

Prologue

Prétendre retracer avec réalisme la vie du Bouddha pourrait être considéré comme un non-sens par les bouddhistes, pour qui seul importe véritablement l'enseignement de « Celui qui a atteint l'Éveil ». Cependant, restituer la vie du Bouddha est également une gageure pour les scientifiques, tant les matériaux historiques et archéologiques disponibles sont minces ou sujets à controverses. Face à ce double constat, une question s'impose d'emblée : toute biographie du Bouddha équivaudrait-elle à une vaine tentative ? Par comparaison avec l'intérêt accordé de nos jours au bouddhisme — qui se classe au quatrième rang des grandes croyances mondiales —, ce que l'on sait effectivement sur la vie de son fondateur historique, né en Inde il y a environ 2 500 ans, semble bien peu consistant : on pourrait presque résumer en une seule phrase l'ensemble des connaissances strictement historiques portant sur son existence.

De fait, les sources permettant d'établir une biographie détaillée du Bouddha résident presque entièrement dans les écritures canoniques bouddhiques. Celles-ci forment un corpus d'une ampleur considérable qui a été rédigé et traduit dans diverses langues par des générations de moines, à mesure que le bouddhisme se répandait à travers l'Asie.

Transmis au sein de l'école Theravada, ou « Voie des Anciens », le canon rédigé en langue palie a été conservé dans son intégralité par des moines au Sri Lanka et en Asie du Sud-Est. Le canon pali est remarquable, tant par la diversité de son contenu que par son ancienneté : le *Tipitaka*, la « Triple Corbeille », est ainsi censé contenir des paroles prononcées par l'Éveillé lui-même, telles que recueillies par ses premiers disciples et couchées par écrit vers le Iᵉʳ siècle avant notre ère.

Le canon rédigé en sanskrit est, quant à lui, issu de la tradition Mahayana, ou « Grand Véhicule », école du bouddhisme apparue au début de notre ère. Bien qu'incomplet, il est également riche d'enseignement sur le personnage du Bouddha, en particulier dans le *Mahavastu*, le « Grand Récit », et plus encore au travers du très populaire *Lalitavistara*, le « Développement des Jeux ». Presque tous les textes sont malheureusement perdus dans leurs versions originales et ne sont accessibles que par le biais de traductions chinoises et tibétaines établies près de dix siècles après la mort du Bouddha.

Enfin, en marge des écritures canoniques, on citera le *Buddhacharita* ou « Vie du Bouddha ». Cette épopée, de style hagiographique, fut rédigée en sanskrit par le célèbre poète Ashvaghosha au IIᵉ siècle de notre ère.

Cet immense corpus a été rédigé par les bouddhistes eux-mêmes dans le but premier de témoigner de leur foi et de glorifier le souvenir de leur maître, et non de restituer des faits. Inépuisables sources d'inspiration pour les peintres et les sculpteurs, ces matériaux traditionnels recèlent néanmoins ici et là pour les biographes de précieuses informations sur la vie du Bouddha. Mais, soumises à un examen attentif, la plupart s'avèrent insatisfaisantes. Si de nombreux épisodes convergent, les variations y sont très, pour ne pas dire trop, nombreuses. De plus, le légendaire et le poétique y côtoient sans cesse le surnaturel et le symbolique. L'anachronisme est récurrent. Plus on avance dans la lecture de ces textes, plus l'analyse rationnelle chancelle, le bon sens s'insurge et l'espoir d'arriver à établir des faits diminue !

Peut-être les travaux des archéologues et des épigraphistes seraient-ils en mesure d'authentifier quelques traces du personnage historique… Hélas, ils restent loin de pouvoir répondre à toutes les questions et beaucoup trop sont objets de polémiques. Il faut se rendre à l'évidence. Il n'est guère d'événement de la vie du Bouddha, tel que relaté par la tradition bouddhique, dont on peut affirmer qu'il a authentiquement eu lieu ; le plus souvent, les légendes constituent en elles-mêmes l'unique certitude. En somme, la vie du Bouddha historique est une vraie vie de légendes.

Cependant, comme le soulignait déjà à la fin du XIXe siècle l'indianiste Hermann Oldenberg, une donnée capitale est aussi à prendre en compte : « Il ne s'est pas conservé de biographie du Bouddha remontant à une époque ancienne, à l'époque des textes sacrés pâlis, et, nous pouvons le dire en toute assurance, il n'en a pas existé[1*]. »

L'idée même d'un récit soucieux de réalisme historique est en effet totalement étrangère à la conscience de ce temps et, plus encore, à cette culture. Ancrer la vie d'un individu dans un moment déterminé, dans une situation concrète, ne serait jamais venu à l'esprit d'un contemporain du Bouddha ou de l'un de ses successeurs. À la différence des Grecs ou des Chinois, les Indiens ne s'intéressaient pas au temps qui passe, ni aux événements qui le marquent. Férus de mythologie, de philosophie, de grammaire ou de science, les lettrés indiens nous ont légué d'immenses traités savants mais aucune véritable archive ou chronologie qui puisse éclairer avec précision les historiens sur les batailles, les dynasties et les grands hommes. L'Inde n'écrit pas son histoire. L'ignorance de l'histoire, ou du moins un désintérêt manifeste à son égard, est même l'un des traits fondamentaux, paradoxal de prime abord, de la civilisation indienne. Il est ainsi révélateur de constater que c'est seulement à partir de l'identification du Sandrokottos des historiens d'Alexandre avec le Candragupta Maurya des traditions indiennes, établie à la fin du XVIIIe siècle par le savant britannique sir William Jones, qu'une date précise a enfin pu

* Les notes bibliographiques sont regroupées en fin de volume, p. 365.

émerger du brouillard de l'Antiquité du sous-continent et servir de point de repère chronologique.

Dès lors que la biographie apparaît, a contrario, comme un exercice éminemment occidental — même si celui-ci n'en a pas l'exclusivité —, comment réconcilier les deux approches pour pouvoir appréhender un tant soit peu le Bouddha historique ?

Pour mettre ses pas dans ceux de l'Éveillé, il n'est sans doute d'autre alternative que de tenter de s'affranchir, de temps à autre, du regard occidental pour adopter celui de ses adeptes ; d'aller et venir sans cesse entre la frontière trouble qui sépare la légende de l'histoire ; de cheminer tantôt aux côtés des disciples du maître spirituel, d'hier à aujourd'hui, tantôt en suivant les archéologues, philologues, historiens et penseurs des temps modernes qui ont essayé d'éclairer son existence ; de s'approcher du Bouddha à travers les yeux des uns, puis à travers le regard des autres, et vice versa ; d'osciller constamment entre deux rapports au monde, croyant et laïque, traditionnel et moderne, ou encore indien et occidental, apparemment si différents dans leur essence.

Pour aller à la rencontre du Bouddha historique, il faut parfois emprunter des chemins de traverse. Quitte à se perdre un peu. Car ces passerelles ne sauraient former une voie unique, ferme et balisée. L'absence de certitude donne à chacun le droit reconstruire sa propre représentation du Bouddha. Entre les lignes.

Naissance

Par une journée suffocante de *vaisakha*, fin avril ou peut-être début mai, un palanquin s'avance lentement sur une route de terre battue. Environné d'un nuage de poussière, le cortège semble perdu dans la vaste plaine qui se perd dans les contreforts de l'Himalaya. Les montagnes couronnées de neige éternelles apparaissent bien lointaines vues d'ici, trop éloignées en tout cas pour écraser la plaine de leur hauteur souveraine. En regardant par temps clair vers le nord, on en devine à peine les contours troubles et bleutés à l'horizon. Malgré la chaleur printanière déjà accablante, l'immensité du ciel et la végétation foisonnante sont autant d'invitations à imaginer tous les possibles.

La litière, richement décorée, est entourée d'une escorte de nombreux serviteurs et de soldats. Fidèle à son habitude, le *Lalitavistara* brosse un tableau particulièrement grandiose de la scène, où il fait figurer « quatre-vingt-quatre mille chars attelés de chevaux », « quatre-vingt-quatre mille chars portés par des éléphants, tous parés d'ornement de toute espèce », et « une armée de quatre-vingt-quatre mille soldats au courage héroïque, beaux et bien faits, bien armés de boucliers et de cuirasses »[1]. D'autres récits préfèrent cependant à la vision enchantée de ce somptueux cortège celle d'un lourd chariot tiré par des bœufs. Alors... Modeste charrette, riche palanquin ou char rutilant ? Peu importe. Pour le conteur, il s'agit avant tout de captiver son public.

La reine Maya est confortablement installée sur des coussins, à l'abri des rayons du soleil. Ses cheveux ont « la couleur de l'abeille noire », mais on raconte également que « son front est clair comme le diamant[2] ». Elle a quarante ans, un âge déjà très avancé pour donner naissance une première fois... car la reine est enceinte de « dix mois lunaires[3] ». Comme le veut la coutume, elle se rend dans la demeure de ses parents pour accoucher, à Devadaha, là où elle-même est venue au monde.

Maya n'est pas inquiète. Sa sœur cadette ainsi que ses suivantes sont là afin de veiller sur elle ; et la cité de son enfance n'est qu'à cinq *yojana* de Kapilavastu, où elle réside depuis son mariage avec le roi Suddhodana. Et puis, le chemin qui mène à Devadaha est entretenu avec soin, certains prétendent même qu'il aurait été pavé tout spécialement pour l'occasion... Vrai ou faux, il est en revanche assuré que les pistes moins fréquentées sont chaotiques et dangereuses. Combien d'histoires circulent sur ces rencontres terrifiantes que l'on y fait parfois avec un éléphant, un tigre ou même un rhinocéros à une corne ! Bien que fertile, la région est encore très sauvage, en dehors de quelques petites zones habitées et cultivées. Le paysage est dominé par d'épaisses forêts vierges aux espèces mélangées où s'impose le *sal*, arbre géant qui s'élève jusqu'à trente mètres de hauteur. De cette profondeur humide et sombre jaillit de temps à autre le cri familier du paon. Une multitude d'oiseaux sillonnent l'air, perruches ou martins-pêcheurs. Partout, il y a des étangs, des marécages, des rivières, peuplés de tortues, de dauphins, de gavials…

Parti depuis quelques heures de Kapilavastu, le convoi arrive bientôt aux abords du jardin d'agrément de Lumbini, coutumier des promenades de Maya. Alors que le soleil a déjà amorcé son déclin, la reine ordonne au cortège de s'arrêter car elle souhaite s'y délasser un moment. Roseaux, bambous, manguiers et tamariniers, *pippal* aux feuilles à l'image de cœurs et banians aux racines exubérantes, jasmins en fleur font de Lumbini une halte délicieuse, à l'abri des dangers que recèlent les espaces sauvages. On raconte même qu'un petit bassin permet de s'y rafraîchir en toute quiétude, dans une eau claire et limpide. Après un bain délassant, Maya se promène de bosquet en bosquet, va d'un arbre à un autre, s'enfonçant avec bonheur dans ce bois ombragé, « arrosé d'eau de senteur[4] » et que l'on imagine empli du chant mélodieux du *bulbul*.

Tandis que la pleine lune gagne déjà le ciel, la voilà qui s'approche d'un magnifique *sal*, à moins que ce ne soit un majestueux *ashoka* dont les fleurs orangées, groupées en grappes rondes, sont si parfumées en cette saison… Excellant toujours à émerveiller son auditoire, le *Lalitavistara* leur préfère bien sûr « le plus précieux entre les grands arbres précieux », un figuier *plakcha*, « tout couvert de fleurs des dieux et des hommes, exhalant les parfums les plus suaves, aux branches duquel sont suspendus des vêtements de diverses couleurs, étincelant de l'éclat varié de différentes pierres précieuses, complètement orné de toutes sortes de joyaux depuis la racine jusqu'à la tige ainsi qu'aux branches et aux feuilles, aux branches bien proportionnées et bien étendues, placé sur le sol de la terre à un endroit uni comme la paume de la main, et bien couvert d'un tapis de gazon vert comme le cou des paons[5] »…

Sal, *ashoka* ou *plakcha*, les légendes se rejoignent pour dire que Maya en saisit une branche de la main droite. Elle s'immobilise, bâille en regardant l'étendue du ciel et presque aussitôt, debout, accouche. Pour être plus précis, l'enfant sort soudainement de son flanc droit, « sans la blesser[6] » aucunement. Alors que les dieux apparaissent pour accueillir le nouveau-né dans leurs bras, soixante mille *apsara* forment une haie d'honneur. Se déversant de la nuit étoilée, deux généreux jets d'eau, l'un froid et l'autre chaud, purifient la mère et son enfant.

Cette naissance extraordinaire n'a au fond rien de vraiment surprenant. La conception de l'enfant fut elle aussi miraculeuse, car immaculée. Ayant fait vœu de chasteté avec son époux le roi, Maya fut fécondée une nuit de pleine lune lorsqu'elle vit en songe un immense éléphant blanc « pourvu de six défenses[7] » lui pénétrer le côté droit. Durant la gestation, tout aussi merveilleuse, l'enfant resta protégé au sein d'une châsse de pierres précieuses dans le ventre de Maya, où une seule goutte d'élixir suffit à le nourrir.

À peine né, le Bodhisattva, autrement dit l'« Être promis à l'Éveil », est déjà en pleine possession de ses moyens. Il se tient debout. Sous ses pieds, un immense lotus surgit de terre ; au-dessus de sa tête, un parasol blanc et deux beaux chasse-mouches se déploient, comme s'il était un important souverain. L'enfant est doté de l'« œil divin que rien n'arrête ». Grâce à lui, instantanément, il voit, « tout entière, la réunion des trois mille grands milliers de mondes, avec ses villes, ses villages, ses provinces, ses capitales, ses royaumes ainsi que les dieux et les hommes », tout comme il connaît « parfaitement la pensée et la conduite de tous les êtres »[8]. Le Bodhisattva fait maintenant ses premiers pas, sept précisément, et sous chacun d'eux une fleur de lotus apparaît spontanément. Puis il fixe successivement chacune des six directions de l'univers, autrement dit les quatre points cardinaux ainsi que les régions « inférieure » et « supérieure »[9]. Il tend ensuite son index vers le ciel et prononce ses premiers mots. C'est la scène, mémorable entre toutes, du « Rugissement du lion » :

> Je suis le plus grand dans ce monde, je suis le meilleur dans ce monde, je suis le plus avancé dans ce monde, ceci est ma dernière naissance ; maintenant il n'y aura plus de réincarnation dans les vies futures[10].

À partir de là, les récits, qui s'accordaient à peu près sur la teneur de cette déclaration, rivalisent d'imagination pour dépeindre la cascade de prodiges qui lui succède. Dans une atmosphère sereine et soudainement lumineuse, la terre tremble de « six manières[11] » pendant que s'élève un vent aussi doux que la soie. « Les instruments de musique des dieux et des hommes, sans être touchés[12] », font entendre une symphonie céleste. Poudres parfumées, guirlandes de fleurs, perles, ornements précieux tombent du ciel à la manière d'une pluie fine et bienfaisante. Les hommes sont subitement délivrés de toutes leurs afflictions : passion et haine, ignorance et orgueil, tristesse et abattement, peur et envie s'évanouissent de leurs cœurs.

« Les souffrances des êtres malades furent calmées. Des êtres pressés par la faim et la soif furent apaisés. Les gens enivrés et égarés par les liqueurs cessèrent d'être ivres. La mémoire fut retrouvée par les insensés, la vue obtenue par les aveugles, l'ouïe obtenue par les êtres privés de l'ouïe. Ceux dont les membres ou une partie des membres et les sens étaient imparfaits eurent des organes sans imperfections. Des richesses furent obtenues par les pauvres ; les prisonniers furent délivrés de leurs liens [...]. La misère des êtres réduits à la condition des bêtes et se dévorant les uns les autres, ainsi que les autres maux furent apaisés[13]. »

Au même moment, plusieurs êtres privilégiés qui auront la chance de croiser le chemin du Bodhisattva voient le jour : son épouse, son cocher et son cheval ainsi que plusieurs futurs grands souverains.

Sept jours durant, l'univers tout entier célèbre l'événement. « Une lumière ayant l'éclat de cent mille couleurs » illumine « la réunion des trois mille grands milliers de mondes », tout ce qui vit est rempli de bonheur, les arbres de toutes les saisons se couvrent de fleurs et de fruits, les hommes « sentent leurs pores frissonner de plaisir »[14] ! Le bouleversement est total, certes, mais nul ne devrait s'en étonner : « Quand un Bodhisattva qui en est à sa dernière existence vient à naître, et quand il se revêt de la qualité parfaite et accomplie, alors de semblables manifestations de sa puissance surnaturelle ont lieu », prévient le *Lalitavistara*.

Après cette mise au monde extraordinaire, il n'est plus question pour Maya de poursuivre le voyage vers la demeure de ses parents, à Devadaha. Les légendes sont unanimes. La reine et son enfant quittent le jardin de Lumbini et le cortège prend le chemin du retour vers la cité de Kapilavastu.

Lumbini, 1896

Si la découverte de Lumbini ne relève pas de la légende, elle n'a pas manqué pour autant de zones d'ombres et de coups de théâtre…

1er décembre 1896. En ce jour frais et ensoleillé, Alois Führer fait route à pied à travers la jungle népalaise accompagné de plusieurs porteurs. Il consulte sa montre-gousset : c'est un homme pressé et précis, de ceux qui n'ont pas de temps à perdre à méditer devant la beauté d'un paysage. Dans une heure tout au plus, si ses calculs sont exacts, il aura rejoint le camp de base. L'archéologue allemand est impatient d'arriver à destination pour commencer les fouilles. Ambitieux, il veut être le premier à résoudre la grande énigme de la naissance du Bouddha : où se cache Lumbini au sein de cette immense région, appelé le Teraï, qui s'étend de part et d'autre de la frontière séparant l'Inde britannique et le royaume du Népal ? Ce jardin merveilleux, situé quelque part au nord du bassin moyen du Gange, a-t-il vraiment existé ? S'il parvenait à en trouver la trace, cette découverte aurait un tel retentissement !

De fait, en cette fin de XIXe siècle, la connaissance que les Occidentaux possèdent de la vie du Bouddha, et plus largement du bouddhisme, demeure assez confuse. Malgré d'immenses progrès, des lacunes majeures persistent. L'étude du bouddhisme, née tardivement au cours du siècle dans le sillage de l'« indologie », reste une discipline bien jeune : le mot même de « bouddhisme » n'existait tout simplement pas cent ans auparavant en Occident.

C'est Clément d'Alexandrie qui, le premier parmi les Anciens, a évoqué « un certain Boutta[1] ». À partir du Moyen Âge, les missionnaires envoyés en Orient à la recherche du royaume du Prêtre Jean, tel Guillaume de Rubrouck, ont commencé à collecter des connaissances sur le Bouddha et sa religion ; mais ce savoir est resté confiné au fond de leurs savantes bibliothèques : l'étude remarquable effectuée au début du XVIIIe siècle par le jésuite Ippolito Desideri sur le bouddhisme au Tibet ne fut redécouverte… qu'au XXe siècle, autrement dit, trop tard pour s'avérer utile ! Enfin, le Vénitien Marco Polo a quant à lui rapporté de son voyage à Ceylan un récit assez complet de la vie du sage, mais encore aurait-il fallu pouvoir l'identifier sous l'appellation de « Sargamonyn Borcam[2] »…

Au milieu du XVIIIe siècle, malgré les indices semés ici et là, le Bouddha restait donc pour les Européens une figure obscure, à peine entraperçue à travers quelques trop rares ouvrages. Les thèses les plus échevelées étaient alors fréquemment échafaudées. L'*Encyclopédie* de Diderot et d'Alembert affirmait ainsi au sujet de « Budda ou Xekia » que « ce chef de secte étoit Africain, qu'il avoit été élevé dans la Philosophie, & dans les mysteres des Égyptiens ; que la guerre qui desoloit l'Égypte l'ayant obligé d'en sortir, il se retira avec ses compagnons chez les Indiens ; qu'il se donna pour un autre Hermès & pour un nouveau législateur, & qu'il enseigna à ces peuples non seulement la doctrine hiéroglyphique des Égyptiens, mais encore leur doctrine mystérieuse[3] ».

Au début du XIXe siècle, les théories hasardeuses perduraient toujours. Celle des deux Bouddhas était particulièrement en vogue, soutenue notamment par le baron — autoproclamé ? — d'Ekstein, curieux personnage surnommé le « baron bouddha[4] ». Selon les partisans de cette thèse, Bouddha Ier aurait vécu au XVIIIe siècle avant notre ère, et Bouddha II au VIe siècle. D'autres l'assimilaient au dieu nordique Wotan, qui aurait changé de nom. En 1833, on pouvait lire aussi dans le *Dictionnaire de la conversation et de la lecture* un article sur « Boudha », « qu'il ne faut pas confondre avec Bouddha », lequel était présenté comme « le génie de la planète Mercure »... On l'aura compris : tour à tour, et pendant fort longtemps, tout et son contraire a été imaginé par les Occidentaux au sujet du Bouddha !

Cependant, au fil du XIXe siècle, tandis que l'on spéculait encore autour des thèses les plus farfelues, la découverte savante du bouddhisme et de son fondateur prenait son envol. Dans la lignée d'un petit opuscule paru en 1817, où le terme « bouddisme » apparaissait pour désigner la « religion de Bouddon[5] », celui de « bouddhisme » trouvait sa place à partir des années 1820 dans des articles scientifiques, de plus en plus nombreux. Peu à peu, l'horizon embrumé de cette *terra incognita* commença enfin à se dégager !

Lorsque Führer entreprend ses fouilles, en 1896, il est indéniable que des pas de géants ont été effectués par les savants orientalistes. Parmi les découvertes fondamentales d'ores et déjà établies, l'origine indienne du Bouddha fait l'unanimité. Pressentie par quelques érudits isolés, cette connaissance indispensable a été entérinée par les plus éminents scientifiques, tel le Britannique Brian Hodgson, au milieu du XIXe siècle. Ce fait essentiel était loin d'apparaître au départ comme une évidence : la disparition du bouddhisme sur sa terre d'origine, la diversité des appellations et des représentations du sage, la variété des rites religieux observés en Asie, du Japon à Ceylan, avaient longtemps brouillé les pistes.

Mais s'il est désormais assuré que le Bouddha est une figure originaire de l'Inde, les scientifiques doivent faire face, en cette fin de siècle, à bien d'autres lacunes concernant son identité : à commencer par celle, capitale, portant sur la dimension historique du fondateur du bouddhisme. Les savants sont divisés sur la question. Pour certains d'entre eux, le Bouddha n'est qu'un mythe, un personnage de légende. Son existence n'est que pure invention, née de l'imagination des Indiens, et les divers récits de sa naissance ne sont qu'affabulations : le nom de sa mère, Maya, ne signifie-t-il pas d'ailleurs « illusion » en sanskrit ? C'est d'abord la thèse de l'indianiste français Émile Sénart qui, dans la toute première étude scientifique portant sur la légende du Bouddha parue dans le *Journal asiatique* en 1873, associe la vie de l'Éveillé au mythe du héros solaire commun aux mythologies indo-européennes.

À l'opposé, d'autres partagent au contraire l'idée de Hermann Oldenberg selon qui, malgré le caractère mythique de certains aspects de la vie du Bouddha, les textes comportent « un cachet de réalité terrestre[6] » qui témoigne de l'historicité du personnage. Führer partage la vision de son compatriote. Engagé depuis 1885 par le gouvernement des provinces du Nord-Ouest et de l'Oudh comme responsable local de l'Archaeological Survey, il compte même apporter la preuve de l'existence du Bouddha en localisant l'emplacement de Lumbini. Et, pourquoi le cacher, il n'est pas indifférent à la perspective d'associer ainsi son nom à l'histoire naissante, mais déjà prestigieuse, de l'archéologie indienne.

Longtemps, la discipline est restée l'œuvre d'amateurs. L'archéologie n'est apparue officiellement au sein de l'Inde britannique qu'en 1861 avec la nomination officielle d'Alexander Cunningham comme tout premier Archaeological Surveyor. Sa mission est d'établir, ni plus ni moins, « un descriptif exact — illustré par des plans, mesures, dessins ou photographies, et par des copies d'inscriptions — de toute ruine digne d'intérêt, accompagné autant que possible de l'histoire et du compte rendu des traditions qui s'y rattachent[7] ». Un gigantesque projet, encore inachevé !

Bien que l'archéologue allemand puisse revendiquer un statut officiel, il n'est pas seul dans la course... Un médecin militaire employé comme professeur au Calcutta Medical College, le Dr Lawrence Austine Waddell, s'est aussi mis en tête d'être celui qui découvrira le jardin où le fondateur du bouddhisme aurait vu le jour. L'officier britannique fait partie du club restreint des amateurs avertis d'archéologie bouddhique et compte à son actif plusieurs découvertes non négligeables. Depuis plusieurs années, Waddell consacre tout son temps libre à son hobby ; ne ménageant pas ses efforts, il a déjà parcouru pour ces recherches des milliers de kilomètres. L'Inde est tellement vaste !

Sur quoi les deux concurrents peuvent-ils s'appuyer pour orienter leurs prospections ? Ils ne peuvent, hélas, guère se baser sur les textes bouddhiques traduits jusqu'alors. Les descriptions du fameux jardin qu'ils recèlent, en particulier celles du *Lalitavistara*, sont par trop féeriques. Et si Lumbini est cité dans les vieux textes palis, seules les écritures canoniques les plus tardives, et donc les moins fiables, sont vraiment prolixes à son sujet.

Pis encore, il s'avère même que, plus largement,

les récits bouddhiques participent plutôt à accréditer la thèse de ceux qui considèrent le Bouddha comme un personnage de légende... En effet, on y découvre que, pour ses narrateurs, la vie du Bouddha remonte bien au-delà du moment de sa naissance : les textes ne se contentent pas de retracer sa vie, si merveilleuse soit-elle, ils relatent également en détail ses vies antérieures, ainsi que les conditions de ses renaissances successives !

La tradition Mahayana raconte que, à la suite d'innombrables vies antérieures, le Bodhisattva régnait avant sa dernière naissance parmi les dieux dans le ciel des Tusita, le royaume des « Satisfaits », où une journée équivaut à quatre cents années de notre monde. Connu sous le nom de Svetakatu, « Étendard blanc », il aurait un beau jour pris la « Grande Résolution » : après avoir eu la vision détaillée des conditions de sa renaissance, il aurait décidé de revenir sur terre pour une ultime incarnation. Quant à la tradition Theravada, dans les très populaires *Jataka* — littéralement, « Vie » —, elle ne recense pas moins de 547 existences antérieures du Bouddha. On peut y découvrir l'une ou l'autre de ses vies édifiantes, au cours desquelles il fut tantôt voleur, femme vertueuse, éléphant, oiseau, roi des gazelles, mais aussi roi des singes, ascète, paria et même... crustacé ! À la lecture de ces histoires, le doute ne manque pas de s'installer dans les esprits occidentaux, y compris ceux des partisans les plus optimistes de l'historicité du personnage.

Ainsi, légendaire ou non, comme pour mieux brouiller les pistes, même le traditionnel « Il était une fois » se révèle inopérant pour conter la naissance du Bouddha. L'illustre personnage connaît des biographies multiples et antérieures à sa naissance à Lumbini. Celle-ci ne serait finalement qu'une renaissance prédestinée, fruit d'un long processus en vertu de la croyance indienne dans la transmigration des âmes, ce mystérieux *samsara* qui hantait déjà tant Novalis...

Cependant, nos deux chercheurs européens disposent heureusement d'autres sources d'information. Führer et Waddell peuvent s'appuyer sur les témoignages des pèlerins chinois qui ont parcouru l'Inde bouddhique : Lumbini a été visité par Fa Hian en 403, puis par Huan Tsang en 636. Les fascinants récits qu'ils ont laissés de leurs voyages, traduits et publiés en Europe depuis déjà quelques années, contiennent de précieuses informations pour parvenir à localiser le lieu. Outre des données géographiques indispensables pour situer la région de « Lunmin », selon la transcription de Fa Hian, ils livrent un indice clé qui devrait permettre d'identifier avec exactitude ce « coin de paradis sur terre[8] » : la présence sur le site d'une colonne érigée par Ashoka au IIIe siècle avant notre ère. À la tête du plus grand empire que l'Inde ait encore jamais connu, celui que l'on considère comme le premier grand souverain bouddhiste de l'histoire serait en effet venu en pèlerinage sur le lieu de naissance du Bouddha. Là, le pieux Ashoka aurait fait spécialement ériger une stèle afin d'y honorer la mémoire du Bienheureux.

Le maître de l'empire Maurya, converti au bouddhisme huit ans après son accession au trône, a fait exposer des dizaines de textes gravés dans la pierre, dans diverses langues, partout à travers son immense territoire. Destinés autant à célébrer la puissance des Mauryas qu'à diffuser les nouvelles valeurs spirituelles et morales du souverain auprès de ses sujets, les édits d'Ashoka « constituent les plus anciens documents écrits de caractère historique qui nous soient parvenus[9] » de l'Inde ancienne. À la fin du XIXe siècle, un certain nombre d'entre eux ont déjà été découverts et déchiffrés par les épigraphistes. Le grand conquérant, qui s'est taillé un empire à la pointe de l'épée, s'y présente comme le bienfaiteur des hommes et des animaux, un empereur prônant pacifisme et tolérance, compassion et pardon... Encore une fois, mythe et réalité restent difficiles à démêler !

À propos du pilier de Lumbini, Huan Tsang précise qu'il est coiffé d'un motif de cheval et qu'il a été cassé en deux morceaux « par le stratagème d'un dragon maléfique[10] », selon la terminologie imagée des Chinois pour désigner la foudre. Les récits de voyages chinois précisent aussi que des stupas se dressent à proximité du pilier.

Forts de ces précieux indices, les deux rivaux écument les pistes du Teraï depuis un bon moment. La région est vaste et ils privilégient d'abord le Teraï indien, par commodité. Il est moins sauvage, plus facile d'accès et, surtout, il n'est pas nécessaire de disposer d'une autorisation officielle pour l'explorer. Mais en procédant par élimination et en interrogeant les populations locales, nos deux aventuriers doivent peu à peu se rendre à l'évidence : tous les indices convergent vers le Teraï népalais, de l'autre côté de la frontière.

En 1893, de retour d'une partie de chasse dans la jungle, un officier népalais signale la présence d'un vieux pilier de pierre gravé près du village de Nigliva. La découverte du major Singh fait l'effet d'une bombe. À la demande pressante du British Raj, le gouvernement népalais autorise Führer à franchir la frontière pour l'étudier. À première vue, le vestige de Nigliva est bien un édit d'Ashoka ! Malheureusement, une fois la traduction du texte établie deux ans plus tard, il s'avère qu'il ne correspond pas à la pièce recherchée. Malgré la déception, cet événement renforce l'espoir des deux archéologues de découvrir bientôt l'édit de Lumbini, tel que décrit par les pèlerins chinois.

Avril 1896. La balle est cette fois dans le camp de Waddel. Le Britannique est le premier à comprendre que le pilier de Nigliva correspond à l'un des endroits visités par Huan Tsang : il indiquerait très exactement le lieu du stupa de Kanakamuni. Dès lors, il suffit de suivre avec attention le récit des pérégrinations du moine chinois dans la région pour situer Lumbini. À partir des indications laissées par Huan Tsang, Waddell arrive à cette conclusion : le jardin sacré est tout proche de Nigliva ; le pilier de Lumbini doit se cacher quelque part dans la jungle népalaise, probablement en direction du nord-ouest, à seulement quelques kilomètres de celui examiné par Führer ! Waddell décide de ne pas informer ce dernier de ses conclusions car il ne souhaite pas lui faciliter la tâche.

À vrai dire, il ne tient pas Führer en grande estime. Au-delà de la concurrence entre les deux hommes, le manque de *fair play* de l'Allemand choque le Britannique. Lors de la découverte du pilier de Nigliva, l'officier l'a contacté à plusieurs reprises afin d'obtenir des informations sur l'inscription, mais Führer n'a jamais daigné lui répondre. Décidé à décrédibiliser autant que possible l'archéologue en titre, Waddell écrit à l'Asiatic Society pour lui signaler que l'importance du pilier de Nigliva va « bien au-delà de sa simple inscription, car il fournit un indice sur le lieu de naissance du Bouddha[11] ». Il fait part de son étonnement que « personne » ne l'ait remarqué avant lui... Sa lettre lui est retournée avec une note l'informant qu'il devrait attendre des mois pour avoir une réponse ! Déçu par ce manque d'empressement, Waddell rend publique ses déductions en faisant paraître un article dans le *Calcutta Englishman* intitulé : « Où est le lieu de naissance du Bouddha ? ». Livrant les indices nécessaires pour localiser Lumbini, il conclut en déclarant que les Anglais sont à l'aube de « l'une des plus importantes découvertes archéologiques indiennes du siècle » et que le gouvernement devrait « prendre des mesures rapides[12] ». Repris dans tous les journaux en langue anglaise de l'Empire, l'article de l'archéologue amateur fait grand bruit ; au point que le gouvernement du Bengale lui fait bientôt une proposition alléchante : il est prêt à financer ses fouilles autour de Nigliva pour une durée de six semaines ! Le gouvernement népalais lui envoie rapidement son autorisation et l'heureux Waddell commence à préparer ses malles pour l'expédition... Comble de malchance, l'Indian Medical Service lui refuse sa demande de congé exceptionnel.

Peu après, alors que Waddell s'efforce d'obtenir sa mise en disponibilité, il apprend que le gouvernement indien vient de confier la direction de l'exploration à... Alois Führer.

Le malchanceux amateur d'archéologie bouddhique une fois écarté, le champ est désormais libre pour Führer. Celui-ci préfère attendre la fin de la mousson pour fouiller le Teraï népalais. Boueuse, infestée de moustiques, la région est réputée particulièrement malsaine pendant la saison des pluies, durant laquelle sévit la redoutable « fièvre du Teraï ». La saison hivernale est de loin la meilleure pour explorer la jungle.

Fin novembre 1896, sous un soleil radieux et un ciel sans nuages, Führer quitte enfin sa résidence de Lucknow. Il prend le train jusqu'à la frontière népalaise, puis gagne la région de Nigliva, où il est déjà venu en 1893. Il a rendez-vous avec le gouverneur du district, le général Khadga Shamsher Jang Rana, que les autorités népalaises lui ont assigné comme assistant officiel. Son camp est installé à vingt kilomètres de Nigliva, et il s'est engagé à mettre ses hommes à la disposition de l'Allemand. Après deux jours de marche éprouvante dans la jungle, Führer, accompagné de ses porteurs, arrive enfin au lieu de rendez-vous dans l'après-midi du 1er décembre. Mais le général n'est pas là pour l'accueillir. Tandis que l'archéologue fulmine, un soldat vient lui remettre un message : Shamsher l'invite à le rejoindre immédiatement près du village de Rummindei, où il a fait une découverte sensationnelle...

Le général népalais a reçu le jour même une lettre de Waddell transmise par le British Resident de Katmandou, suggérant d'aller chercher le pilier de Lumbini du côté de ce village. Sans attendre les instructions de Führer, il s'est aussitôt rendu à Rummindei.

Les habitants lui ont confirmé l'existence d'une antique pierre gravée d'inscriptions illisibles plantée dans la forêt, à proximité d'un petit temple. Le plus âgé lui a même raconté comment elle avait été trouvée par hasard, voilà déjà longtemps, par des villageois qui coupaient du bois dans la forêt. « Oui, bien sûr, nous pouvons vous y conduire tout de suite ! » Le Britannique Duncan Ricketts, qui réside à quelques kilomètres du village, s'est alors joint à l'équipe. Gérant d'un domaine agricole, il connaît lui aussi le lieu et l'affaire le passionne. Il y a plus de dix ans, il a même soumis une copie de l'inscription du pilier à un archéologue amateur de la région, mais celui-ci n'avait pas réussi alors à déchiffrer cette étrange « écriture médiévale[13] » !

Après une courte marche à travers les bois, le petit groupe arrive à destination, là où un pilier de pierre surgit du sol à plus de trois mètres de hauteur. Sa base, qui semble largement enfouie dans la terre, laisse apparaître quelques inscriptions. Son sommet a disparu... comme s'il avait été brisé par la foudre. Les ondulations du terrain alentour évoquent des tumulus qui, masqués par la végétation, pourraient révéler des stupas en ruine. Aussitôt, le général népalais a écrit une petite note à l'attention de Führer et a ordonné à ses sapeurs de dégager la colonne...

Le travail n'est d'ailleurs pas encore achevé quand l'archéologue allemand arrive, à bout de souffle. Lorsqu'il voit le pilier, son cœur bondit ! D'emblée, il pressent à son tour qu'il s'agit bien du pilier de Lumbini. Cette intuition ne tarde pas à se confirmer. Entièrement dégagé, le monolithe de pierre mesure six mètres et demi de hauteur. On peut y distinguer une inscription de cinq lignes parfaitement préservée, rédigée en écriture brahmie. Fidèle à la volonté d'Ashoka que ses inscriptions soient toujours intelligibles aux populations locales, le texte est en langue maghadie, mêlé de mots appartenant au dialecte de la région.

Après l'annonce de la découverte du pilier de Lumbini dans le *Times* du 28 décembre, une traduction en anglais de la mystérieuse inscription, restée si longtemps ignorée, paraît en février 1897 dans le journal de la Royal Asiatic Society :

« Le roi Piyadasi, bien-aimé des dieux, vingt ans après son sacre, est venu en personne en ce lieu rendre hommage, disant : “Ici est né le Bouddha Sakyamuni.” Il a fait faire un mur de pierre et fait ériger une colonne de pierre déclarant : “Ici est né le Vénéré.” »

La troisième phrase, plus difficile, est traduite un peu plus tard en ces termes : « Parce que le Bienheureux est né ici, le village de Lummini a été libéré de taxes, et mis au un-huitième[14]. » Le rapprochement entre « Lummini » et Lumbini ne pose aucune difficulté. Quant à l'identification de « Piyadasi » avec Ashoka, elle a été pressentie dès les années 1830 par James Prinsep, l'éminent secrétaire de l'Asiatic Society.

Quelques mois plus tard, la découverte d'un bas-relief dans le petit temple situé à proximité vient confirmer l'identification du lieu. Daté des environs du IIe siècle avant notre ère, il représente une femme qui donne naissance à un enfant, en position debout et se soutenant d'une main à un rameau d'arbre. Considérée comme une déesse hindoue, elle semble vénérée par les habitants des environs sous le nom de « Rummin » depuis des temps immémoriaux... Toutes les preuves sont désormais réunies. Les orientalistes, tout autant que les bouddhistes, applaudissent cette découverte capitale. Grâce au pilier d'Ashoka, le mythique jardin de Lumbini, dont la légende perpétuait le souvenir depuis des siècles, est redevenu une réalité !

Alois Führer savoure sa victoire, seul. L'esprit colonial privilégiant le « Sahib » en toute circonstance, les honneurs de cette découverte sensationnelle reviennent à l'archéologue allemand, au détriment du général népalais. Führer se satisfait de l'« oubli » de Shamsher. D'un caractère peu scrupuleux — nous recroiserons sa route au sujet des reliques du Bouddha —, l'Allemand a aussi sciemment négligé d'évoquer la contribution décisive de Waddell dans ces comptes rendus. Quand ce dernier découvre l'éloge dithyrambique fait à Führer dans le journal de la Royal Asiatic Society, l'officier est amer. Il adresse une lettre de protestation à la prestigieuse institution, insistant sur l'« étourderie caractérisée[15] » de l'archéologue à l'égard des autres protagonistes de la découverte. Écœuré, Waddell abandonne ses recherches archéologiques sur la vie du Bouddha et se tourne vers d'autres horizons : comme Kim, le héros de Rudyard Kipling, il devient agent secret au service du *Big Game* mené par les Britanniques aux confins de l'Inde. Après avoir échoué à rejoindre Lhassa à pied déguisé en pèlerin, il participera en 1904 à l'expédition militaire britannique au Tibet. Publié l'année suivante, son ouvrage, *Lhassa et ses mystères*, lui apportera enfin la notoriété dont il rêvait.

Mais revenons à l'édit de Lumbini dont la découverte déchire le rideau de brume qui masquait jusqu'alors la figure du Bouddha. En cette fin de XIXe siècle, un pas capital est franchi : la colonne atteste non seulement l'existence du fameux jardin de Lumbini, mais aussi et surtout, par extension, l'historicité du Bouddha. Le témoignage d'Ashoka — que l'on estime avoir été rédigé vers – 245 — authentifie la naissance du sage et contraint les plus sceptiques à reconnaître l'évidence.

Néanmoins, cette découverte majeure est loin de mettre fin aux débats. Si tous les spécialistes admettent dorénavant que le Bouddha a bel et bien existé, une autre question surgit aussitôt : celle de la datation de l'existence de ce personnage historique. S'appuyant sur de complexes recoupements effectués à partir des indications laissées par les historiens grecs et chinois, les chroniques cinghalaises et les édits d'Ashoka, la plupart des indianistes considèrent que le Bouddha est né vers le milieu du VIe siècle avant notre ère : on retient généralement l'année – 563 comme date de sa naissance. Cependant, aucune preuve directe ne permettant de confirmer cette datation, elle reste sujette à caution ; et de nombreux spécialistes la remettent largement en cause, aujourd'hui encore. Nous reviendrons plus en détail, à l'occasion de la mort du maître, sur cette éternelle querelle d'experts.

Pour en finir avec la découverte de Lumbini, il est étonnant de constater que la question à laquelle répond la science en cette fin du XIXe siècle se posait déjà dans l'Inde ancienne :

L'existence du Buddha est-elle prouvée ?

— Nagasena, as-tu vu le Buddha ?

— Non.

— Tes maîtres l'ont-ils vu ?

— Non.

— Alors le Buddha n'a pas existé.

— As-tu vu, ô roi, la rivière Uhâ dans l'Himalaya ?

— Non.

— Ton père l'a-t-il vue ?

— Non.

— Alors la rivière Uhâ n'existe pas !

— Si, elle existe, bien que ni mon père ni moi ne l'ayons vue.

Il en est de même du Buddha[16].

C'est ce que nous rapporte le *Milinda-Pañha*, célèbre texte bouddhique faisant office de manuel de conversion qui se présente sous forme de dialogues entre le moine Nagasena et le monarque Milinda. Celui-ci vivait au IIe siècle avant notre ère. Son royaume s'étendait dans le nord du Pendjab, aux pieds des crêtes enneigées du Cachemire. Plus connu en Occident sous le nom de Ménandre Ier, ce roi indo-grec, qui se serait converti au bouddhisme, était un descendant des Macédoniens qui accompagnèrent Alexandre le Grand. Cela expliquerait-il le caractère étrangement « occidental » de sa question sur la preuve de l'existence du Bouddha ?

Il reste que la réponse apportée par le moine Nagasena, confronté aux « doutes de renard[17] » de Milinda, est fort différente de celle des scientifiques européens. Indifférente à la matérialité de la preuve, sa démonstration, qui procède par analogie, est bien indienne dans sa manière.

Jeunesse

Sept jours après son départ, le retour du cortège à Kapilavastu, une grande cité « excellente parmi les excellentes[1] », se fait en grande pompe : Maya n'est autre que la première épouse du roi Suddhodana, « Nourriture pure », le chef du clan des Sakyas. Et, surtout, l'enfant qu'elle vient de mettre au monde est à ce jour l'unique héritier au trône.

Dans la capitale « prospère, heureuse, florissante[2] », installée au bord d'un fleuve, la nouvelle s'est vite répandue. Les habitants n'ont pas ménagé leurs efforts pour accueillir la reine et le petit prince avec les honneurs. Toutes les rues menant au palais royal ont été nettoyées, décorées et débarrassées de tous ceux « qui ne sont pas de bon augure[3] » : malades, infirmes, borgnes, bossus... Tandis que bannières, guirlandes et étendards aux couleurs vives flottent aux portes de la ville et décorent les façades des maisons, un parterre de fleurs fraîches et flamboyantes jonche les rues.

Lorsque le char royal, tiré à l'aide de « guirlandes de perles » par « vingt mille Apsaras », pénètre enfin dans la cité des Sakyas, « cinq mille » jeunes filles agitent des éventails de plumes de paon chatoyantes, et « cinq mille jeunes filles tenant des vases d'or pleins d'eau de senteur »[4] arrosent le sol devant lui. Le *Lalitavistara* rapporte encore que « vingt mille éléphants, parés de tous leurs ornements », et « vingt mille chevaux, tout couverts de parures d'or », ouvrent également la voie au cortège. De tous côtés, le peuple se presse pour apercevoir « la Crème des êtres », selon l'expression du *Mahavastu*. Au moment où le cortège passe, chacun se tient solennellement « au seuil de sa maison, les mains jointes, le corps incliné et rempli de respect[5] ».

Transporté dans le palais tel le plus précieux des biens de ce monde, le nouveau-né est présenté à son père, le *raja* Suddhodana, qui ne cache pas son bonheur. Mais les anciens de la Cour le rappellent à ses obligations... Suivi par une foule d'officiels et de sujets toujours plus nombreux, Suddhodana emmène aussitôt son fils au temple afin d'y rendre hommage aux divinités. Observant scrupuleusement les rites propres aux Sakyas, le roi et l'enfant se tournent d'abord vers la déesse protectrice du clan dénommée Abhaya, « Sans crainte ». C'est alors qu'un miracle se produit. Celui-ci est peu ordinaire, aussi impressionne-t-il grandement l'assistance. La rumeur se propage et, très vite, chaque habitant de Kapilavastu est informé de l'incroyable événement : au lieu d'accepter l'hommage qu'on voulait leur rendre, les images des dieux se sont toutes levées... et se sont prosternées aux pieds de l'enfant !

Les rituels de naissance ne s'achèvent pas là. Après la visite au temple, il faut consulter les devins sur l'avenir du jeune prince. Voici donc les huit meilleurs astrologues convoqués au palais où ils doivent procéder à l'examen attentif de l'enfant, cherchant les signes corporels qui permettront d'établir une prédiction de sa destinée. Du roi au plus humble de ses serviteurs, tout le monde souhaite ardemment que l'avenir du prince soit radieux ; cela signifierait un avenir heureux pour Kapilavastu.

Les signes physiques permettant d'identifier le *Mahapurusha*, le « Grand Homme », sont tous répertoriés, numérotés, classés et décrits avec un grand souci de précision dans un catalogue de référence. Des heures durant, l'enfant impassible est scruté de la tête aux pieds par les huit devins qui, liste à l'appui, recherchent minutieusement les trente-deux marques essentielles : crâne très arrondi, chevelure noire et bouclée, front large et uni, petite touffe de poils « ayant l'éclat de la neige et de l'argent » entre les sourcils, yeux noirs, « quarante dents » blanches et régulières, langue mince et longue, « mâchoire de lion », épaules robustes, peau fine au teint de l'or, « bras longs jusqu'aux genoux »[6]...

Le premier examen achevé, les experts réitèrent aussitôt l'inspection en sens inverse : pieds stables, voûtes plantaires donnant à voir deux roues, « belles, lumineuses, brillantes, blanches, ayant mille rais et jantes avec un moyeu[7] », doigts des pieds et des mains « réunis par une membrane jusqu'à la première phalange », chevilles hautes, talons larges, doigts longs, jambes « de gazelles », cuisses rondes, « partie pubienne cachée dans une cavité[8] », poils recourbés « vers la droite », taille comme la tige d'un figuier…

Les quatre-vingts signes secondaires sont aussi vérifiés scrupuleusement, un à un : « numéro 40 : il a la démarche héroïque du lion ; numéro 41 : il a la démarche héroïque du taureau ; numéro 42 : il a la démarche héroïque de l'oie[9] ».

À la fin de cette interminable inspection, les huit devins se réunissent pour discuter de ce qu'ils vont annoncer au souverain. L'enfant est pourvu de tous les signes et sous-signes du « Grand Homme » : il ne fait aucun doute que le fils du roi connaîtra une vie exceptionnelle ! Mais laquelle ? Selon l'un d'eux appelé Kondanna, le petit prince ne peut avoir d'autre destinée que de devenir un Éveillé parfait et accompli, un Bouddha. Ses confrères plus prudents rejettent cette affirmation catégorique, qu'ils mettent sur le compte du jeune âge de Kondanna. Ils préfèrent adopter une position moins tranchée…

Ils se rendent alors cérémonieusement auprès du roi Suddhodana pour lui annoncer leurs conclusions : son fils deviendra soit un monarque tout-puissant et universel, c'est-à-dire un *Cakravartin*, soit, abandonnant tout pour suivre la voie de l'ascèse, il deviendra un grand maître spirituel possédant la connaissance ultime, autrement dit un Bouddha.

Après réflexion, la double prédiction des hommes de l'art ne satisfait pas pleinement le *raja*. Ne peuvent-ils pas trancher entre deux conjectures si dissemblables ? Ces astrologues, qui sont par ailleurs généreusement entretenus par la Cour, ne chercheraient-ils pas insidieusement à le flatter en affirmant que son fils sera un souverain hors du commun ? Et si jamais son fils quittait un jour le palais, qui prendrait sa succession ?

C'est alors que le sage Asita apparaît. Celui-ci a été grand prêtre à la cour du père de Suddhodana. Très âgé, il n'a toutefois rien perdu de ses « cinq facultés surnaturelles[10] »... Ayant eu vent de la naissance du Bodhisattva grâce à son pouvoir visionnaire, Asita est descendu de son ermitage himalayen ou, plutôt, s'est envolé à travers les airs jusqu'à Kapilavastu. Rien de plus banal pour un grand saint... Du reste, accroché à un pan de son châle, son disciple et neveu Nalaka était également du voyage ! Fraîchement débarqué à la cour de Kapilavastu, Asita ne marque aucune hésitation quand il examine l'enfant alors âgé de trois jours : « Parmi toute la race bipède, il est unique[11] ! » s'exclame-t-il au comble de la joie. Devant les Sakyas réunis, le vieux sage annonce prophétiquement qu'un jour viendra où le jeune prince sera un parfait Bouddha. Tout en pleurant sur sa propre vieillesse qui ne lui permettra pas d'assister à cet événement, il recommande à son jeune neveu de se tenir prêt à rejoindre dans l'avenir celui qu'on appellera l'Éveillé, pour bénéficier de ses enseignements.

Deux jours ont maintenant passé depuis la prédiction du vieil Asita. Le temps est venu de la cérémonie du don du nom. En présence de tous les prêtres de la Cour, Suddhodana prénomme l'enfant Siddharta, autrement dit « Celui qui a atteint son but ». À compter de ce jour, le prince sera donc appelé Siddharta Gautama, du nom de la lignée des Gautama dont est issu son père.

La joie provoquée dans le cœur de chacun par cette naissance exceptionnelle est cependant assombrie par l'état de santé de Maya qui décline jour après jour. Restée alitée sans se plaindre durant sept longues journées, la mère du Bodhisattva quitte finalement le monde terrestre. Sans doute, se console-t-on, n'avait-elle après cet accouchement plus de rôle à jouer parmi les hommes… Siddharta est dès lors confié à la seconde épouse du roi, Mahapajapati, qui n'est autre que la sœur cadette de la reine. Bien qu'elle aussi vienne d'accoucher d'un garçon, elle accepte, avec un mélange de joie et de gravité, la responsabilité d'élever le petit Siddharta. Heureusement, elle n'est pas seule pour assumer cette lourde charge. Rassurant, le *Lalitavistara* précise que « trente-deux nourrices furent choisies pour servir le Bodhisattva. Huit nourrices pour le porter sur les bras, huit pour l'allaiter, huit pour le laver et huit pour le faire jouer[12] ».

Paisible, plaisante, protégée des réalités du monde extérieur, l'enfance de Siddharta se passe sans histoire... ou presque. Durant ses premières années, Mahapajapati veille constamment sur lui. Dans ce but, elle a confié son demi-frère Nanda aux bons soins d'une nourrice et il en ira de même pour les autres enfants qu'elle aura de Suddhodana. Parce que ce dernier nourrit secrètement l'espoir que son fils aîné prenne sa succession, le *raja* ordonne à ses sujets de veiller à ce que l'enfant soit sans cesse comblé de nouveaux plaisirs ; de manière qu'il s'attache chaque jour davantage à la vie de souverain.

Selon les écritures palies, le Bouddha évoquera lui-même plus tard son enfance dorée en ces termes :

Je vivais dans le raffinement, le plus grand raffinement, le raffinement suprême. Des bassins à nénuphars avaient été construits, uniquement pour moi, dans le palais de mon père. Des lotus bleus fleurissaient dans l'un, des blancs dans un autre, des rouges dans le troisième. Je n'utilisais d'autre bois de santal que celui provenant de Bénarès. Mon turban, ma tunique, mes sous-vêtements, ma cape étaient confectionnés à Bénarès. Jour et nuit, un parasol blanc était déployé au-dessus de moi de façon à ce que ni le froid ni le chaud, ni la poussière ni la rosée ne puissent m'incommoder[13].

À partir de sept ans, Siddharta reçoit l'éducation correspondant à son rang ou, plutôt, à sa caste, qui est celle des nobles guerriers. Année après année, il est initié aux « soixante-quatre arts[14] » par les meilleurs précepteurs. Durant sa petite enfance, le Bodhisattva avait déjà étonné ses nourrices par ses capacités précoces. Est-il nécessaire de souligner que, pour la plus grande satisfaction de son père, le jeune garçon excelle rapidement dans toutes les disciplines : arts martiaux, maniement du sabre et de l'épée, tir à l'arc, équitation, natation, mais aussi peinture, musique, chant, danse... Conduire un char ou dresser un éléphant sont pour lui un jeu d'enfant, comme l'écriture et le calcul. Selon le *Lalitavistara*, à dire vrai, Siddharta se distingue dans tous les arts possibles et imaginables, de l'« explication des songes » au « langage des oiseaux », de la « ligature des mèches de cheveux » jusqu'à la « disposition des guirlandes »[15] ! Sa présence fréquente aux réunions du conseil présidées par son père lui permet de se familiariser avec la gestion des affaires du royaume ; le protocole et l'étiquette de la Cour n'ont bientôt plus de secrets pour lui. Tout cela n'empêche pas le jeune prince de trouver le temps de s'amuser avec les garçons de son âge et de son rang. Avec son demi-frère Nanda, il passe des heures pleines d'insouciance à jouer à la balle, à la marelle, aux devinettes, aux dés, aux échecs à huit ou dix cases...

Pourtant, alors que Siddharta grandit et acquiert avec brio les qualités d'un noble guerrier, le roi Suddhodana s'inquiète. De temps à autre, le jeune prince semble ailleurs, songeur, comme retiré en lui-même. Ne serait-il pas attiré par l'introspection ? Le roi ne le sait pas encore, mais il voit juste. Craignant toujours que son fils ne prenne la voie prédite par le sage Asita, il décide d'arranger son mariage lorsqu'il atteint sa seizième année. Lorsqu'il sera devenu à la fois un amant et un père, veut croire Suddhodana, mon fils ne pensera certainement pas à tout abandonner !

Conviées à se présenter au palais afin que Siddharta puisse choisir parmi elles une épouse, les princesses accourent de tout le pays. Si la perspective de se marier ne l'enchante guère, le fils du roi sait pourtant qu'il doit se plier au désir de son père. Pendant des heures, les prétendantes sont présentées au jeune homme, sans susciter la moindre réaction... Et puis la dernière jeune fille apparaît. « Pas trop grande, pas trop petite, pas trop grasse, pas trop maigre, pas trop blanche, pas trop noire[16] », elle s'appelle Yasodhara, elle est née exactement le même jour que lui.

Reste à conclure le mariage... Mais le père de Yasodhara, le Sakya Dandapani, exprime bientôt des doutes sur la vaillance de Siddharta, dont la rumeur dit qu'il a été élevé dans le luxe et l'oisiveté totale. Il exige que le jeune homme fasse la preuve de son courage et de sa force. Suddhodana organise rapidement un tournoi. Il invite tous les jeunes nobles qui excellent dans les arts guerriers à venir rivaliser avec le prince. Confiant dans les capacités de son fils, il propose que la belle Yasodhara soit le prix de la victoire...

Sept jours plus tard, cinq cents jeunes Sakyas se dirigent vers le vaste terrain, en dehors des murs de Kapilavastu, où doit se dérouler la compétition. À leur tête marche fièrement Devadatta, bien connu pour son orgueil. Alors qu'il s'apprête à franchir la porte de la cité, le jeune homme aperçoit un grand éléphant blanc. Désireux de démontrer sans attendre qu'il est le plus fort de tous les Sakyas, Devadatta saisit l'animal par la trompe et le tue « avec la paume de la main droite, d'un seul coup[17] ». Lorsque le Bodhisattva arrive sur son char quelques instants plus tard, il condamne l'acte odieux de Devaddata. « Après avoir pris cet éléphant par la queue avec un pouce de son pied[18] », le prince lance le cadavre très loin de Kapilavastu, de façon que son odeur n'incommode pas les habitants. Tous ceux qui assistent à la scène sont saisis d'admiration devant la force extraordinaire de Siddharta !

Durant le tournoi, le prince conquiert triomphalement la jeune fille en surpassant tous les autres participants. L'assistance se souviendra pendant longtemps que Siddharta a remporté l'épreuve du tir en utilisant un arc formidable hérité de ses ancêtres, que personne n'avait jamais réussi à soulever ! Aux yeux de tous les Sakyas, il ne fait désormais plus de doute que le jeune homme est « un noble d'une grande beauté, capable de diriger une armée d'hommes ou une troupe d'éléphants[19] ».

Une fois marié, Siddharta découvre la sensualité. Il s'adonne chaque jour avec volupté aux « cinq plaisirs des sens[20] » et aux délices du gynécée : « J'avais trois palais : un pour l'hiver, un pour la saison chaude, un pour la mousson. Dans le palais de la saison des pluies, des ménestrels me distrayaient sans qu'il y eût un seul homme parmi eux[21] », se souviendra le Bouddha avant d'ajouter : « dans la maison de mon père, les serviteurs, les ouvriers et les membres de ma suite mangeaient du riz blanc et de la viande », alors qu'ailleurs ils n'étaient nourris que « de plats de riz cassé et de soupe de lentilles[22] ». À la cour de Suddhodana, la vie est douce et agréable pour tous… L'abondance n'est-elle pas la marque du bonheur ?

Comme le souhaitait tant le roi, Siddharta paraît s'attacher durablement à la condition de prince, avec ses distractions et ses plaisirs sans cesse renouvelés. Pendant des années, rien ne semble pouvoir troubler l'écoulement des jours, aussi paisibles qu'un ciel sans nuages, sans orage. Jusqu'au moment où le prince, qui est secrètement de plus en plus assailli de doutes, va finalement trouver que cette vie est décidément… trop parfaite.

À la frontière

Dans le petit village népalais de Tilaurakot, le site archéologique est prêt à accueillir les premiers visiteurs. Après avoir garé son vieux vélo, Vikram, le gardien, a ouvert les trois gros cadenas de la grille d'entrée. À l'intérieur du petit bureau d'accueil, à l'abri des regards, il a rangé le lourd trousseau de clefs ainsi que la gamelle métallique contenant son déjeuner, avant de vérifier longuement les carnets de tickets d'entrée, les liasses de billets et les rouleaux de monnaies.

Il est tout juste dix heures, le musée aussi a ouvert ses portes. À tout point de vue, le bâtiment est modeste ; cependant, il paraît presque imposant comparé aux minuscules fermes voisines, devant lesquelles paissent deux ou trois vaches aux côtes saillantes. Comme Vikram, les employés du musée sont à leur poste. L'un se tient derrière le guichet pour vendre les tickets d'entrée, trois autres sont assis dans les salles d'exposition pour surveiller et renseigner les visiteurs. Détendus, tous s'attendent à passer comme d'habitude une matinée fort paisible. À l'exception des groupes scolaires qui surgissent parfois à l'improviste, ils savent bien que les visiteurs ne se bousculent pas le matin. Les touristes n'arrivent en général qu'après le déjeuner, voire en fin d'après-midi. De toute façon, les employés sont tous d'accord pour admettre qu'il n'y a jamais vraiment foule... Les groupes de touristes vont toujours en priorité à Lumbini, à vingt-cinq kilomètres de là.

En revanche, signale le gardien, les pèlerins bouddhistes viennent de plus en plus nombreux chaque année. Vikram assure même que, plusieurs fois, il a vu des moines ramasser pieusement un peu de terre sur le site archéologique... comme si Tilaurakot était un lieu aussi sacré que Lumbini !

Il est bien légitime de consacrer plus de temps à la visite du jardin de Lumbini. Depuis qu'il est inscrit sur la liste du Patrimoine mondial de l'Unesco en 1997, le site découvert par Führer s'est beaucoup développé. Les hôtels, tout comme les monastères, sont aujourd'hui si nombreux à proximité que la construction d'un aéroport international est même à l'étude. Impeccablement aménagé, un peu trop peut-être, le jardin qui a vu naître le Bouddha est devenu tout autant une célèbre destination touristique qu'un haut lieu de pèlerinage pour les bouddhistes du monde entier.

À leur arrivée, les pèlerins — japonais, coréens, chinois, thaïlandais, birmans, tibétains, népalais, indiens ou occidentaux — se recueillent longuement auprès d'un gigantesque banian, hérissé de centaines de drapeaux de prière multicolores, qui incarne l'arbre auquel se serait appuyée Maya il y a plus de 2 500 ans. Outre la colonne d'Ashoka et le bas-relief représentant la naissance, les visiteurs peuvent également admirer dans la zone sacrée le fruit des fouilles et des restaurations, voire des reconstitutions, effectuées depuis quelques années : vestiges de stupas et de temples, bassin d'ablutions et sanctuaire de la déesse Rummindei, désormais rebaptisée Mayadevi. Parmi les découvertes récentes faites par les archéologues, la plus sensationnelle est indéniablement celle d'une pierre qui indiquerait l'endroit exact de la naissance du Bouddha. Selon le témoignage d'un pèlerin chinois du IIIe siècle, l'empereur Ashoka lui-même l'aurait marqué d'une pierre placée au sommet d'une plate-forme faite de sept couches de briques. Les visiteurs se pressent donc vers le vaste hangar abritant, au milieu d'un dédale de ruines, la fameuse pierre.

Pour les bouddhistes, plus encore que pour les simples touristes, il ne fait aucun doute que Lumbini mérite vraiment que l'on s'y attarde. Ensuite seulement, s'il n'est pas trop tard, ils iront voir les vestiges de Kapilavastu. C'est ce que recommandent les guides de voyage, c'est aussi ce que prévoient les circuits intitulés *Sur les traces du Bouddha* ou, plus pompeusement, *Parcours initiatique en terre bouddhique*.

Encore faudrait-il savoir où se rendre exactement pour visiter les ruines de la fabuleuse cité... Depuis plusieurs décennies, deux villages se disputent en effet la paternité des ruines de Kapilavastu ! Situés de part et d'autre de la frontière indo-népalaise, les deux concurrents sont seulement distants de quelques kilomètres. Le visiteur qui dispose de peu de temps doit choisir entre le site archéologique de Tilaurakot, au Népal, et celui de Piprahwa, en territoire indien. Chacun des deux sites compte bien sûr parmi ses partisans quelques-uns des meilleurs experts... Encore une controverse, une question non élucidée, une de plus. Rien que de très banal, tout compte fait, pour ceux qui cherchent à projeter un faisceau de lumière sur l'épais brouillard entourant la vie du Bouddha historique. Cependant, comment choisir ? Sur quels critères ? Au-delà des légendes, quelles connaissances possède-t-on aujourd'hui sur le royaume où a grandi le Bouddha ?

De Jean Filliozat à André Bareau, d'Arthur Basham à Romila Thapar, tous les grands spécialistes sont depuis longtemps unanimes pour admettre que si le Bouddha historique est sans doute né au sein d'une famille aristocratique, Kapilavastu n'était vraisemblablement pas à la hauteur de la cité imaginée par la littérature bouddhique. L'Inde du milieu du VIe siècle avant notre ère connaissait certes déjà de grands royaumes ainsi que d'importants centres urbains, mais ils ne se situaient pas dans la région du Teraï.

La géographie politique de l'Inde ancienne comptait seize grandes monarchies, appelées *janapada* — littéralement, « là où le peuple met le pied » —, qui étaient globalement établies le long de la vallée du Gange. À l'époque du Bodhisattva, les espaces sauvages et arriérés qui, vers le nord-est, bordaient les montagnes de l'Himalaya étaient, pour leur part, découpés en une myriade de « républiques » aristocratiques, connues sous le nom de *gana sangha* ou « Assemblée des Égaux ». Kapilavastu était tout simplement la capitale de l'une de ces nombreuses *gana sangha*, dont le système étatique restait beaucoup plus proche du modèle des chefferies tribales que les États monarchiques qui s'étaient développés plus au sud. D'autre part, la « république » à laquelle appartenait Siddharta Gautama ne comptait qu'une seule tribu, celle des Sakyas — d'où elle tire son nom. Son territoire était donc probablement moins étendu que celui des *gana sangha* formées de l'union de plusieurs tribus, comme la confédération des Vrjis. Enfin, si l'État des Sakyas était encore indépendant durant l'enfance du futur Bouddha, il disparaîtra peu après pour devenir un vassal, parmi tant d'autres, de son puissant voisin, le royaume de Kosala. Pour conclure, il faut bien admettre que la petite « république » des Sakyas n'a pas occupé une grande place dans l'histoire politique de l'Inde. En fait, elle avait si peu d'importance que seuls les textes bouddhiques la mentionnent.

Confrontée à la réalité, la légende brossée par les hagiographes autour de la cité de Kapilavastu perd de sa dorure. La capitale royale, populeuse, resplendissante et prospère s'éclipse pour laisser place à une modeste bourgade. Le palais était certainement un bâtiment fort rustique, et Suddhodana un petit *raja* parmi d'autres. À la différence d'autres *gana sangha* où plusieurs chefs se partageaient le pouvoir, il gouvernait seul le petit territoire des Sakyas, entouré d'un conseil sur lequel il s'appuyait pour prendre les grandes décisions. Toujours selon le modèle généralement en vigueur dans les « républiques » aristocratiques, le père de Siddharta avait certainement été élu par les membres de la noblesse guerrière et son mandat, d'une durée qui n'était pas fixée par avance, n'était probablement pas héréditaire. Dès lors, contrairement à ce que laissent entendre les légendes, le « prince » Siddharta n'était pas l'héritier du trône de son père... sauf à être élu un jour à son tour *raja* par le Conseil des Sakyas.

Le passage de la légende à l'histoire engendre souvent un certain désenchantement. Déjà, au cours du premier millénaire, les pèlerins chinois avaient ressenti une profonde déception en découvrant le royaume où avait grandi le futur Bouddha. Si l'on en croit le témoignage de Fa Hian, « tout était ruine et tristesse[1] » dès le début du Ve siècle. Quelle qu'ait pu être sa grandeur passée, la cité était à l'abandon : « Le pays de Kapilavastu présente un tableau de vide et de désolation. Les habitants sont peu nombreux et vivent éloignés. Sur les routes, les gens sont sur leurs gardes à cause des éléphants et des lions, et ils ne doivent pas voyager sans précaution[2]. » Deux siècles plus tard, Huan Tsang se rend aussi sur les lieux. Bien qu'il constate que « la terre est grasse et fertile, les semailles et les récoltes ont lieu à des époques régulières ; les saisons ne se dérangent jamais[3] », il est consterné par l'« aspect sauvage » de tout le pays. Quant à ce qu'il identifie comme le palais en ruine, il lui apparaît à juste titre « désert depuis des siècles[4] ».

Mille trois cents ans après les intrépides pèlerins chinois, la même déception guette les visiteurs non avertis qui s'aventurent aujourd'hui jusqu'à Piprahwa ou Tilaurakot. Authentiques ou non, les deux sites n'ont rien de grandiose ; on y cherche en vain les restes d'une immense cité et d'un palais éblouissant. Si le chant des oiseaux, les arbres centenaires et l'atmosphère bucolique des lieux peuvent charmer le simple touriste, seuls les bouddhistes les plus fervents et les spécialistes parviennent à s'enthousiasmer pour les vestiges minutieusement dégagés et préservés au fil des ans.

Depuis la fin du Raj, l'archéologie bouddhique du sous-continent indien n'est plus l'apanage des Britanniques. Et ce sont désormais des équipes indiennes et népalaises, auxquelles se joignent des spécialistes du monde entier, qui ont en charge la résurrection du passé...

Le site de Piprahwa a été découvert le premier, dès la fin du XIXe siècle, juste après celui de Lumbini. Il se trouve en Inde, à seulement seize kilomètres de la frontière. On peut y voir les vestiges de plusieurs stupas ainsi que d'un monastère datant du IIIe siècle avant notre ère. Sachant que Kapilavastu, après la mort du Bouddha, est devenue peu à peu un haut lieu du bouddhisme, ces ruines constituent des indices appropriés pour localiser la cité. Au fil du temps, outre de nombreuses pièces de monnaie et objets de la vie quotidienne — bols, plats, poids... —, on y a également retrouvé des urnes de pierre dont l'une contenait, selon l'inscription gravée sur son couvercle, des reliques appartenant au Bouddha. À cela est venue s'ajouter, en 1973, la découverte d'une tablette en terre cuite sur laquelle était gravée « communauté des moines de Kapilavastu ». Pas de trace d'un palais royal, sauf peut-être à un kilomètre de là ; mais cela ne fait pas sens dans la mesure où l'usage de la brique n'est apparu en Inde qu'au IIIe siècle avant notre ère et que les constructions importantes du temps du Bouddha étaient faites en bois.

Située au Népal, à une vingtaine de kilomètres de la frontière indienne, Tilaurakot semble avoir pris l'ascendant sur Piprahwa depuis la découverte en 2001 de plusieurs fragments de céramique grise. Fabriqué en Asie du Sud entre le IXe et le VIe siècle avant notre ère, ce type de poterie est bien connu des archéologues. Ces fragments attestent l'occupation de Tilaurakot à l'époque de la jeunesse du Bouddha. Autre indice, le site est aussi situé près d'une rivière, tout comme l'était la capitale des Sakyas — qui l'utilisaient pour l'irrigation, le commerce, la pêche... sans oublier le bain et la lessive. Quant aux autres traces d'occupation humaine, silos à grains, fours, huttes en terre glaise, elles correspondent parfaitement à l'économie rurale en vigueur dans les *gana sangha* qui pratiquaient l'élevage, la culture du riz, de l'orge et du sésame. Comme Huan Tsang l'avait décrit, on y a découvert enfin les ruines en élévation d'un mur de huit mètres de large environ. Ce vestige constitue un dernier argument de poids pour faire pencher la balance en faveur de Tilaurakot. On peut en effet supposer que Kapilavastu devait, à l'instar des autres cités de son temps, être fortifiée et entourée de douves. Mais cette muraille est postérieure à la Kapilavastu qu'a connue le Bodhisattva… car elle est faite de briques.

Quel que soit le site retenu, il est indéniable que les conditions de vie du jeune Siddharta furent infiniment plus rudes et austères que ne le prétend la littérature bouddhique. Toutes les matières premières retrouvées sur les deux sites sont d'origine locale, tous les objets de la vie quotidienne indiquent une vie rurale et simple. Bien que privilégié par le statut de *raja* de son père, le futur Bouddha ne s'habillait pas de luxueux brocarts de soie en provenance de Bénarès, la prestigieuse cité des bords du Gange située à plus de deux cents kilomètres de là, mais plutôt de solides tissus fabriqués sur place. Certainement, les trois somptueux palais du « prince » se résumaient à une robuste bâtisse de bois. Seules sa superficie, la présence d'étages et, peut-être, sa décoration extérieure permettaient de distinguer la maison de Suddhodana de celles des Sakyas les plus aisés, tandis que les humbles se contentaient de huttes en torchis. Les rues de Kapilavastu n'étaient que de terre battue, tout comme les routes qui partaient de la cité. Contrairement à celles menant au sud vers la vallée du Gange, relativement sûres malgré la présence de brigands, les chemins allant vers le nord s'enfonçaient dans une forêt vierge inextricable peuplée de tribus aborigènes mystérieuses, dont les Sakyas ne comprenaient même pas la langue.

Reste la question de l'emplacement exact de Kapilavastu... Les avis des scientifiques sont toujours partagés entre les deux sites. Quelques-uns soutiennent l'idée — qui réconcilierait habilement les deux camps — que les Sakyas, après avoir été attaqués par le royaume de Kosala, auraient pu se déplacer pour établir une nouvelle cité un peu plus loin... Mais les partis pris nationaux et les intérêts économiques locaux, qui pèsent lourd dans l'arbitrage, ne se satisfont pas de cet arrangement.

Alors, Piprahwa ou Tilaurakot ? S'ils n'ont pas livré de fabuleux trésors, ce ne sont pas pour autant des sites archéologiques ordinaires : l'un comme l'autre sont susceptibles de devenir des lieux hautement sacrés pour les millions de fidèles du Bouddha répartis à travers le monde. Par un étonnant renversement temporel où la modernité céderait le pas à la tradition, on peut imaginer qu'à défaut de preuves scientifiques irréfutables, ce sont peut-être les bouddhistes eux-mêmes qui finiront par désigner peu à peu, à leur façon, l'emplacement de Kapilavastu. Après tout, l'identification des lieux de la vie du Bouddha historique a depuis toujours été soumise à l'interprétation de ses fidèles. Ainsi, le jardin de Lumbini n'offre aucune preuve directe de la naissance de Siddharta Gautama sur son sol ; sa localisation actuelle se base uniquement sur des témoignages bouddhiques postérieurs à la vie du maître historique, en l'occurrence les édits du pèlerin Ashoka et les récits de voyage des moines chinois. C'est pourquoi, de nos jours encore, comme le gardien Vikram a pu l'observer, l'affluence massive des pèlerins à Tilaurakot, ou bien à Piprahwa, le degré des marques de respect et des hommages qu'ils manifestent envers un site plutôt que l'autre, représentent autant de signes d'identification de l'antique cité où le Bouddha a grandi. Si l'archéologie ne parvenait pas à départager Piprahwa et Tilaurakot, sur quelle base les bouddhistes finiront-ils par choisir définitivement entre les deux sites ? La foi a des raisonnements que la science ignore...

Cependant, au-delà de l'importance symbolique de retrouver le lieu saint de Kapilavastu pour s'y recueillir, identifier l'emplacement exact de Kapilavastu importe tout autant aux bouddhistes qu'aux scientifiques pour une deuxième raison : localiser la cité perdue reviendrait à conférer une part de légitimité supplémentaire à la légende. En un sens, tout comme le jardin sacré de Lumbini témoigne aujourd'hui de l'authenticité de la naissance du Bouddha, la localisation de Kapilavastu viendrait renforcer la crédibilité du récit légendaire de sa jeunesse. La boucle serait alors bouclée.

Le procédé n'est pas nouveau. Si l'Inde ancienne s'intéresse peu aux faits historiques, les Indiens ont en revanche depuis toujours attaché la plus grande importance à établir et perpétuer sur leur sol une topographie des légendes qu'ils élaboraient et propageaient à mesure. Les adeptes du Bouddha n'ont pas dérogé à cette tradition de mettre en place une géographie sacrée conjointement au développement des récits mythologiques. C'est ainsi que, dans le sillage de l'empereur Ashoka, les Indiens ont suivi pendant des siècles les routes de pèlerinages menant aux lieux saints bouddhiques... Jusqu'à ce qu'un jour le flot se tarisse et que Lumbini et Kapilavastu sombrent dans l'oubli. Mais il est encore trop tôt pour évoquer ici l'étonnant désamour progressif des Indiens pour le Bouddha, qui a entraîné la disparition quasi totale du bouddhisme sur sa terre d'origine.

Départ

Les questionnements de Siddharta, sa mise à distance du monde et des hommes n'ont pas commencé après son mariage et de longues années de luxe et de volupté. Non ; ses expériences intérieures, si inquiétantes aux yeux de son père Suddhodana, remontent à l'enfance.

Il a vécu la première très jeune, à l'occasion d'une fête des semailles. Ce matin-là, le *raja* s'était déplacé en personne jusqu'aux rizières, à l'orée de Kapilavastu, pour participer, comme chaque année, à la cérémonie rituelle du premier labour. Suddhodana était accompagné de toute sa famille et des membres de sa cour. Du premier ministre au plus humble paysan, tous les Sakyas avaient revêtu des vêtements neufs et chamarrés pour participer à l'événement. Entourant les nombreuses charrues attelées de bœufs ornés de parures d'or et d'argent pour l'occasion, ils formaient un tableau d'autant plus éblouissant que le soleil faisait miroiter les rizières. Avant que la cérémonie ne commence, le roi ordonna que le petit prince soit installé à l'abri d'un grand arbre se dressant au milieu des champs.

Comme le voulait la coutume, Suddhodana accomplit le premier le rite du sillon sacré. Siddharta ne quittait pas son père des yeux :

Je me rappelle qu'une fois, mon père le roi Sakya était en train d'effectuer la cérémonie du labour d'un champ et j'étais assis à l'ombre fraîche d'un pommier-cannelier. Alors, complètement hors de toute sensualité, complètement hors des états d'esprit grossiers, je suis entré et je suis resté dans le premier état d'absorption méditative : mon esprit était rempli de ravissement et de bien-être[1].

Cette expérience, aussi inédite qu'inattendue, deviendra le point de départ des nombreuses interrogations de Siddharta sur l'acquisition de la Connaissance : « Alors, en poursuivant ce souvenir m'est venue l'idée : ceci est le chemin vers l'Éveil. J'ai pensé : pourquoi suis-je effrayé de ce plaisir qui n'a rien à voir avec le désir, qui n'a rien à voir avec les états d'esprit rustres[2] ? »

Les différentes légendes ne relaient pas tout à fait la même version de la cérémonie du sillon. En particulier, elles ne s'accordent pas sur la nature de la première manifestation de la vie spirituelle du Bodhisattva. Contrairement au canon pali, le *Lalitavistara*, le *Mahavastu* et même le *Buddhacharita* d'Ashvaghosha considèrent que le spectacle du labour aurait éveillé le prince non pas à la méditation, mais à la conscience fulgurante de la souffrance des hommes sur terre et de la violence involontaire que ces derniers font subir aux autres espèces par leurs actions. Siddharta aurait connu là un « grand trouble[3] » en découvrant l'homme et le bœuf s'échiner à la tâche. Simultanément, les conséquences de leurs efforts l'auraient « bouleversé[4] » : vers et insectes écrasés, herbes arrachées, terre écorchée...

L'âge exact de Siddharta au moment de son premier pas vers le chemin de l'Éveil est incertain, variant d'un texte à l'autre. Il reste que plus l'enfant grandit, plus son père redouble d'attention pour le préserver de toute vision évoquant le malheur du monde et la douleur de l'existence. Cependant, Suddhodana n'imagine pas que cette protection excessive produit l'effet inverse : elle fragilise chaque jour davantage son fils. Ignorant presque tout de la réalité, il sera d'autant plus sensible au drame de la condition humaine lorsque, accidentellement, il va s'y trouver soudain confronté.

Quand il eut quatorze ans, il fit atteler son char pour aller se promener et il sortit par la porte orientale de la ville. Il vit par hasard un vieillard à la tête blanche, au dos voûté, qui, appuyé sur un bâton, marchait avec peine. Il demanda à son cocher :

— Quel est cet homme ?

— C'est un vieillard.

— Qu'appelle-t-on un vieillard ?

— Il a vécu de nombreuses années, ses facultés déclinent, son aspect a changé, son teint s'est altéré. Quand il est assis, il lui est pénible de se lever, il lui reste très peu de vitalité. C'est pourquoi on l'appelle un vieillard.

— Échapperai-je moi-même à ce sort ?

— Pas encore.

Alors il fit faire demi-tour à l'attelage et revint au palais. Comme il n'était pas encore libéré de la loi de la vieillesse, il devint triste et n'éprouva plus aucun plaisir. Le roi demanda au cocher :

— Le prince est-il content de sa promenade ?

— Il en est mécontent.

— Pourquoi ?

— Il a vu par hasard un vieillard, c'est pourquoi il est mécontent.

Le roi craignit que les devins n'aient dit la vérité et que le prince ne quittât bientôt la vie de famille. Aussitôt, il fit augmenter les plaisirs des cinq sens[5].

Plusieurs années après, tandis qu'il est devenu un jeune homme, le Bodhisattva se trouve confronté à une autre rencontre bouleversante lorsqu'il franchit à nouveau sur son char les murs de Kapilavastu par la « porte méridionale[6] ». Il découvre cette fois avec effroi la maladie sous les traits d'un homme amaigri et vacillant, à bout de souffle. À leur retour au palais, le roi questionne le conducteur du char :

— Le prince est-il content de sa promenade ?

— Il est encore plus malheureux.

— Pourquoi ?

— Il a vu par hasard un malade et c'est pourquoi il est mécontent[7].

Suddhodana ordonne de fournir au prince davantage de « plaisirs diurnes et nocturnes[8] ».

La troisième rencontre a lieu « longtemps après[9] ». Le prince quitte ce jour-là Kapilavastu par la « porte occidentale[10] ». Il se promène tranquillement quand une procession funéraire croise son chemin. Le mort, revêtu d'un linceul, est porté sur une civière. La famille suit en larmes le triste cortège. La révélation brutale de l'existence de la mort perturbe tellement le jeune homme qu'il décide d'interrompre sa promenade. Mais, alors qu'il traverse un parc sur le chemin du retour vers la cité, son regard est soudain attiré par un homme à l'aspect inhabituel. Celui-ci marche en fixant le sol, il tient dans ses mains un bol. Son crâne et sa barbe sont rasés, son vêtement consiste en un simple morceau de tissu de teinte orangé. Intrigué, Siddharta interroge son cocher :

— Quel est cet homme ?
— C'est un religieux errant.
— Qu'appelle-t-on un religieux errant ?
— Il s'est bien dompté lui-même, il a des manières dignes, il se conduit toujours avec patience et compassion envers les êtres. C'est pourquoi on l'appelle religieux errant[11].

Après un moment de réflexion, cette quatrième et dernière rencontre le comble d'une joie immense… Lorsque le cocher raconte plus tard à Suddhodana les deux dernières découvertes de son fils, le roi déclare avec amertume : « Les devins ont dit la vérité : il quittera certainement la vie de famille[12]. » Puis il ordonne que l'on multiplie encore et encore les plaisirs du prince.

Cette fois, les dés sont jetés. Plus rien ne pourra désormais détourner Siddharta du destin prédit par le vieil Asita. Ces quatre rencontres successives ont semé en lui des doutes profonds, chacune l'a plongé dans d'intenses réflexions, chacune l'a amené un peu plus sur la voie d'une transformation radicale. L'une après l'autre, l'illusion présomptueuse de la jeunesse, celle de la santé puis celle la vie terrestre l'ont définitivement quitté :

> Doté d'une telle fortune, d'un raffinement aussi total, j'ai pensé : « Quand un homme ordinaire, non éduqué, qui est sujet à la mort, qui n'est pas protégé de la mort, voit une autre personne qui est morte, il est horrifié, humilié et indigné. Moi aussi je suis sujet à la mort, non protégé de la mort, et il n'est pas correct de ma part d'être horrifié, humilié et indigné en voyant une autre personne qui est morte. » En considérant ceci, la vanité de l'existence me quitta entièrement[13].

Cependant, contrairement aux trois premières rencontres, la dernière, celle de l'ascète mendiant, ne lui a rien ôté de lui-même. Elle lui a apporté une joie profonde car elle lui a montré qu'une autre voie est possible, « à l'air libre », à l'opposé de « la vie de maître de maison, étouffante et poussiéreuse[14] ».

Siddharta a vingt-neuf ans le jour où il prend la décision irrévocable de renoncer au monde pour mener une vie de religieux errant. Cette nuit, quand tout le monde dormira, il quittera Kapilavastu, il abandonnera tout, ses privilèges, ses richesses et ses plaisirs, ses amis, ses serviteurs et sa famille. D'après le *Jataka Nidanakatha*, sept jours auparavant, son épouse Yasodhara lui a pourtant donné un fils, Rahula, son premier et unique enfant. Selon d'autres légendes, cette naissance aurait eu lieu le matin même du jour où Siddharta a pris sa décision. En apprenant la nouvelle, le prince se serait montré tout à la fois affligé et soulagé. Affligé, car Rahula représente une attache de plus qui l'enchaîne à la vie dans le monde. Soulagé, car le voici en même temps libéré d'un poids : la naissance d'un fils permet, selon les croyances religieuses en vigueur, de s'acquitter de la « dette aux ancêtres ».

Ce soir-là, le prince se rend dans le gynécée où l'attendent les courtisanes, musiciennes et danseuses envoyées comme chaque soir par son père. Pour une dernière fois, il goûte aux « plaisirs des cinq sens[15] » avant de sombrer dans le sommeil. Quelques heures plus tard, il se réveille en sursaut. Les hauts candélabres brûlent toujours mais la fête est finie... À moitié dénudés, les corps des bayadères enchevêtrés parmi les harpes, luths, flûtes et tambourins gisant à terre ressemblent à un amoncellement de cadavres. Le palais lui fait l'effet d'un immense lieu de crémation, lugubre et nauséabond. Il est temps de partir loin de ce bonheur trompeur, loin de ce monde illusoire ! Quelques instants plus tard, le Bodhisattva pousse la porte de la chambre de son épouse : « Une lampe à huile parfumée brûlait. Étendue sur une couche recouverte de fleurs, la mère de Rahula dormait, la main posée sur la tête de son fils. "Si j'écarte la main de la reine pour le prendre dans mes bras, elle se réveillera et empêchera mon départ. Je reviendrai le voir quand je serai devenu un Bouddha"[16]. » Sans s'attarder davantage, Siddharta descend dans la cour intérieure du palais où l'attendent ses fidèles compagnons, Channa, son écuyer, et Kanthaka, son destrier. Nés comme Yasodhara en même temps que le Bodhisattva, tous deux ont un rôle prédestiné à jouer dans sa vie.

Il est tout juste minuit. À la lueur de la pleine lune, le prince demande à Channa de seller son cheval car il veut quitter Kapilavastu immédiatement et aussi discrètement que possible. L'écuyer est un peu étonné mais il s'exécute. Il harnache rapidement Kanthaka, dont la robe immaculée évoque la blancheur laiteuse d'une conque sacrée. Grâce aux dieux qui veillent au succès de l'évasion du Bodhisattva, tous les habitants de Kapilavastu ont été plongés dans le plus profond des sommeils. Aucun ne s'éveille au bruit des sabots et, lorsque le cheval atteint les remparts de la cité, la porte s'ouvre comme par enchantement. Endormis eux aussi, les « cinq cents hommes armés[17] » chargés de sa surveillance laissent passer le prince… accompagné du brave Channa qui se cramponne à la queue de Kanthaka.

Après un dernier regard en arrière, Siddharta s'éloigne de Kapilavastu. C'est alors que les « Hôtes des Purs Séjours[18] » qui ont facilité sa fuite apparaissent pour former un joyeux cortège autour de lui. Des prodiges ont lieu à travers tous l'univers afin de célébrer le « Grand Départ[19] » du Bodhisattva — qui se déroule précisément à la date anniversaire de sa naissance. La terre tremble, des fleurs et des perles tombent du ciel par milliers… Tandis que les manifestations les plus féeriques accompagnent cette « seconde naissance », le terrible Mara — littéralement, « Celui qui fait mourir » — entre en scène. Le dieu maléfique, tant redouté pour sa fourberie, tente de persuader Siddharta de rebrousser chemin en lui faisant miroiter qu'il pourrait alors lui octroyer la souveraineté de l'univers. Le prince rejette cette proposition et poursuit sa course de plus belle...

L'aube surprend les fugitifs sur les rives sablonneuses de la rivière Anoma. Après avoir traversé les territoires de trois *rajas*, ils se trouvent désormais à bonne distance de Kapilavastu, à trente lieues en direction du sud-est exactement. À peine descendu de cheval, Siddharta se dépouille de ses somptueux vêtements, retire ses lourds bijoux, rase ses cheveux noirs avec son poignard. Puis il ordonne à son écuyer de ramener son destrier et tout ce qu'il vient d'abandonner au palais de son père. Le Bodhisattva lui confie également la mission d'annoncer aux siens qu'il les quitte pour devenir un religieux errant, qu'il s'engage sur les chemins de la réalisation spirituelle mais qu'il reviendra un jour, concluant son message par ces simples mots : « Je souhaite qu'ils ne soient pas tristes[20]. » Channa est totalement bouleversé par la résolution du prince. Selon le *Buddhacharita*, Kanthaka aussi est désemparé : le cheval « lèche les pieds de son maître en versant des larmes brûlantes » ! Pourtant, ils doivent obéir et les fidèles compagnons du prince prennent la direction de Kapilavastu.

Débarrassé de tous les biens et de tous les liens qui l'encombraient, empli de sérénité, Siddharta quitte les bords de la rivière et pénètre dans un bois de manguiers, près du village d'Anupiya. Il y croise bientôt un misérable chasseur et troque sa dernière tunique de soie contre les haillons jaunâtres du pauvre homme, ravi de l'aubaine. Méconnaissable, le jeune homme s'enfonce toujours plus profondément dans la forêt, comme on s'immerge dans l'océan. Un monde nouveau s'ouvre à lui. Il est complètement seul, peut-être pour la première fois de son existence. Le noble guerrier, le fils de roi n'est plus. Aux yeux des hommes, Siddharta sera dorénavant l'ascète Gautama.

Cependant, la voie du renoncement est difficile et la recherche du salut, périlleuse. Après une semaine de méditation en solitaire dans la forêt de manguiers, le jeune novice est assailli de mille questions. Il prend conscience de son ignorance. Il réalise qu'il a besoin d'être enseigné, guidé dans sa nouvelle voie. Il se souvient alors avoir entendu dire que plus au sud, dans la vallée du Gange sacré, la vie religieuse est intense et les communautés d'ascètes, florissantes. On dit aussi que c'est là-bas que se rencontrent les maîtres spirituels les plus réputés.

Le Bodhisattva se lève et prend la route. Long et tortueux, le chemin de l'ascèse commence.

Inde, vers – 1800

Ils avancent très lentement, progressant chaque jour un peu plus en direction du levant. Ils connaissent la roue et maîtrisent le cheval. Originaires des grandes steppes d'Asie centrale, ils ont franchi les redoutables montagnes de l'Afghanistan, se frayant un chemin à travers les passes de Khyber et de Bolan, portes ouvertes sur le gigantesque sous-continent indien. Ils ne sont pas les premiers à pénétrer sur cette terre inconnue. Par petits groupes, quelques-uns de leur peuple les ont déjà précédés. D'autres suivront sans doute encore… Ils ne ressemblent pas à des hordes d'envahisseurs, mais à de petits groupes de nomades se déplaçant avec leurs troupeaux de bovins. Depuis le début du second millénaire, ils migrent siècle après siècle, tribu après tribu, à la recherche de nouveaux pâturages. De butin aussi, quand l'occasion se présente.

Vers – 1500, plusieurs clans ont déjà gagné la vallée de l'Indus. Ont-ils traversé les cités en ruine de la brillante civilisation harappéenne disparue ?

Nul ne le sait. Les voilà en tout cas qui arrivent bientôt au Pendjab, dans les plaines fertiles du « Pays des Cinq Rivières ». Progressivement, ici et là, les nomades se sédentarisent. Pour quelque temps, au moins. Les pasteurs deviennent aussi agriculteurs, les artisans développent leur savoir-faire. Parlant une langue indo-européenne, ils commencent à composer oralement des hymnes sacrés qui, dès lors, ne sombreront jamais plus dans l'oubli… Enfin, *ils* sortent de la nuit des temps, se présentant eux-mêmes dans ce qui deviendra le recueil du *Rig Veda*, « le Savoir mis en strophes », sous le nom d'Arya, littéralement « Noble » en sanskrit archaïque.

Pour entrer en contact avec leurs dieux et s'assurer de leur protection, les Aryas se réunissent autour du feu. Tout en scandant les hymnes sacrés, ils recourent au sacrifice. À leurs yeux, le sacrifice est primordial car il permet aussi, et surtout, de maintenir ce qu'ils nomment le *rta*, c'est-à-dire l'ordre cosmique et temporel. Si les rivières coulent paisiblement, c'est qu'elles coulent selon le *rta* ; si l'aurore apparaît bien chaque matin, c'est que « l'aurore née du ciel luit selon le *rta*[1] ».

Accomplir les rites correctement autour du feu sacrificiel, c'est agir de même selon le *rta*. Au fil du temps, les rituels deviennent de plus en plus complexes… Les grandes cérémonies qui incluent des sacrifices de chevaux sont les plus solennelles et elles nécessitent la présence de plusieurs officiants spécialisés. Elles sont inévitablement rythmées par la psalmodie d'hymnes aux dieux qui, s'ils ne sont pas encore représentés par des images, sont sans cesse nommés, classés, énumérés, comptés dans les nouvelles strophes composées par les prêtres qu'on appelle les brahmanes. Parmi les nombreuses divinités du panthéon, Agni, le dieu du feu domestique et sacrificiel, ainsi que Surya, le soleil, sont particulièrement vénérés ; mais Indra, le dieu de la guerre porteur de foudre, gagne sans cesse du terrain... Car livrer bataille occupe de plus en plus les Aryas. Quand les tribus ne se battent pas entre elles, elles s'attaquent aux Dasas, les populations locales. Grâce à Indra, le redoutable « taureau blanc du troupeau humain[2] » qui « hait les peaux sombres[3] », les Aryas l'emportent souvent sur les « Sans-Lois »... De fait, leur suprématie militaire est indéniable : montés sur des chars légers aux roues à rayons, les « Nobles », revêtus d'épaisses cuirasses, savent lancer avec une précision mortelle « la flèche divine, ointe de poison[4] »...

Ces batailles victorieuses sont prétexte à de nouvelles migrations. Elles entraînent les Aryas toujours plus vers l'est, dans le sillage du dieu Indra, qui aime s'enivrer de Soma, l'ambroisie céleste du sacrifice. À partir de – 1000, leurs tribus pénètrent dans la vallée du Gange. Avec l'aide du dieu Agni, elles brûlent les vastes forêts qui bordent le fleuve avant de les défricher ; bientôt avec des outils de fer. À mesure qu'ils occupent de nouveaux territoires, de conflit en fusion, les Aryas se mélangent avec les populations autochtones asservies. S'ils imposent pour une large part leurs traditions et leurs croyances, ils enrichissent sans doute aussi leur culture d'éléments non aryas.

Le campement nomade formé par un simple cercle de chariots est maintenant un lointain souvenir. Les Aryas vivent désormais dans des cités entourées de murailles de bois, capitales de petits royaumes au système administratif encore rudimentaire. Des postes fortifiés établis le long du Gange et des frontières témoignent de l'insécurité permanente qui règne. Comme le *Mahabharata* en a gardé le souvenir, la guerre que se livrent les Aryas ne semble jamais vouloir cesser... À la tête de chaque royaume, l'alliance entre souverains et prêtres se renforce, elle semble même inébranlable. Les rois détiennent, par la force militaire, l'ordre terrestre, tandis que les brahmanes assurent, par le rituel, le maintien de l'ordre cosmique et temporel : lors des grandes cérémonies publiques visant à assurer la protection du royaume, le sacrifice est exécuté, au nom du souverain, par l'officiant brahmane. Complémentaires, prêtres et guerriers sont les deux acteurs majeurs des rituels sacrificiels ; la préservation de l'harmonie du monde se fonde sur leur alliance.

Au VIe siècle avant notre ère, à l'époque où naît le futur Bouddha, la société « aryanisée » domine tout le nord de l'Inde. Elle est encore en expansion mais son cœur réside toujours dans la vallée du Gange, où les modestes royaumes sont devenus de véritables monarchies. Éternellement rivales, toutes cherchent à étendre leur suprématie. Les petites républiques indépendantes comme celle des Sakyas, qui se sont constituées à la marge de ces monarchies, ne peuvent se soustraire au modèle socioreligieux imposé par les descendants des premiers Aryas. Seuls les *adivasis*, « les premiers occupants » vivant dans les forêts les plus reculées, échappent à leur influence culturelle.

Mille ans ont passé depuis l'époque où débutait la composition du *Rig Veda*. Transmis oralement de génération en génération, le texte sacré s'est progressivement étoffé, il compte maintenant près de mille hymnes. Trois autres ensembles lui ont même été adjoints : le *Yajur Veda*, qui traite des formules liturgiques, le *Sama Veda*, des mélodies liturgiques, et l'*Arthava Veda*, des formules magiques. Ensemble, ils forment maintenant un immense corpus appelé le Veda, autrement dit le « Savoir » par excellence, qui fait autorité sur les croyances, les pratiques religieuses et, plus largement, sur les us et coutumes de toute la société. Premier monument littéraire de la civilisation indienne, le Veda commence à peine, au VIe siècle avant notre ère, à être couché par écrit en sanskrit, par les brahmanes. Que la période de transmission orale ait été si longue, se poursuivant alors que l'écriture est entrée en usage depuis plus d'un siècle, n'a rien de surprenant : le Veda, considéré comme la « Révélation », doit être « entendu ». Pour ses adeptes, cette littérature sacrée n'est pas une œuvre humaine. Éternelle, elle est d'inspiration divine. Des esprits exceptionnels, des poètes inspirés appelés *rishi*, en ont eu l'intuition à l'aube des temps et ont transposé cette révélation en paroles humaines. C'est pourquoi le Veda, qui est aussi appelé l'« Audition », doit être appris par cœur de la bouche d'un maître. La parole, la voix, *vak*, terme étymologiquement proche du latin *vox*, est d'ailleurs divinisée depuis l'origine.

Pour autant, au sein des monarchies comme des républiques, tout le monde n'a pas le droit d'entendre ce Savoir : la société indienne du VIe siècle avant notre ère se trouve en effet segmentée en plusieurs classes spécialisées qui n'ont pas toutes le même accès au religieux. Le fait n'est pas nouveau. Depuis toujours, la littérature sacrée prône une société idéale divisée en quatre grandes classes hiérarchisées entre elles, appelées *varna*, c'est-à-dire à la fois « couleur » et « catégorie ». Cette conception religieuse du corps social se fonde sur le mythe du Purusha : du sacrifice primordial de l'Homme cosmique, de son corps démembré, sont nées les quatre grandes catégories socioprofessionnelles... « Sa bouche devint le Brahmane, le Guerrier fut le produit de ses bras, ses cuisses furent l'Artisan, et de ses pieds naquit le Serviteur[5] », enseignait déjà le *Rig Veda*.

Au sommet de cette hiérarchie, qui est rapidement devenue héréditaire, se trouve le *varna* des brahmanes, et cela en raison de la pureté associée à leur fonction, la prêtrise. Lettrés par excellence, ils ont le pouvoir d'exécuter les rites sacrificiels, d'étudier, de préserver et d'enseigner le Veda. Ils sont suivis par la catégorie royale des *kshatriya*, les guerriers, *varna* auquel appartient Siddharta Gautama par sa naissance. Disposant des armes, ceux-ci détiennent le pouvoir politique et ont vocation à étendre leur territoire. Pour assurer la protection de leur royaume, les *kshatriya* doivent faire exécuter, à leurs frais, des sacrifices par les brahmanes. Plus bas encore dans la hiérarchie se trouvent les *vaishya*, les producteurs de biens matériels. Ces derniers ont pour fonction de travailler, cultiver la terre, négocier, élever du bétail. Vient, enfin, la classe des *shudra*, qui n'ont d'autre spécialité... que celle d'être les serviteurs des *varna* supérieurs. À la différence des trois autres, ils n'ont pas le droit d'étudier, ni même d'entendre, les textes sacrés. Alors que les *shudra* sont réduits à leur seule naissance biologique, les membres des trois premiers *varna* ont en effet en commun le privilège d'être des *dvija* ou « deux fois nés » : les garçons reçoivent une initiation au Savoir qui représente une deuxième naissance. Les auteurs du Veda ont sans doute imposé très tôt ce système hiérarchique aux populations indigènes. Peut-être le *varna* des serviteurs était-il constitué à l'origine par les fameux Dasas, les « ennemis » des Aryas...

Cependant, dans les grands royaumes du VIe siècle avant notre ère, la société évolue : l'urbanisation et l'essor du commerce entraînent des modifications au sein des structures sociales. Les produits qui circulent de plus en plus par le biais des routes caravanières, vers l'ouest jusqu'en Perse, et vers l'est jusqu'en Chine, assurent à la classe marchande une prospérité grandissante. L'influence des commerçants se renforce de jour en jour dans les cités florissantes des rives du Gange. Les artisans aussi s'enrichissent et se multiplient. À mesure que les corps de métiers se diversifient pour se spécialiser, des sous-catégories apparaissent au sein des quatre *varna*. Naturellement, ces castes héréditaires — qui seront bientôt appelées *jati*, autrement dit « naissance » — se trouvent elles-mêmes hiérarchisées entre elles et chacune doit se conformer strictement à la fonction qui lui incombe au sein de la société. Nul ne peut échapper à cette stratification des hommes qui est considérée comme sacrée, inaltérable, puisqu'elle s'ordonne selon l'ordre socio-cosmique du monde, le *Dharma*.

Un pareil carcan pousse les nouvelles classes urbaines à la contestation. En premier lieu, celles-ci remettent en cause la suprématie des brahmanes, et notamment leur mainmise totale sur la vie religieuse. En tant que dépositaires du Veda, ils sont effectivement toujours les seuls habilités à effectuer les cérémonies sacrificielles, que ce soit pour eux-mêmes ou, moyennant finances, pour le compte d'autres *dvija*. Les *vaishya*, dont la vocation consiste à s'enrichir toujours plus, rechignent à participer à ces rituels coûteux auxquels ils ne sont pas habitués. Ces nouveaux notables préfèrent employer les brahmanes, lettrés par excellence, comme comptables pour leurs activités commerciales... Quant aux *shudra*, exclus de l'étude du Veda, ils n'ont tout simplement pas le droit de faire exécuter des sacrifices aux grands dieux védiques.

Au sein même de la classe religieuse, certains remettent en cause l'état des choses. Si beaucoup de brahmanes continuent d'honorer les divinités par des rites sacrificiels sanglants, quelques-uns travaillent à insuffler de nouvelles perspectives à la religion héritée des temps anciens. En l'absence de clergé centralisé, les courants qui agitent la vie religieuse indienne se manifestent par l'émergence de nombreux courants réformateurs et d'une multitude de mouvements sectaires. Au moment où le jeune Siddharta Gautama se dirige vers les grands royaumes à la recherche d'un guide spirituel, la religion védique est donc en pleine transformation ; elle laisse la place à ce qu'on appelle le brahmanisme. À son tour, celui-ci donnera naissance quelques siècles plus tard à l'hindouisme tel que nous le connaissons aujourd'hui.

Tout comme les premiers rituels des Aryas peuvent être appréhendés par l'étude des textes du *Rig Veda* parvenus jusqu'à nous, cette mutation religieuse est perceptible lorsqu'on étudie la littérature sanskrite qui s'élabore alors. Au VIe siècle avant notre ère, la composition des textes appartenant à la Révélation n'est pas encore achevée. Aux quatre recueils de référence, des brahmanes rénovateurs ont entrepris d'ajouter une nouvelle couche de textes, faite de traités en prose qui expliquent, interprètent et commentent les mythes, les formules et les rites. Il s'agit des *Brahmana*, « Interprétations sur le *brahman* », puis des *Aranyaka*, « Traités forestiers », et enfin des premières *Upanishad*, les « Approches », qui vont encore plus loin dans la mise à distance de l'héritage védique.

Utilisant fréquemment l'analogie, ces textes sacrés développent dans toute leur ampleur certaines doctrines à peine en germe dans les hymnes anciens. Ils illustrent des spéculations jusqu'alors quasiment inédites comme celles, capitales, qui aboutissent à l'identification entre microcosme et macrocosme et au concept du cycle des réincarnations. L'accent est mis désormais sur la recherche personnelle qui permet d'accéder à la fusion de l'âme individuelle, *atman*, et de l'âme universelle, *brahman*. Cette union est synonyme de salut car elle met fin au *samsara*, à la transmigration continuelle de l'âme. Dans cette perspective, les figures des grands dieux védiques reculent au profit du *brahman*, qui siège très haut au-dessus des destinées du monde terrestre.

Le brahmanisme rejette les grandes cérémonies solennelles au profit d'autres voies, comme la méditation ou les pratiques ascétiques, qui permettent à chacun d'accéder personnellement à la fusion avec l'absolu. Le rituel collectif n'est plus au cœur des pratiques religieuses ; c'est le renoncement au monde qui est à présent érigé en modèle. Mais si le rituel perd de sa primauté, le sacrifice n'est pas abandonné. Il est réinterprété : selon les auteurs des *Upanishad*, la méditation est comparable à la friction des baguettes qui servent à l'allumage du feu sacrificiel ; l'*atman* est présent en chaque homme, de manière latente, comme l'est l'étincelle dans la baguette de bois. Ainsi intériorisé, le sacrifice prend une dimension nouvelle.

L'antique religion védique n'ignorait ni les pratiques ascétiques ni les spéculations métaphysiques. Dans leurs premiers textes sacrées, les Aryas consacraient déjà un hymne à « l'Ascète chevelu[6] ». Ils s'interrogeaient aussi, avec une profondeur étonnante, sur le principe unique et neutre qui est à l'origine de la création du monde visible, laquelle a précédé la naissance des dieux : « Cette création secondaire, d'où elle est issue, si elle a été fabriquée ou si elle ne l'a pas été, Celui qui surveille ce monde au plus haut du ciel le sait seul — à moins qu'il ne le sache pas[7] ? » Cependant, le ritualisme voire la magie dominait la vie religieuse des temps védiques. La recherche personnelle et la mystique en étaient presque totalement absentes. Il ne fait pas de doute qu'avec le brahmanisme, engendré par l'émergence de la civilisation urbaine, une page de l'histoire religieuse indienne se tourne. Et cela, au moment même où Siddharta Gautama s'engage dans la voie spirituelle...

Ce long voyage dans le temps, aux sources de la civilisation indienne, permet de porter un autre regard sur les légendes qui narrent la jeunesse du Bodhisattva. Il s'avère même indispensable pour appréhender avec plus de justesse les conditions du parcours, passé et à venir, du fondateur historique du bouddhisme.

Si l'on considère l'enfance et la jeunesse de Siddharta Gautama, tout indique qu'il a été élevé dans la religion dominante de son époque. Mais la république des Sakyas, située aux confins des terres « aryanisées », n'était qu'un avant-poste de la civilisation brahmanique. Il a donc probablement reçu une éducation religieuse plutôt conservatrice au regard des mutations qui s'opéraient dans la vallée du Gange. En plusieurs occasions, les écrits bouddhiques attestent que des brahmanes étaient bien présents à la cour de Suddhodana. Celui-ci devait les entretenir financièrement, sous forme de dons, en échange de leurs bons et loyaux services. Ainsi, les huit devins consultés à la naissance du Bodhisattva sont des brahmanes, tout comme les prêtres qui officient lors de son mariage. Le jeune homme était aussi familier des grands dieux du panthéon védique, comme en témoigne par exemple l'apparition mentionnée dans les légendes des « Trente-trois[8] » divinités, ayant à leur tête le puissant Indra, lors de son départ de Kapilavastu. De même, la cérémonie du sillon n'est autre qu'un antique rituel védique qui, supervisé par les brahmanes, inaugurait la saison des labours.

En tant que noble *kshatriya*, le jeune homme occupait une position privilégiée au sein de la hiérarchie sociale et religieuse. À ce titre, peut-être a-t-il même reçu l'initiation au Savoir réservée aux seuls *dvija*. Quoi qu'il en soit, il devait se conformer aux nombreuses prescriptions inhérentes au système des *varna*, en particulier à celles concernant le mariage. Son épouse était comme lui une *kshatriya* et il lui aurait été difficile d'épouser une femme appartenant à un *varna* inférieur. Par son rang, le jeune homme n'avait probablement pas le droit de partager son repas avec un *shudra* ; il était en revanche obligé d'assister régulièrement aux pointilleux rituels opérés par les brahmanes à la demande de Suddhodana. Parmi les « soixante-quatre arts[9] » auxquels Siddharta fut initié dans sa jeunesse d'après les légendes figurent en bonne place l'entretien du feu sacré, les rites des sacrifices et l'étude du Veda. Mais, parce qu'il était spontanément enclin à la méditation et à la spéculation, le jeune homme a vite jugé cette voie ritualiste particulièrement formaliste et répétitive. Après sa rencontre impromptue avec un ascète errant, il a eu l'intuition que la quête du salut poursuivie par ce religieux atypique était porteuse d'une aventure spirituelle autrement plus excitante que les cérémonies ancestrales perpétuées par les brahmanes de la Cour à Kapilavastu.

En appelant la connaissance historique actuelle de l'Inde religieuse au chevet des vieilles légendes — écrites par les bouddhistes eux-mêmes dans l'intention de magnifier le souvenir de leur maître —, de nombreux épisodes de la vie de Siddharta Gautama prennent soudain une teinte plus familière. Depuis ses nombreuses réincarnations précédant son ultime renaissance à Lumbini jusqu'à son choix de renoncer à la vie mondaine, le parcours spirituel et religieux du Bodhisattva n'offre rien que de très ordinaire au regard du contexte indien. Celui qui est présenté comme la « Crème des Êtres[10] » apparaît bien comme un homme de son temps et de son milieu. Vers l'âge de vingt-neuf ans, le voici qui s'engage, comme d'autres de ses contemporains, dans la quête personnelle du salut. Désormais, année après année, au contact de divers maîtres spirituels et d'autres renonçants, le jeune ascète va lentement mûrir jusqu'à commencer à échafauder à son tour sa propre doctrine... non pas à partir du néant, mais en fonction du milieu dans lequel il aura évolué, en interaction avec le contexte religieux de son époque.

Incarnation parmi d'autres de la profonde mutation qui bouleverse la religion dominante dans l'Inde du VIe siècle avant notre ère, l'apparition du bouddhisme ne sera pas le fruit du hasard.

Quête

Le Bodhisattva se dirige pas à pas vers le sud-est, la direction des dieux. C'est aussi celle de la route caravanière qui va jusqu'au royaume de Magadha, l'un des plus puissants de son temps. Sous ses pieds nus, le sol est sec et poussiéreux. Autour de lui, la lumière est aussi éclatante et la nature aussi flamboyante qu'elles l'étaient, vingt-neuf ans plus tôt, au jour de son ultime renaissance parmi les hommes.

Siddharta mendie chaque jour humblement sa nourriture quand il traverse des villages. Ceux-ci se font plus nombreux à mesure qu'il se rapproche des cités prospères des rives du Gange. Sur le seuil de leurs masures de terre, les villageois distribuent volontiers au jeune renonçant des galettes de céréales et de la bouillie de riz, des fruits mûrs et du lait frais. Parfois, ils lui offrent même l'hospitalité pour la nuit. Sinon, le novice dormira dans les fourrés, enveloppé dans une étoffe, seul sous la voûte céleste.

Après quelques jours de marche, l'ascète Gautama arrive à Vaisali, la capitale des Licchavis.

N'ayant jamais quitté la petite cité de son enfance, il s'y attarde un moment, avant d'entendre parler d'un maître spirituel réputé qui vit, entouré de nombreux disciples, à l'orée de la ville. « À la recherche de l'état suprême de la paix sublime, je suis allé voir Alara Kalama et lui ai dit : “Ami Kalama, je veux mener la sainte vie selon cette doctrine et cette discipline.” » Le gourou accepte sa requête sans difficulté : « Vous pouvez rester ici mon ami. Cette doctrine est telle qu'une personne sage peut rapidement accéder au savoir de son enseignant, et réaliser en elle-même par le biais de la connaissance directe ce que son propre professeur sait[1]. » Le maître n'a pas menti. À force de récitations et de répétitions, le nouvel élève apprend vite la doctrine d'Alara Kalama. Il acquiert en même temps la maîtrise des nouveaux concepts qui font débat parmi les religieux réformateurs. Avec une belle assurance, Siddharta n'hésite pas à se lancer dans des discussions approfondies avec les autres disciples. Assis par terre en rond, les novices drapés de safran, la couleur du renoncement, passent ainsi de longs moments à jongler avec leur nouveau savoir, à comparer leur niveau de connaissance.

Les semaines succèdent aux semaines. Le jeune disciple excelle dans la doctrine dispensée par Alara Kalama, mais la connaissance théorique, si parfaite soit-elle, ne lui suffit plus. Il lui tarde maintenant d'expérimenter ce savoir en profondeur, de le réaliser en lui-même. Siddharta va trouver son maître spirituel. Il lui demande jusqu'où il est possible de vivre intérieurement la doctrine qu'il enseigne, il veut savoir jusqu'à quel niveau le gourou lui-même a réussi à l'expérimenter... « Jusqu'à la sphère du vide[2] », lui répond le maître. Mobilisant toute sa conviction et sa volonté, son attention et sa concentration, le Bodhisattva parvient rapidement à réaliser intérieurement la doctrine du gourou, sans avoir besoin de persévérer pendant de longues années comme les autres disciples. Alara Kalama accueille la nouvelle avec enthousiasme : « Nous sommes chanceux, mon ami, très chanceux d'avoir un tel compagnon dans la vie sainte ! » Puis le maître ajoute, sur un ton plus solennel : « Le savoir que je connais est le même savoir que vous connaissez ; le savoir que vous connaissez est le même savoir que je connais. Venez, mon ami, dirigeons maintenant cette communauté ensemble[3]. » C'est un très grand honneur, cependant la proposition du maître embarrasse Siddharta. Au fond de lui-même, il sait pertinemment que la doctrine d'Alara Kalama ne mène ni à l'abolition du désir, ni à la paix intérieure, ni à la vraie connaissance, ni à l'ultime éveil... « mais seulement à la base constitutive du néant[4] ». Après avoir décliné l'offre, le jour même, le jeune renonçant quitte l'ashram...

Le voici à nouveau sur la route du royaume de Magadha. Après avoir traversé le Gange sur un bac, il marche maintenant sur une belle voie, large et bien aplanie, qui vient à peine d'être aménagée. Jour après jour, Siddharta y croise sans cesse plus de monde : commerçants juchés sur des charrettes débordant de marchandises, femmes et enfants se rendant à la rivière pour le bain matinal, bergers avec leurs troupeaux de chèvres, de vaches ou de buffles, groupes de pèlerins en route pour un lieu saint, soldats conduisant fièrement des éléphants de guerre, troupes de saltimbanques accompagnées d'ours ou de singes savants. Et parfois même des ascètes errants à son image. Autour de lui, le paysage a changé. Les forêts vierges emplies de jasmin se font plus rares, laissant la place à de vastes étendues vertes de riz mûrissant. Et tandis que de hautes collines se profilent à l'horizon, il marche toujours à un rythme régulier, sans se laisser perturber par l'agitation grandissante qui annonce l'arrivée imminente à Rajagrha, la prestigieuse capitale du Magadha.

Enfin, Siddharta franchit un matin les portes de l'imposante cité fortifiée et entourée de cinq monts abrupts qui sont autant de remparts naturels. Très peuplée, Rajagrha lui semble, à juste titre, plus étendue que Vaisali. Bien plus riche aussi. Grâce à ses énormes gisements de minerai de fer, le royaume de Magadha est particulièrement prospère ; il est même en pleine expansion. Giribbaja, l'ancienne capitale édifiée sur une hauteur, est d'ailleurs devenue trop petite pour accueillir tous ceux qui viennent s'installer dans la capitale avec l'espoir d'y faire fortune. Construite juste à ses pieds, Rajagrha, la nouvelle ville flambant neuve, impressionne toujours beaucoup les nouveaux arrivants. Mais l'ascète Gautama reste imperturbable. Au milieu d'un flot ininterrompu de passants, il pénètre tranquillement dans la cité afin d'y mendier sa nourriture du jour. Il quitte bientôt la large voie où circulent les attelages pour s'enfoncer dans un dédale de venelles le long desquelles s'entassent les habitations, les ateliers d'artisans et les échoppes des commerçants. Les étrangers se perdent facilement dans ce labyrinthe bruyant et coloré ! Heureusement, Siddharta n'a pas besoin d'arpenter longtemps les ruelles en tenant entre les mains son bol à aumônes en bois. Du prospère marchand au modeste serviteur, nombreux sont les Magadhiens qui, pour acquérir des mérites, se disputent le privilège de faire l'aumône à ceux qui ont fait le choix de l'ascèse. Et en voyant ce jeune renonçant mendier de façon si digne, si humble, silencieusement et tête baissée, « ne regardant pas plus loin devant lui qu'une longueur de charrue[5] », les citadins n'hésitent pas à se montrer encore plus généreux que de coutume.

Un grand bâtiment a été érigé tout récemment au cœur de la cité pour héberger les voyageurs et un vaste caravansérail construit près des remparts pour la halte des marchands de passage. Le Bodhisattva, qui préfère résider à l'écart de l'agitation des hommes, quitte rapidement les murs de la puissante capitale avant que ses lourdes portes ne soient refermées pour la nuit. Le jeune homme gagne le flanc du mont Pandava tout proche. En attendant de rencontrer un nouveau maître spirituel, cet endroit lui semble parfait pour méditer en solitaire. Durant la journée, un imposant rocher que tout le monde surnomme le Pic des Vautours, en raison de sa forme évocatrice, le protégera efficacement du soleil. Comme il en a désormais l'habitude, la nuit chaude et étoilée enveloppera doucement son sommeil.

Chaque matin, dès l'aube, l'ascète Gautama quitte son nouveau refuge et descend jusqu'à la ville afin d'y récolter sa nourriture quotidienne. Croyant passer inaperçu au milieu de la foule, Siddharta ne se doute pas qu'il est l'objet de la surveillance attentive et discrète d'un jeune homme... Monté sur le trône à l'âge de quinze ans, le souverain Bimbisara a seulement cinq années de moins que lui. Depuis qu'il a aperçu le Bodhisattva le jour de son arrivée à Rajagrha, le roi de Magadha est de plus en plus intrigué par cet inconnu vêtu de safran dont il admire chaque jour davantage l'attitude exemplaire. Comme beaucoup de ses contemporains, il considère la voie du renoncement comme la plus noble de toutes. Tous les matins, il guette le jeune renonçant depuis la tour de son palais et observe avec attention le moindre de ses mouvements.

Bimbisara charge finalement ses hommes d'obtenir des renseignements sur le mystérieux ascète. Le lendemain matin, quatre agents royaux entreprennent de suivre Siddharta après sa tournée d'aumônes en ville et gagnent le pied du Pic des Vautours, où le sage s'est assis à l'ombre d'un arbre pour manger son unique repas du jour. Aussitôt, l'un d'eux repart pour informer le roi : « Ce moine, votre majesté, est assis sur les flancs du Pandava comme un tigre, un taureau, un lion[6]. » Le souverain décide alors de se rendre en personne sur les lieux pour rencontrer ce personnage qui promet d'être hors du commun. Au bout d'un moment, il est obligé d'abandonner son char et d'effectuer le reste du trajet à pied. En arrivant, un peu essoufflé, Bimbisara se penche pour « saluer ses pieds avec sa tête[7] », puis s'assied respectueusement à côté du Bodhisattva. L'aura qui émane de celui-ci l'impressionne au plus au point. Après un échange d'aimables courtoisies, Bimbisara lui fait une proposition inattendue : « Vous êtes jeune, juvénile, dans la fleur de la jeunesse, doté de la stature et du bon teint d'un guerrier noble de haute naissance. Vous auriez fière allure à la tête d'une armée, menant un escadron d'éléphants. Je vous offre la fortune : saisissez-la. Je m'enquiers de votre naissance : dites-moi[8]. »

Siddharta l'informe volontiers de son lignage royal et de son appartenance au clan des Sakyas. Mais il décline l'offre du roi, digne d'un de ces pièges tendus habituellement par le fourbe Mara. Il a abandonné la vie princière et renoncé au désir, dont il a compris les dangers, pour se réfugier dans la voie du renoncement et la recherche du salut car, explique-t-il patiemment au souverain, « c'est là que se réjouit mon cœur[9] ». Cachant sa déception, Bimbisara lui fait alors promettre de venir lui rendre visite le jour où il aura atteint l'illumination, afin de lui enseigner sa doctrine.

Peu après cette rencontre, Siddharta devient le disciple d'un maître spirituel dénommé Rudraka Ramaputra. Selon le *Lalitavistara*, ce gourou, « connu, recherché, très vénéré, estimé des savants », est l'un des plus célèbres de la région. Incluant la pratique de mortifications et d'austérités ainsi que des exercices portant sur le souffle, l'enseignement que dispense Rudraka Ramaputra est réputé conduire à la contemplation absolue, « au séjour où il n'y a ni idées ni absence d'idées[10] ». Son ermitage est installé dans un bois aux abords de Rajagrha, ses disciples « sont au nombre de sept cents[11] ». Siddharta ne tarde pas à devenir proche de quelques-uns d'entre eux. Observant jour après jour le don spirituel exceptionnel de leur compagnon d'ascèse, Kondanna, Bhaddiya, Vappa, Mahanama et Assaji tiennent rapidement le nouveau venu en grande estime. Pensez donc, l'ascète Gautama est si doué que Rudraka Ramaputra lui a même proposé de prendre la tête de son école ! Aussi, lorsque le Bodhisattva parvient au même niveau de connaissance que leur maître et que, insatisfait de sa doctrine, il annonce son départ pour poursuivre ailleurs sa quête de la vérité, les Cinq n'ont aucune hésitation : ils décident de le suivre. « Sans doute, il deviendra le précepteur du monde et, ce qu'il aura découvert, il nous en fera part[12] », espèrent avec conviction les jeunes novices.

Le Bodhisattva part alors « en excursion dans le pays de Magadha avec les cinq personnages de bonne caste[13] ». Les voici qui se dirigent plus au sud, en direction de la ville de Gaya, cheminant à travers la plaine fertile du Gange, immense patchwork de champs et de rizières ponctué ici et là de bosquets et de monts rocailleux. La vie d'errance est légère et heureuse, le rythme de la marche s'accorde parfaitement avec la méditation, chaque pas est une promesse renouvelée d'atteindre la révélation ultime, celle qui met fin au cycle des réincarnations.

Arrivé à une dizaine de kilomètres de Gaya, près de la localité d'Uruvela, l'ascète Gautama est soudain profondément touché par le spectacle de la « rivière Nairanjana avec ses eaux pures, ses beaux escaliers d'accès, les agréables bocages qui la bordent, les hameaux de pasteurs qui l'entourent ; et là en vérité l'esprit du Bodhisattva fut on ne peut plus charmé : Commode est ce coin de terre, ravissant, favorable à la retraite... Il faut que je m'y installe[14] », aurait-il déclaré à ses fidèles compagnons de route. Mais, selon d'autres récits du canon pali, c'est seulement à ce moment-là, lorsque le Bodhisattva se fixe à Uruvela, que les Cinq se seraient joints à lui pour l'accompagner dans sa quête de l'Éveil. Ils sont alors décrits comme des personnages n'ayant aucun lien avec Rudraka Ramaputra... Le plus âgé d'entre eux, Kondanna, est présenté comme étant le plus jeune des huit brahmanes astrologues qui avaient examiné le corps du prince à sa naissance. Ses quatre compagnons sont les fils de ses anciens confrères, tous décédés depuis. Comme Kondanna, ils ont choisi de quitter Kapilavastu pour suivre Siddharta dans sa recherche de l'Éveil car leurs pères les ont prévenus, avant de mourir, de la destinée exceptionnelle qui attendait le fils de Suddhodana, s'il embrassait un jour la vie d'ascète.

Quoi qu'il en soit, l'installation à Uruvela en compagnie des Cinq inaugure pour le Bodhisattva une intense période de recherche spirituelle. S'il a jugé insuffisante les deux doctrines enseignées par ses premiers maîtres, l'ascète Gautama ne va pas renoncer à poursuivre les exercices yogiques et la pratique des austérités auxquels ils l'ont initié : il va même s'y adonner avec une ardeur radicale, expérimentant en profondeur diverses voies religieuses jugées peu orthodoxes par les brahmanes les plus conservateurs. Commence une quête de la connaissance qui va être aussi longue que difficile.

Le Bodhisattva se livre d'abord à des exercices de rétention du souffle : « Il faut que, ayant serré les dents, ayant pressé mon palais avec ma langue, je retienne fermement ma pensée à l'aide de mon esprit, que je la subjugue, que je l'écrase complètement[15]. » Mois après mois, il pousse toujours plus loin les exercices respiratoires… Installé à l'écart des hameaux dans une petite hutte rudimentaire construite de ses propres mains, l'ascète Gautama se retrouve régulièrement plongé dans un isolement total, car les Cinq ne sont pas toujours à ses côtés. Il ressent alors, pour la première fois, la peur de vivre tout seul en pleine nature pendant une période prolongée : « La solitude de la forêt est dure à supporter, il est dur de trouver de la joie à être seul. Lorsque je restais la nuit dans ces lieux effrayants et angoissants et qu'un animal passait ou qu'un paon brisait une branche ou que le vent gémissait parmi les feuilles, j'étais empli de terreur et de panique[16]. » Peu à peu, il apprend à maîtriser sa peur et à maintenir son esprit « concentré et unifié[17] », quelles que soient les conditions.

Siddharta poursuit encore et encore son travail du souffle jusqu'à la cessation totale de « toute inspiration et toute expiration, par les oreilles comme par la bouche et par le nez[18] ». Mais, en dépit de ces efforts menés à l'extrême, les résultats spirituels escomptés ne sont pas au rendez-vous. À leur place, il ne connaît finalement que de violentes céphalées, des maux de ventre et des accès de fièvre... Le jeune ascète décide de les abandonner.

Il se tourne vers le jeûne. À nouveau, il pousse progressivement l'expérience jusqu'à sa limite, autrement dit jusqu'à la suppression complète de nourriture. Après plusieurs mois, son état devient véritablement terrifiant :

Tout à fait semblables aux poutres croulantes d'une vieille cabane, ainsi mes côtes, tombant en ruines, étaient-elles devenues sous l'effet du jeûne. Tout à fait semblables au cercle d'eau miroitant que l'on voit au fond d'un puits profond, ainsi mes pupilles luisantes, enfoncées dans mes orbites, étaient-elles devenues sous l'effet du jeûne. Tout à fait semblable à l'écorce crue d'une courge amère, ratatinée et racornie sous l'action du vent et de la chaleur, ainsi la peau de ma tête, ratatinée et racornie, était-elle devenue sous l'effet du jeûne. En vérité, je pensais « Je vais toucher la peau de mon ventre », dès que je saisissais mon épine dorsale, et « Je vais toucher mon épine dorsale » dès que je touchais la peau de mon ventre car j'en étais arrivé à ce que la peau de mon ventre adhère à mon épine dorsale sous l'effet du jeûne[19].

Un jour, relate le livre des *Jataka*, le Bodhisattva perd totalement connaissance. La rumeur de sa mort parvient alors jusqu'à son père à Kapilavastu. Suddhodana, qui a placé sa foi dans la prophétie d'Asita, refuse d'y accorder crédit... Un autre récit traditionnel rapporte encore que le jeune ascète, à bout de forces et incapable du moindre mouvement, finit tellement par ressembler à un cadavre que les divinités elles-mêmes se méprennent et le croient mort !

Tandis que Siddharta impose quotidiennement à son corps immobile de terribles souffrances, le doute s'installe progressivement dans son esprit... Jusqu'au moment où un vieux souvenir d'enfance lui ouvre soudain les yeux : en repensant au jour où, loin de toute austérité, le spectacle de la cérémonie du labour lui avait permis d'accéder spontanément au premier état de méditation, il prend pleinement conscience de l'inanité de l'ascèse extrême et, même, de toute forme de pénitence. Il comprend que, durant toutes ces années, il s'est trompé de chemin...

Peu après, le Bodhisattva, abandonnant définitivement le jeûne très sévère qu'il avait pratiqué jusque-là, mangea un peu de riz et de bouillie de grains grillés afin d'acquérir des forces suffisantes. Dès qu'il eut pris ainsi un peu de nourriture, les cinq hommes qui le suivaient furent complètement déçus et ils le quittèrent en se disant mutuellement : « L'ascète Gautama est insensé, stupide, il a perdu la Voie. N'existe-t-il donc pas une Voie de la Vérité ? » et ils partirent sur-le-champ[20].

Les Cinq ayant pris la direction de Kashi, la ville sainte des bords du Gange, afin d'y poursuivre la quête de la connaissance auprès d'un autre sage, Siddharta décide d'aller mendier de la nourriture dans les hameaux voisins. Très affaibli, il peine à marcher. Depuis longtemps, ses vêtements sont tombés en lambeaux et il a besoin de couvrir son corps. Il trouve alors sur son chemin le linceul d'un cadavre ou, selon d'autres légendes, le haillon d'une vieille mourante. Après avoir lavé ces guenilles dans la rivière Nairanjana — certains parlent d'un étang apparu comme par enchantement —, il les assemble à la manière d'une robe de moine. Le voilà désormais prêt pour se rendre au village le plus proche. Mais il ne peut aller bien loin. Épuisé, il s'assied au pied d'un arbre. C'est à ce moment que le destin se porte à son secours... Sujata, la fille du chef du village de Senani, a envoyé sa servante offrir une belle offrande de riz à la divinité qui habite dans un arbre sacré de la forêt voisine. Elle a, en effet, donné naissance à un fils ce matin et, comme elle est très pieuse, elle n'a pas oublié d'honorer son vœu. Voilà comment la servante de Sujata, croyant que Siddharta n'est autre que la divinité incarnée, vient lui remettre la copieuse offrande !

Grâce à ce don providentiel, le Bodhisattva récupère rapidement sa force physique. Mais il se retrouve totalement désœuvré dans sa quête spirituelle et complètement seul. Il a quitté sa famille, quitté ses amis, quitté ses deux maîtres spirituels et le voilà à présent abandonné du jour au lendemain par ses cinq disciples. À l'approche de son trente-cinquième anniversaire, il a déjà épuisé deux grands domaines de l'expérience humaine : la volupté de la vie princière de sa jeunesse, puis l'ascèse de la vie de renonçant à laquelle il s'est contraint six années durant. À ces deux voies opposées mais tout aussi extrêmes, il a renoncé définitivement tour à tour. Comme après sa fuite de Kapilavastu, le voici à nouveau totalement livré à lui-même dans sa quête du salut. Pour autant, l'ascète Gautama ne s'avoue pas vaincu. Une seule question ne cesse de le hanter : « N'y aurait-il pas une autre voie vers l'Éveil[21] ? »

Vallée du Gange, vers – 500

En Inde, l'effervescence intellectuelle bat son plein. Ici et là, des esprits libres et critiques échafaudent de nouvelles spéculations métaphysiques, imaginent de nouvelles pratiques religieuses pour bousculer l'héritage védique. Sur les terres fertiles baignées par le Gange, une révolution philosophique est en marche. La société change, la religion dominante également. Dans les cités des grands royaumes, les élites intellectuelles se livrent à des débats enflammés sur les questions spirituelles. Organisées sur les places publiques, les joutes oratoires entre brahmanes et grands maîtres spirituels passionnent plus les foules que les grands sacrifices rituels. Sur les routes caravanières, moines sans domicile et ascètes vagabonds se croisent et confrontent leurs doctrines, pendant qu'à l'ombre des forêts de nouveaux gourous attirent un nombre croissant d'adeptes venus suivre leurs enseignements. Isolés ou en groupes, ces renonçants rivalisent d'imagination pour se distinguer par leur apparence… Certains, avec leurs cheveux hirsutes jamais coupés et leurs vêtements d'écorce, se confondent avec les arbres, d'autres vont crâne rasé et pieds nus, simplement recouverts d'une peau de tigre, d'autres encore sont entièrement nus, seulement « vêtus d'air » ou le corps enduit de cendres. Beaucoup parmi ces ascètes se font remarquer par la pratique d'un vœu souvent excentrique, comme celui consistant à adopter le comportement d'une vache...

Durant ses longues années de quête, Siddharta Gautama a indéniablement été initié à la pensée brahmanique de son temps, de même qu'à un certain nombre d'autres courants spirituels novateurs. C'est ce qui ressort de l'étude des récits bouddhiques, qui offrent un bon aperçu du bouillonnement religieux s'opérant alors en Inde du Nord. Quant aux textes issus des autres grandes traditions religieuses indiennes, ils permettent de compléter le panorama des multiples sectes et mouvements réformateurs qui se développent alors et qui, de près ou de loin, ont aussi pu influencer le futur Bouddha dans sa recherche spirituelle et dans l'élaboration de sa propre doctrine : « Bien qu'il se soit répandu dans la plus grande partie de l'Asie au cours des siècles et y ait longtemps prospéré, le bouddhisme est foncièrement indien par ses origines ; il est né en milieu entièrement indien, pour répondre à des préoccupations spirituelles typiquement indiennes, qu'il faut connaître pour bien le comprendre[1] », soulignait, à juste titre, le grand spécialiste André Bareau.

Le profil du premier maître spirituel rencontré par le Bodhisattva, Alara Kalama, reste obscur et difficile à cerner. En revanche, le second, Rudraka Ramaputra, apparaît assez clairement comme un maître brahmanique qui enseignait les concepts développés dans les *Upanishad*, textes faisant partie de la Révélation composée en sanskrit.

Les premières *Upanishad* — mot dont le sens littéral est « s'asseoir auprès de, aux pieds de » — se présentent comme des écrits initiatiques assez courts dont les enseignements ésotériques et secrets sont destinés à être transmis de maître à disciples. « Le séjour où il n'y a ni idées ni absence d'idées[2] » décrit par Rudraka Ramaputra peut être rapproché de la fameuse fusion entre l'*atman* et le *brahman* prônée par les *Upanishad*. Cette osmose relève plus d'une connaissance de type mystique ou gnostique, dépassant les mots, que d'une prise de conscience d'ordre intellectuelle. Selon le brahmanisme, elle permet d'accéder à l'ultime délivrance, à la *moksha*. En d'autres termes, l'union entre l'*atman* et le *brahman* mène directement au salut puisqu'elle permet à l'âme de se libérer enfin du *samsara*, du cycle infernal des réincarnations, dans lequel elle est maintenue prisonnière à cause de la loi du *karman*.

Signifiant littéralement « action », le *karman* est la relation de cause à effet en vertu de laquelle chaque acte — voire chaque pensée et chaque parole pour les « êtres supérieurs » — engendre des conséquences qui entraînent le soi profond de renaissance en renaissance. La loi du *karman* correspond au poids des actes, bons ou mauvais, accomplis au cours des existences antérieures qui conditionne chacun à renaître dans telle ou telle situation. Autrement dit, à une place particulière au sein d'un des quatre *varna* : « Ceux qui se conduisent agréablement sur terre peuvent espérer entrer dans la matrice agréable d'une femme de la caste des brahmanes, des *kshatriya* ou des *vaishya*. Mais ceux qui se conduisent mal doivent s'attendre à entrer dans la matrice immonde d'une chienne, d'une truie[3]... », rappelle l'une des plus anciennes parmi les 108 *Upanishad* traditionnellement recensées.

Dans ces conditions, la souffrance humaine trouve son explication, et la hiérarchie sociale sa justification... La théorie du *karman* contraint chacun à tenir sa place, c'est-à-dire à s'acquitter des droits et des devoirs que lui assigne son rang, s'il veut orienter favorablement son destin ; c'est-à-dire renaître dans une meilleure condition. Néanmoins, les hommes peuvent se libérer du cycle des réincarnations, ici et maintenant, au cours de leur existence présente : il faut pour cela réaliser en soi-même le fameux précepte de la *Chandogya Upanishad* : *Tat tvam asi*, « Tu es Cela ». Celui qui y parvient devient alors un *jivanmukta*, un « délivré vivant » qui n'a plus aucune obligation sociale ou religieuse.

Professant des théories et des opinions diverses, les *Upanishad* ne sont cependant pas des textes dogmatiques ; ils donneront d'ailleurs naissance aux six grandes écoles philosophiques de l'hindouisme classique. Le courant philosophique dénommé Vedanta, ou « Accomplissement du Veda », empruntera bientôt sa problématique aux *Upanishad* pour affirmer que le monde empirique n'est qu'un reflet et qu'il n'a pas d'existence par lui-même : l'osmose *atman-brahman* est d'autant moins facile à atteindre que la *maya*, la puissance d'illusion, empêche l'homme de percevoir l'essence des choses et le maintient dans l'ignorance métaphysique. À l'idéalisme du Vedanta, qui est un monisme, s'opposera le réalisme de l'école dite « Samkhya », athéiste, qui reconnaît l'existence de la matière au même titre que celle de l'esprit et vise à la connaissance de l'univers en sa totalité. Si on ignore la nature exacte des liens établis entre eux, le Samkhya et le bouddhisme présenteront dans leurs développements de nombreuses concordances.

Pour l'heure, même si les premières *Upanishad* laissent transparaître des « vues » différentes, la conception générale du monde qui découle de la doctrine brahmanique d'union avec l'âme universelle aboutit à une certaine négation de la vie terrestre. Celle-ci devient synonyme de souffrance et une méfiance à l'égard des actes s'installe. Afin d'accéder à la connaissance ultime qui libère l'homme du *samsara*, la voie royale exaltée par les auteurs des *Upanishad* est donc celle du renoncement au monde, tant aux biens terrestres qu'aux attaches familiales. Toutefois, ce renoncement au temporel ne saurait suffire en soi pour parvenir à l'union avec le *brahman*. Il faut aussi parvenir à se libérer complètement du désir, à maîtriser sa pensée et à se concentrer sur le monde immatériel. Les *Upanishad* donnent diverses instructions sur la manière d'atteindre cette absorption dans l'infini : pour celui qui abandonne tout, les portes s'ouvrent vers diverses pratiques ascétiques, tels la méditation, le jeûne ou le *tapas*, « échauffement », exercice de maîtrise de soi se pratiquant assis entre quatre feux sous le soleil à son zénith.

Signe des temps, à mesure que les chemins de la délivrance prennent des formes variées, le vocabulaire utilisé pour désigner les renonçants se multiplie également. Remontant au Veda, *yati*, qui signifie « ascète », est toujours en usage ainsi que *vratya*, « qui a fait un vœu », et *muni*, qui désigne un anachorète silencieux. On parle désormais aussi des *bhikshu*, « mendiants », des *vanaprastha*, « ermites de la forêt », des *pravrajin*, « ceux qui partent », ou encore des *avadhuta*, « débarrassés ». Ce n'est que plus tard que les *sannyasin* deviendront les renonçants par excellence…

Mais Siddharta Gautama n'a pas seulement été initié aux concepts brahmaniques des *Upanishad*. Sur les rives du Gange, les spéculations métaphysiques tout comme les expérimentations de techniques psycho-physiologiques ne sont nullement réservées aux seuls brahmanes ou aux « deux fois nés » ayant choisi le renoncement : de nombreux textes mentionnent l'existence de personnages appelés shramanes, littéralement « ceux qui s'efforcent ». Ils se vouent également à une vie d'ascèse et de méditation, mais en marge du milieu brahmanique. Vivant en solitaire ou en groupes, ils appartiennent ou sont assimilés à des mouvements alternatifs. La tradition brahmanique juge leurs théories ou leurs méthodes non orthodoxes. À compter du jour où il rejette l'enseignement de Rudraka Ramaputra, le Bodhisattva entre progressivement dans la mouvance shramanique. Après avoir atteint l'Éveil, le Bouddha deviendra même peu à peu l'un des shramanes les plus réputés de son temps.

Qui sont donc les « hérétiques » dont le Bodhisattva a pu entendre parler, voire croiser le chemin ? Aux environs du Ve siècle avant notre ère, on recense au moins une vingtaine de sectes hétérodoxes différentes. Parmi elles, beaucoup restent cependant difficiles à identifier car elles n'ont pas survécu à leur temps. Elles n'ont parfois laissé d'autres traces que celles de leur nom ou de leur doctrine, qui sont cités par les textes du brahmanisme, du bouddhisme et du jaïnisme cherchant à les réfuter ou à les condamner.

Formant un groupe relativement important mais non homogène, les matérialistes sont en totale opposition avec le brahmanisme tant en raison de leur doctrine provocatrice que de leur mode de vie plutôt libertin. Certains d'entre eux sont très connus. C'est le cas d'Ajita Kesakambala, littéralement « Ajita à la toison de crin », le grand maître des Lokayata qui nie la réalité des vies passées ou futures : « Quand le corps meurt, les insensés comme les sages périssent. Ils ne survivent pas à la mort[4]. » Croyant aux phénomènes naturels, le fondateur de la secte préconise la réalité éternelle de la matière et considère la jouissance des plaisirs de la vie présente comme le but suprême : « C'est un sot, tout autant qu'une bête, celui qui, par crainte, fait fi du plaisir qui lui échoit[5]. » Dans la même famille, on rencontre aussi les nihilistes ou Nastika, « ceux qui disent non », ainsi que les Charvaka, « beaux parleurs », comme les surnomment les brahmanes pour mieux dénigrer leur philosophie athée et hédoniste.

Une autre secte influente contemporaine du Bouddha est celle des Ajivikas. Cet ordre ascétique, qui va perdurer jusqu'au XIVe siècle, suit l'enseignement d'un célèbre gourou dénommé Gosala Maskariputra. Les Ajivikas réfutent le concept du *karman* mais acceptent celui du *samsara*. Fatalistes et déterministes, ils prônent une théorie du destin selon laquelle aucune action n'a d'influence sur le cycle des réincarnations : « Il n'y a ni force, ni effort, ni énergie humaine, ni entreprise humaine. Tous les êtres vivants, toute la vie, tous les êtres, toutes les âmes sont impuissants, privés de force, dépourvus d'effort[6]. » La libération ne peut être atteinte qu'au terme d'un nombre de vies considérable, qui se succèdent inexorablement, « tout comme une bobine de fil, quand on la jette, arrive à sa fin simplement en se dévidant, de la même manière, après avoir transmigré et erré, les sages, et les fous tout pareil, arriveront au bout de la souffrance[7] ». Considérant qu'ils ont atteint leurs dernières renaissances, les moines Ajivikas se préparent à la délivrance par une ascèse très austère. Beaucoup suivent l'exemple de leur maître Gosala Maskariputra en déambulant totalement nus et en utilisant leurs mains, au lieu d'un bol, pour récolter les aumônes qu'on leur distribue.

Maître spirituel proche de la secte des Ajivikas, Purana Kassapa est encore plus radical que Gosala Maskariputra. Critiquant vivement le concept brahmanique du *karman*, il va jusqu'à nier toute responsabilité morale. Selon la thèse de Purana Kassapa, le meurtre et le vol ne sont pas des actes répréhensibles, tout comme il n'y a aucun mérite à devenir un ascète. En conséquence, Purana Kassapa enseigne une théorie du non-agir appelée *akriyavada*. Enfin, un troisième maître, Pakudha Kacchayana, influencera également la secte des Ajivikas avec sa doctrine de l'atomisme et des sept substances « éternelles », à savoir la terre, l'eau, le feu, l'air, la joie, la tristesse et la vie.

À ces courants matérialistes et fatalistes s'ajoute celui des sceptiques, qui est lui-même composé de plusieurs groupes. Les textes brahmaniques citent les Tarkin, dialecticiens imbus de spéculation et versés en logique. Les Paribbajaka, quant à eux, forment un groupe important d'ascètes aux crânes rasés qui suivent les préceptes d'un maître agnostique dénommé Sanjaya Bellatthiputta. Considérant qu'il est impossible d'avoir une certitude sur l'au-delà, ce sceptique absolu refuse de répondre à toute question en raison de ses doutes sur la nature du savoir et les fondements de la logique. Estimant que l'on ne peut répondre ni par oui ni par non, ni même par « ni-oui-ni-non », il demande à ses disciples de se concentrer sur l'accomplissement intérieur et sur la préservation de l'impassibilité mentale.

Les adeptes du yoga échappent, enfin, à toute classification. Les *yogin* ne constituent pas une secte distincte ; on les retrouve chez les brahmanes comme chez les shramanes. Ainsi, bien que leurs doctrines soient différentes, Rudraka Ramaputra et Alara Kalama enseignaient visiblement tous les deux le yoga à leurs élèves.

Plusieurs hypothèses coexistent sur les origines du yoga, mais toutes s'accordent pour affirmer qu'elles remontent sans doute bien au-delà du VIe siècle avant notre ère, époque où le mot fait son apparition dans la *Katha Upanishad*. Pour les uns, la source principale du yoga est assurément le *tapas* pratiqué dès l'époque védique par de grands brahmanes dans le but d'acquérir des pouvoirs surnaturels. Pour d'autres, le yoga serait né de la rencontre de la culture des Aryas avec celle des populations autochtones de la vallée du Gange pratiquant le chamanisme. Enfin, selon une troisième hypothèse fondée sur la découverte au Pakistan d'un sceau représentant un homme assis dans une posture yogique, le yoga serait antérieur au védisme et remonterait à la civilisation de l'Indus, soit entre – 2500 et – 1800.

Quoi qu'il en soit, comme l'atteste effectivement le récit des six années d'errance du Bodhisattva, le yoga est relativement répandu dans l'Inde antique. Les *yogin* sont présentés comme des philosophes spécialistes de la maîtrise technique du corps et de l'esprit, et le yoga comme une discipline psychosomatique, une technique de conditionnement psychique visant au salut individuel. À l'image du terme yoga qui vient du sanskrit *yug*, « lier ensemble », « atteler », « dompter », on compare volontiers le résultat du yoga sur la pensée à la maîtrise d'un cheval fourbe et fougueux par un cavalier. Selon les *Upanishad*, le yoga représente une voie d'accès au *brahman* qui implique une résorption en soi, une suspension des perceptions et des sensations : « Quand se tiennent au repos les cinq modes de connaissance avec la pensée, et que la raison ne bouge plus, c'est ce qu'on nomme la voie suprême. On la comprend sous le nom de yoga, cette ferme emprise sur les sens. On devient alors concentré, car le Yoga est production d'un monde intérieur et résorption des perceptions extérieures[8]. » Le but du yoga est donc d'atteindre, par un double entraînement du corps et de l'esprit, un état de méditation et de concentration absolue appelé *samadhi*, une expérience ultime libératrice qui ne relève pas de l'extase mais plutôt, selon l'expression de Mircea Eliade, de l'« enstase ».

La pratique du yoga comprend généralement le travail des postures ainsi que celui de la fixation de l'esprit sur un objet déterminé qui doit se poursuivre par la méditation intérieure. Cependant, l'exercice incontournable du yoga, que Siddharta a pratiqué avec beaucoup d'ardeur, est la maîtrise du souffle, ou *pranayama*, car le souffle est une représentation à la fois empirique et symbolique de l'*atman* ; ou du moins il en est une émanation. « Le souffle naît de l'atman[9] », enseignent en effet les *Upanishad*, puisqu'il est le support permanent et indispensable de la vie, la seule énergie qui soit active en même temps dans le sommeil et à l'état de veille.

Le panorama de l'effervescence religieuse et intellectuelle de l'Inde au temps du Bouddha serait incomplet si l'on n'évoquait pas Vardhamana, plus connu sous le titre honorifique de Mahavira, le « Grand Héros ». Figure clé parmi les nombreux shramanes qui enseignaient une voie menant au salut, Mahavira est considéré par les historiens comme le fondateur de la religion jaïne. Pour ses adeptes, le jaïnisme remonterait bien au-delà de l'existence du maître. Les jaïns estiment en effet que Mahavira n'est que le dernier d'une lignée d'hommes exceptionnels parvenus à la connaissance suprême, les vingt-quatre Tirthankaras ou « Passeurs de gué », qu'ils reconnaissent comme les maîtres historiques de leur religion.

Si l'on en croit les récits traditionnels, Vardhamana a d'abord été associé pendant six années avec Gosala, le chef des Ajivikas, avant que leurs chemins ne se séparent en raison de divergences doctrinales. À la différence du fatalisme prôné par

Gosala, Mahavira croit au libre arbitre. Il enseigne à ses disciples que les actes sont susceptibles d'influencer le cours des réincarnations : le terme jaïn, qui vient du sanskrit *jina* signifiant « vainqueur », « victorieux », désigne celui qui, par sa discipline, est arrivé à se délivrer du cycle des renaissances.

Parmi tous les mouvements shramaniques de son temps, le grand ordre monastique développé par Mahavira s'imposera très vite comme le plus important concurrent et adversaire du bouddhisme. Et cela d'autant plus que les enseignements des deux maîtres historiques connaissent de nombreuses similitudes... Le Bouddha se serait-il directement inspiré du jaïnisme pour élaborer sa propre doctrine ? Ou est-ce l'inverse ? Nous recroiserons, plus loin, la route de Mahavira pour tenter de résoudre cette question... Mais il faut bien admettre qu'établir la chronologie, et donc la généalogie, des idées philosophiques et religieuses de l'époque n'est pas simple. Restituer précisément le jeu des influences et des emprunts entre les groupes en présence s'avère d'autant plus difficile.

Il reste que l'apparition, vers le VIe siècle avant notre ère, du bouddhisme sur le sol de l'Inde n'aura rien de fortuit. Comme André Bareau l'a répété à maintes reprises, le Bodhisattva est indien, tout comme la doctrine du Bouddha sera avant tout indienne. Quand il commencera sa prédication, le sage ne sera pas considéré comme le fondateur d'une nouvelle religion, dans le sens où nous l'entendons aujourd'hui, mais plutôt comme l'un des nombreux réformateurs de la religion dominante qui s'affirment alors dans la mouvance du shramanisme. Et c'est essentiellement parce que la doctrine du Bouddha s'avérera particulièrement en phase avec les mutations de la société indienne que le bouddhisme connaîtra sur sa terre d'origine un véritable succès populaire auquel nul autre mouvement sectaire de son temps, jaïnisme inclus, n'aurait jamais pu prétendre.

Éveil

C'est le printemps, l'après-midi touche à sa fin. Grâce à la généreuse offrande de Sujata, le Bodhisattva a retrouvé instantanément toute sa vigueur et sa beauté passée. Bien que ses cinq compagnons l'aient abandonné du jour au lendemain, il ne doute pas du bien-fondé de sa décision de renoncer à l'ascèse extrême. À vrai dire, Siddharta ne s'est même jamais senti si près du but qu'il s'était fixé, il y a six années, à son départ de Kapilavastu... Tout récemment, un dieu est venu « des Séjours Purs[1] » pour lui révéler qu'il accéderait à la connaissance ultime au pied d'un arbre sacré appelé *pippal*. Mieux encore, la nuit dernière, cinq songes prémonitoires lui ont annoncé l'imminence de l'acquisition de la *Bodhi*, l'Éveil...

Serein, le Bodhisattva s'enfonce dans une forêt de *sal* proche d'Uruvela. Celle-ci se transforme bientôt en un décor fantastique. Les arbres s'inclinent sur son passage puis, « au milieu de deux palmiers[2] », un étang apparaît « rempli d'eau de senteur, avec un fond de sable d'or, couvert de lotus bleus, jaunes, rouges et blancs[3] ». Tandis que des tambours retentissent dans le lointain, « par centaines de mille[4] », perroquets, geais, cygnes et paons viennent le saluer. Imperturbable, il poursuit tranquillement sa marche. C'est alors qu'il aperçoit un arbre majestueux dont les feuilles, sombres et vernissées, se terminent en longues pointes recourbées. Siddharta reconnaît immédiatement le vénérable *pippal*. Cousin du banian, cet arbre grandit toujours isolé dans les bois, comme s'il voulait se distinguer des autres espèces. C'est un solitaire, à l'image du jeune homme ce jour-là. Cette fois, le Bodhisattva sait qu'il est arrivé à l'endroit précis où ce qu'il a tant recherché va se réaliser. Sous ce *pippal*, il accédera à l'Éveil. Ce soir… ou d'ici quelques jours.

Le soleil glisse lentement derrière les arbres. Debout au pied du gigantesque ficus, Siddharta est absorbé dans sa contemplation lorsqu'un homme, sans dire un mot, lui apporte huit brassées de foin encore vert. L'inconnu se retire aussitôt, comme avalé par l'obscurité naissante. Le Bodhisattva fait alors sept fois le tour de l'Arbre de la Connaissance en le saluant avec respect, puis s'installe sur la belle jonchée d'herbes *kuça*. Faisant face à l'Orient, il s'assied les jambes croisées et le buste bien droit, dans la position du lotus, sur ce « trône de sagesse[5] ». L'« Être promis à l'Éveil » touche la terre avec sa main droite. Il veut prendre à témoin la « mère des êtres[6] » de sa résolution solennelle : « Dût ma peau se dessécher, dussent mes muscles se flétrir, dussent mes os se dissoudre, tout comme la chair et le sang de mon corps, je ne m'en inquiéterai pas ! Tant que je n'aurai pas pénétré la sagesse suprême et définitive, je ne bougerai pas de ce siège[7]. » Les divinités bienfaitrices s'attroupent avec anxiété autour du *pippal* pour assister à l'Éveil de Siddharta... Elles désirent tellement le voir réussir !

Le Bodhisattva est à peine entré en méditation que Mara décide d'intervenir. Le dieu, aussi puissant que démoniaque, n'entend pas le laisser atteindre la *Bodhi* : si le jeune homme découvrait la voie du salut et la divulguait aux hommes, il mettrait en péril l'emprise de Mara sur le désir et le *samsara* ! Le « Sombre Seigneur[8] » n'hésite pas à déployer sa formidable armée au pied de l'arbre... « Faisant dresser les cheveux[9] », elle est constituée de créatures à la fois terrifiantes et grotesques. Mi-humains, mi-animaux, ces démons hideux et difformes, aux « yeux rouges et étincelants comme ceux du serpent noir rempli de venin[10] », brandissent tous avec rage des armes mortelles... Mais toutes les épées, les flèches, les haches, les massues, les foudres et les fusées, en atteignant l'aura lumineuse qui entoure Siddharta, se transforment instantanément en fleurs fraîches et tombent à ses pieds sans le toucher. Après cet humiliant échec, Mara choisit d'apparaître sous la forme du seigneur des plaisirs sensuels. Muni de flèches à la pointe fleurie qui excitent les sens, il est accompagné de ses plus ravissantes filles. S'étant approchées du Bodhisattva, « remplies de désir[11] », elles lui donnent à voir toute « la magie des femmes, qui est de trente-deux espèces[12] ». Parées de clochettes et de bracelets, quelques-unes dévoilent un corps de jeune fille ; les cheveux enduits d'onguents parfumés, d'autres montrent « des formes de femmes d'un âge mur[13] ». Certaines, qui ont le visage masqué, jouent en riant à se dénuder mutuellement de leurs vêtements transparents. Par le regard ou la parole, toutes invitent le Bodhisattva à les rejoindre… En vain. N'ayant pas réussi à détourner, même l'espace d'un instant, l'attention de Siddharta par ces appas sensuels, Mara déchaîne alors toutes les forces de l'univers. Le *pippal* ne peut empêcher la pluie torrentielle, l'ouragan, les vents furieux et la foudre de s'abattre sur le jeune homme. Les divinités elles-mêmes sont bientôt tellement effrayées qu'elles s'enfuient vers leurs royaumes ! Mais le Bodhisattva, inébranlable, reste profondément plongé dans sa méditation. « Comme la corneille qui attaque un rocher, je me fatigue avec Gautama[14] », constate amèrement le « Sombre Seigneur »… Et il se retire dans le monde des ténèbres.

Comme à l'occasion de la naissance de Siddharta, la pleine lune du mois de *vaisakha* illumine la scène. Avec l'apparition de l'astre débute une longue nuit décisive : quand viendra l'aube, le Bodhisattva aura laissé la place au Bouddha.

Les dieux sont réapparus en nombre autour du *pippal* afin d'assister au « Grand Miracle[15] ». Celui-ci se déroule en trois étapes, ou « veilles[16] ». Durant la première, Siddharta parcourt successivement les quatre stades de méditation qui libèrent totalement l'esprit du monde sensible. Ayant rejeté tour à tour les passions et le désir, le raisonnement et la réflexion, la joie et le plaisir, la douleur et la tristesse, il atteint un état de « pureté parfaite d'indifférence et d'attention, ni pénible, ni agréable[17] ». La deuxième veille l'amène à pénétrer progressivement tous les mondes des êtres enchaînés par la loi du *karman* : Siddharta acquiert d'abord la vision grandiose et détaillée de ses propres vies antérieures, puis celle des renaissances de tous les autres êtres, « humbles ou illustres, beaux ou laids, ayant une bonne ou une mauvaise destinée[18] ». Durant la dernière phase de la nuit, il médite longuement sur la nature de l'expérience humaine jusqu'à prendre conscience des lois qui régissent la souffrance de l'existence et le cycle des réincarnations. Alors seulement, il accède au « suprême et complet Éveil[19] ».

Aux premières lueurs de l'aube, Siddharta Gautama est libéré à jamais de la condition humaine. À l'âge de trente-cinq ans tout juste, le voici devenu un « Bouddha parfait et accompli[20] ». Les premières paroles de l'Éveillé saluent l'événement : « La vie sainte a été menée jusqu'à sa conclusion ! Ce qui devait être accompli est accompli, c'est ma dernière naissance, il n'y aura plus de retour[21] ! » D'autres légendes proposent : « J'ai traversé un cycle de plusieurs renaissances sans réussir à trouver le créateur de cette demeure ; douloureuse est cette perpétuelle renaissance. Maintenant que tu es percé à jour, ô toi le bâtisseur de cette maison, tu n'en construiras plus d'autres[22]... » Naturellement, parmi les différentes versions relatant le « Grand Miracle », celle du *Lalitavistara* est la plus merveilleuse : tandis que des tremblements de terre et des prodiges à foison se manifestent « dans tous les mondes », les dieux « de toutes les classes », accompagnés de tous les bodhisattvas et tous les bouddhas, se pressent « par milliers » autour du « roi des arbres » pour rendre hommage au Bienheureux !

Le Bouddha passe encore sept semaines en complète méditation ; d'autres disent « quatre fois sept jours[23] ». La première semaine, comme un roi qui ne doit pas quitter pas le lieu de son sacre durant les sept jours qui suivent, il reste assis en position du lotus sur le « trône de l'Éveil[24] », à l'abri de l'arbre de la *Bodhi*. Quand débute la deuxième semaine, il change de place. Selon certaines sources, l'Éveillé s'installe au nord-est du *pippal*, à une distance de quatorze pas. Ayant fait un demi-tour sur lui-même, il fixe intensément son regard sur le siège de la Connaissance sept jours durant, sans jamais ciller d'un œil. Les dieux s'en inquiètent, craignant qu'il ne s'attache peut-être excessivement à ce trône. Afin de dissiper leurs doutes, le Bienheureux fait alors une petite démonstration de ses pouvoirs : il s'élève jusqu'au ciel puis, une fois revenu sur le sol, laisse jaillir simultanément de ses oreilles une gigantesque trombe d'eau d'un côté et une puissante éruption de feu de l'autre !

Au cours des deux semaines suivantes, l'Éveillé déambule longuement sur un promenoir d'or et d'argent, constellé de perles, d'émeraude, de rubis et d'œil-de-chat, puis il médite dans la maison des sept joyaux que lui ont construite les dieux au nord-ouest du *pippal*. Le *Lalitavistara* évoque même « une courte promenade depuis la mer d'Orient jusqu'à la mer d'Occident[25] ».

Le Bouddha passe aussi en méditation la cinquième semaine. Mais il est maintenant installé à l'est du *pippal*, sous un banian. Les filles de Mara, de leur propre initiative, tentent alors à nouveau de le déconcentrer en prenant les traits de beautés lascives. Toutes dévouées à leur père, elles aimeraient tant lui apporter un peu de consolation ! Caché dans l'ombre, le *deva* maléfique surveille en effet tous les agissements du Bouddha depuis son accomplissement. Et plus les semaines passent, plus il se morfond. L'ultime tentative de ses filles est un échec : le Bouddha demeure impassible et se contente de les transformer en « vieilles décrépites[26] ».

Durant la sixième semaine, l'Éveillé se tient au sud-est du *pippal*, sous un autre arbre, près du lac Mucalinda. Soudain, un terrible orage éclate. C'est le début de la saison des pluies. En quelques instants, le jour devient nuit et la pluie tombe avec violence. L'arbre sous lequel le Bouddha est assis ne suffit pas à le protéger des trombes d'eau… C'est alors que, sorti sans bruit des profondeurs du lac — ou peut-être de l'ombre de l'arbre —, un majestueux serpent apparaît. Mucalinda, car tel est le nom du roi des *naga*, enroule doucement ses anneaux autour du corps du Bouddha, sept fois, jusqu'à déployer son capuchon de cobra au-dessus de sa tête pour former un large auvent. Quand les nuages se dissipent enfin, le roi des serpents se transforme, comme par enchantement, en un bel adolescent qui se prosterne devant le Bouddha.

Septième semaine, au sud du *pippal.* Le Bouddha, assis sous l'arbre dit « Rajayatana », « séjour de roi », achève sa méditation. Le dernier jour, deux hommes viennent se présenter à lui. Dénommés Tapussa et Bhallika, ils sont frères et tout deux commerçants. Ils effectuent un long voyage à travers le nord de l'Inde avec une « grande caravane de cinq cents chariots[27] ». En arrivant dans la région d'Uruvela, ils ont été informés par un dieu de la présence d'un être exceptionnel. Après s'être prosternés, Tapussa et Bhallika offrent au Bouddha de copieux gâteaux de riz au miel. Bien qu'il n'ait rien mangé depuis des semaines, le Bienheureux reste totalement immobile, signifiant par là qu'il ne peut accepter l'offrande. Les « quatre gardiens divins des points cardinaux[28] », qui surveillent constamment l'univers, comprennent aussitôt le problème... Ils apparaissent devant l'Éveillé et lui présentent quatre bols faits de pierres précieuses. Mais le Bouddha refuse également leurs dons. Les gardiens lui tendent quatre autres bols, fabriqués cette fois dans une matière ordinaire. Souhaitant que chacun d'entre eux puisse bénéficier du mérite du don, l'Éveillé accepte tous les récipients. Puis, comme par magie, il transforme instantanément les quatre bols en un seul !

Le Bouddha consomme alors les gâteaux de riz offerts par les deux frères. Avant de prendre congé, ceux-ci se prosternent avec dévotion à ses pieds en proclamant leur foi : « À partir d'aujourd'hui et aussi longtemps que nous vivrons, nous nous fierons à vous[29]... » Puis Tapussa et Bhallika demandent au sage une mèche de ses cheveux afin qu'ils puissent rapporter dans leur contrée un objet à vénérer. Exauçant leur souhait, le Bienheureux leur remet exactement huit cheveux. Les dévots, satisfaits, se retirent.

Le cinquantième jour après l'Éveil, le Bouddha retourne sous le banian où il a subi la dernière tentative des filles de Mara le malin. Au cours des sept semaines qui viennent de s'écouler, il a médité longuement sur l'Éveil, il a approfondi sa connaissance de la vérité, il a mûri sa doctrine. Mais voilà qu'à présent des doutes l'assaillent : « Cette connaissance que j'ai atteinte est profonde, dure à concevoir, dure à réaliser, paisible, raffinée, au-delà de la portée de la raison, subtile, accessible aux seuls sages. Mais cette génération se régale de l'attachement, est excitée par l'attachement, jouit de l'attachement[30]... » Plus le Bouddha y réfléchit, plus il hésite à aller prêcher la voie du salut auprès de ses contemporains : « Si je devais enseigner la Doctrine et que les autres ne me comprenaient pas, que cela me serait fatigant, me serait pénible[31]... » Sans doute « ceux qui font leurs délices de la passion, enveloppés dans la masse de l'obscurité[32] », seront incapables de voir la Vérité.

En entendant les réticences du Bouddha, Brahma est très troublé. Inquiet pour le salut du monde, le grand dieu apparaît auprès du Bienheureux pour le convaincre de ne pas se détourner des hommes : « Libre de chagrin, vois le peuple submergé dans la tristesse, opprimé par la naissance et la vieillesse. Lève-toi, héros, vainqueur dans la bataille ! Ô Enseignant, erre sans dette dans le monde. Enseigne la Doctrine, Ô Béni du Ciel : il y en aura qui comprendront[33]. » Le dieu argumente : « Il y a des êtres qui ont peu de poussière dans les yeux mais qui chutent parce qu'ils ne connaissent pas la Doctrine. Il y en aura qui comprendront la Doctrine[34]. » Par compassion pour ceux qui, « à fleur d'eau[35] », sont capables de gagner la lumière, le Bouddha finit par lui donner son consentement. Tournant sur lui-même, le grand Brahma disparaît aussitôt.

L'Éveillé se pose une nouvelle question : à qui va-t-il d'abord dévoiler sa doctrine ? Il songe tout de suite à Alara Kalama. « Sage, compétent, intelligent[36] », son premier maître spirituel « a depuis longtemps peu de poussière dans les yeux[37] »... Mais les dieux l'informent que le gourou est décédé il y a sept jours à peine. Le Bouddha pense alors à son second maître. Malheureusement, Rudraka Ramaputra s'est éteint lui aussi, pas plus tard que la nuit dernière... L'Éveillé se souvient aussi de ceux qui l'ont accompagné pendant des années dans la voie de l'ascèse extrême : « Ils me furent d'une grande aide, le groupe de cinq moines qui me servaient quand j'étais résolu dans les mortifications. Et si je leur enseignais la Doctrine en premier ? Alors il me vint à l'esprit : Où demeure le groupe de cinq moines maintenant ? Et avec l'œil divin, purifié et surpassant l'humain, j'ai vu qu'ils demeuraient près de Kashi, dans le Bois aux gazelles[38]. »

Dès le lendemain, Bouddha quitte Uruvela et prend le chemin de la cité sainte installée sur les rives du Gange. Le temps de la quête est enfin achevé, celui de l'enseignement va maintenant débuter.

La légende illustrée

Comme nulle autre pareille, l'Inde aime ses arbres avec passion. De l'Himalaya jusqu'au cap Comorin, le culte autour des arbres, des arbustes et des bosquets est omniprésent. Cette pratique, héritée d'un passé lointain, reste particulièrement vivace au sein de l'hindouisme contemporain. Les arbres, aux yeux des hindous, sont en effet susceptibles d'être vénérés à plusieurs titres : soit pour eux-mêmes, s'ils appartiennent à une espèce considérée comme sacrée, soit parce qu'ils sont l'incarnation d'une divinité particulière, soit en tant que demeure offrant abri et protection à cette divinité. De nos jours encore, dans les vastes campagnes indiennes, celle qu'on appelle la *gramadevata*, la déesse du village, ne connaît souvent d'autre temple qu'une petite niche au pied d'un arbre centenaire. Et dans les mégapoles, sur les trottoirs surpeuplés de Bombay ou de Calcutta, des banians servent toujours de refuges aux dieux. La terre de l'Inde est tellement couverte d'arbres sacrés que personne ne s'est jamais donné la peine de les recenser... Mais au milieu de cette immense forêt, il en est un qui surpasse peut-être tous les autres : le *pippal* de la petite bourgade de Bodh-Gaya, dans l'État du Bihar, à quelque cent kilomètres de la ville de Patna. Cet arbre majestueux attire à longueur d'année une foule de dévots venus du monde entier. Les bouddhistes l'appellent l'arbre de la *Bodhi*, ou l'arbre de Bo. Tous les *pippal* présents dans les temples bouddhiques à travers le monde sont censés être des descendants de ce vénérable *ficus religiosa*. Et si, en Europe — où le climat n'est pas favorable au « figuier des pagodes » —, les fidèles du Bouddha se contentent parfois d'un banal *ficus benjamina*, celui-ci sera néanmoins toujours symboliquement associé au *pippal* de Bodh-Gaya.

Tous les bouddhistes rêvent de pouvoir faire un jour le pèlerinage de Bodh-Gaya. Le *pippal* représente en quelque sorte leur saint des saints puisqu'il a été l'unique témoin de l'Éveil de leur maître historique. Car Bodh-Gaya est identifiée avec le site proche de l'antique Uruvela — aujourd'hui disparue. C'est au pied de cet arbre que Siddharta Gautama est devenu un Bouddha ; sous sa protection, que le jeune ascète s'est affranchi de son identité et de la condition humaine. L'arbre de la *Bodhi* est à ce point précieux pour les bouddhistes qu'aujourd'hui il est devenu aussi sacré que l'événement qu'il commémore. On le vénère au même titre que le sage, il se confond littéralement avec lui. Chaque jour, on se recueille à ses pieds, on le pare de guirlandes votives faites de pièces de tissus colorés. Lorsqu'elles tombent à terre, ses feuilles sont pieusement ramassées une à une. À observer l'extraordinaire dévotion qu'il suscite, le *pippal* de Bodh-Gaya pourrait bien en effet être l'arbre le plus vénéré de toute l'Inde ! En tout cas, rares sont ceux, parmi ses frères, qui peuvent revendiquer une histoire aussi longue, mouvementée et fantastique que la sienne... Une vie faite de légendes, en somme, à l'image de celle de l'homme qui serait venu s'asseoir sous son ombrage bienfaisant, il y a plus de deux mille ans.

Naturellement, il est tout à fait impossible que le *pippal* de Bodh-Gaya soit celui que le Bouddha a pu connaître en son temps à Uruvela. Même ses plus fervents adorateurs l'admettent. Cependant, son lignage avec l'arbre de l'Éveil est supposé direct. Il en serait le descendant, un héritier toutefois plus ou moins éloigné, en fonction des diverses légendes qui courent à son sujet...

Au commencement, l'arbre de la *Bodhi* est sorti de terre à Uruvela le jour même de la naissance du Bodhisattva à Lumbini. Il a donc trente-cinq ans lorsqu'il assiste à l'Éveil du maître. Après la mort du sage, l'arbre devient un objet de dévotion pour les bouddhistes, une communauté de moines se développe sur le site. Hélas, cette vénération va lui attirer bien des ennuis...

C'est au IIIe siècle avant notre ère que le *pippal* sacré aurait subi ses premiers assauts meurtriers. La légende relate qu'Ashoka, qui était encore hindou au début de son règne, ordonna un jour qu'il soit abattu et brûlé. Mais en voyant surgir une jeune pousse à travers les flammes, le jeune empereur fut soudain profondément bouleversé. Plein de repentir, il décida alors de sauver le ficus en baignant ses racines à moitié calcinées dans de l'eau parfumée et du lait. Après sa conversion au bouddhisme, poursuit la légende, Ashoka revint à Bodh-Gaya pour un pèlerinage de deux cent cinquante-six nuits, le temps de prodiguer les meilleurs soins à l'arbrisseau. Hélas, peu de temps après, le *pippal* frôle à nouveau la mort… Cette fois, toujours selon la tradition, c'est la femme d'Ashoka, furieuse d'être délaissée pour un arbre, qui tente de l'éliminer. Apprenant la nouvelle, Shanghamitta, fille d'Ashoka, prélève aussitôt une bouture qui est replantée à Anuradhapura, au Sri Lanka. Néanmoins, la jalousie ne parvient pas à détruire complètement l'arbre de Bodh-Gaya. Grâce aux bons soins prodigués une seconde fois par Ashoka aux quelques racines qui ont survécu, il renaît à nouveau de ses cendres. L'empereur fait alors construire une balustrade autour du figuier sacré — ainsi que l'avait déjà fait le souverain du Kosala du temps du Bouddha, si l'on en croit une légende. Près du *pippal*, non loin de la rivière Nairanjana, Ashoka fait également ériger un petit temple et une colonne de pierre, pour honorer la mémoire de son maître.

Après la chute de l'empire Maurya, au IIe siècle avant notre ère, le roi hindou Pusyamitra, de la dynastie Sunga, ordonne à son tour la mort de l'arbre de Bo. On raconte que, cette fois, il n'a pas survécu. Pourtant, grâce à une bouture provenant du Sri Lanka et replantée exactement au même endroit… le voilà qui réapparaît ! Quatre siècles plus tard, vers la fin du IIe après notre ère, le *pippal* sacré est toujours là : la tradition signale que Nagarjuna, le plus célèbre des philosophes bouddhistes, l'a fait entourer d'un haut mur, pour le protéger des éléphants.

Le pèlerin chinois Huan Tsang, qui se rend au VIIe siècle à Bodh-Gaya, note que l'arbre est encore vigoureux derrière son enceinte en ruine. Au-delà de ce témoignage direct, son récit de voyage livre un nouvel épisode de l'histoire légendaire du *pippal* sacré. Selon lui, une autre tentative de destruction de l'arbre eut lieu à la fin du VIe siècle : le descendant de l'arbre de la *Bodhi* rapporté de Ceylan aurait été coupé à l'initiative du roi hindou du Bengale, Shasanka. Bien que le souverain ait aussi fait déterrer profondément ses racines, il ne serait pas parvenu à l'anéantir totalement : un frêle rejet n'aurait pas tardé à sortir de terre… La légende relève même que celui-ci aurait poussé de trois mètres en une seule nuit, après que le roi du Magadha, Puravarma, ait fait répandre sur lui, en guise d'offrande, le lait de mille vaches ! Il existe cependant une autre version de cette histoire, plus terre à terre, selon laquelle Puravarma aurait simplement fait replanter une bouture rapportée, encore une fois, du Sri Lanka. Enfin, on raconte qu'au XIIe siècle Bodh-Gaya fut entièrement saccagée par les conquérants musulmans, mais que l'arbre aurait repoussé spontanément après leur passage.

Quoi qu'il en soit, le témoignage écrit du pèlerin tibétain Dharmasvamin prouve qu'en 1234 les monastères de Bodh-Gaya, qui avaient été florissants pendant des siècles, étaient presque abandonnés : il n'y rencontra que quatre moines. Dans la mesure où il est attesté que le bouddhisme avait déjà quasiment disparu de l'Inde au début du XIIIe siècle, le triste constat de Dharmasvamin n'est pas surprenant. À partir de là, la suite de l'histoire n'est pas difficile à imaginer : Bodh-Gaya tomba en ruine peu à peu jusqu'à sombrer complètement dans l'oubli.

Au XVIIIe siècle, occupée par un renonçant hindou, Bodh-Gaya reprend vie. Il faut toutefois attendre le début du XIXe siècle pour que l'on y découvre des vestiges bouddhiques. En 1811, le voyageur anglais Buchanan identifie l'arbre de Bo, ou plutôt l'un de ses descendants, qu'il décrit comme plein de vigueur ! Hélas, un demi-siècle plus tard, l'archéologue Alexander Cunningham constate que le *pippal* présente des signes de faiblesse... L'année 1876 sonne le glas du vieux ficus : une nuit de tempête, il est couché sur le sol par le vent. Mais bientôt du vieil arbre abattu surgissent de nouveaux rejetons, et l'un d'eux s'élève jusqu'à former le bel arbre que l'on vénère actuellement à Bodh-Gaya... à moins que celui-ci, comme l'affirment certains guides, ne soit issu d'une énième bouture rapportée du Sri Lanka ? Quel est le degré de parenté du *pippal* actuel avec l'arbre d'origine ? Est-il son petit-fils, son arrière-petit-fils ou un descendant plus obscur ? Combien de fois fut-il nécessaire de ramener une bouture du Sri Lanka ? Quel a été le véritable destin de l'arbre de Bo ?

Si les sources traditionnelles ne permettent pas de reconstituer l'histoire véritable du « roi des arbres[1] », la localisation du lieu de l'événement semble en revanche indiscutable. Comme pour d'autres sites bouddhiques, l'identification de Bodh-Gaya avec l'ancienne Uruvela se base principalement sur les vestiges des monuments érigés par Ashoka et les descriptions que nous ont transmises les pèlerins chinois. Depuis la fin du XIXe siècle, le site a été minutieusement restauré grâce à l'action conjointe de l'Archaeological Survey of India et de la Mahabodhi Society. Une plaque de grès rouge travaillée, surmontée d'un auvent de toile, est fixée au sol sous le *pippal*. Datant de l'époque d'Ashoka, elle est habituellement désignée sous le nom de *Vajrasan*, « Trône de diamant », car elle est censée marquer le lieu précis où le Bouddha était assis quand il atteignit l'Éveil. L'arbre de la *Bodhi* est entouré de balustrades en pierre sculptées. Les plus anciennes, faites de grès, datent du IIe siècle avant notre ère, tandis que les plus récentes, en granit, datent des environs du Ve siècle. Et s'il ne reste plus rien du petit temple qu'aurait fait ériger Ashoka, le temple de la Mahabodhi a désormais recouvré la splendeur décrite par Huan Tsang au VIIe siècle.

Cependant, tous ces vestiges ne sont que des témoignages posthumes, des preuves indirectes. Dès lors, l'identification de Bodh-Gaya comme lieu exact de l'Éveil peut toujours être remise en cause. Selon André Bareau, si la localisation de l'événement à cet endroit est certainement très ancienne, elle pourrait résulter d'une erreur d'interprétation. Le grand spécialiste du bouddhisme souligne en effet que le terme utilisé à l'époque antique dans la région d'Uruvela pour désigner un vieil arbre vénérable n'était autre que *bodha*. Partant, on peut imaginer que les premiers pèlerins qui recherchaient dans la région l'« arbre de la *Bodhi* » ont très bien pu le confondre avec un autre arbre tenu pour sacré par les habitants...

Comme pour Lumbini, comme pour Kapilavastu, il faut donc renoncer aux certitudes au sujet de Bodh-Gaya... Poussant toujours plus loin le doute, on peut aussi s'interroger sur la réalité du décor de l'Éveil, tel qu'il est décrit dans les légendes les plus célèbres : en effet, si l'on se réfère exclusivement aux paroles attribuées au Bouddha par les plus anciens textes canoniques, il s'avère que le maître ne mentionne jamais la présence du *pippal* quand il évoque l'accès à l'Éveil ! Au-delà de l'incertitude qui pesait déjà sur l'histoire de l'arbre sacré, c'est son existence même qui est sujette à caution. Force est de constater que, faute de témoins directs, rien ne prouve la réalité de l'arbre de la *Bodhi*. Au fond, il est fort possible que les légendes n'aient fait qu'intégrer au bouddhisme un culte populaire qui lui était antérieur. Peut-être la mise en scène qui décrit l'Éveil sous un arbre n'est-elle qu'une tentative de récupération d'un culte local... L'amour des arbres en Inde est une vieille histoire qui a peut-être commencé bien avant l'émergence de la religion védique : deux grands arbres sacrés de la civilisation indienne, le *neem* et le *pippal*, figuraient déjà sur des sceaux de la civilisation de l'Indus. Plus tard, arbres et bosquets furent parmi les premiers temples qui accueillirent les multiples dieux du panthéon hindou ; et cette antique tradition des sanctuaires en plein air perdure de nos jours.

Dans cette perspective, la désignation du *pippal* de Bodh-Gaya par les bouddhistes pourrait tout autant être le fruit d'une confusion que d'une récupération. L'hypothèse vaut aussi pour l'arbre de Lumbini, sous lequel la légende fait naître Siddharta, si l'on prend en compte le fait que la vénération des arbres en Inde est souvent associée au culte de la fertilité : il pouvait fort bien être considéré comme sacré dans la région avant que les adeptes du Bouddha ne le désignent comme témoin de la naissance de leur maître historique. A minima, on peut imaginer que ces deux événements ont effectivement pu se dérouler sous un arbre, dans la mesure où ils sont censés s'être produits tous deux à la fin du printemps. Aujourd'hui encore, durant cette période particulièrement chaude et ensoleillée, l'ombre des grands arbres n'est-elle pas toujours recherchée par les Indiens ? « Désormais je n'aurai plus en fait de parasol royal que les arbres de la forêt[2] », aurait déclaré le jeune Siddharta après avoir renoncé à tous ses biens.

Que l'arbre de la Connaissance ait véritablement existé ou non, il reste que le *pippal* offre au regard une forme évocatrice qui constitue une parfaite allégorie de l'Éveil. Les premiers bouddhistes indiens, les « Auditeurs », ont très vite compris la force de cette image. Ils n'ont pas tardé à la mettre au service de leur prosélytisme, tant et si bien que le *ficus religiosa* n'a depuis lors jamais cessé de se déployer dans l'art bouddhique. Le recours aux symboles s'imposait d'autant plus, au cours des siècles qui suivirent la mort du maître, que les premières écoles bouddhiques se refusaient à toute représentation anthropomorphique de l'Éveillé. Il faut rappeler ici que le terme « bouddha », qui tire son origine de la *buddhi*, la « conscience supérieure », l'« intelligence », n'est pas un nom propre ; il désigne d'abord un état. À leurs yeux, le Bouddha historique, celui qu'on nomme Sakyamuni, « le Sage silencieux de la tribu des Sakyas », n'était pas une divinité mais un être exceptionnel. Il est d'abord un modèle à suivre ; et commémorer les grandes étapes significatives de la vie de l'Éveillé participait de la diffusion de sa doctrine.

En raison de l'impossibilité de représenter le Bouddha Sakyamuni, l'art bouddhique naissant a donc été contraint de manier la métaphore pour narrer la vie du sage. C'est ainsi que la sculpture bouddhique, qui apparaît au IIe siècle avant notre ère, représente l'étape de l'Éveil par l'image du *pippal*. Pour évoquer en détail la vie du Bouddha historique, les artistes multiplient les symboles : le lotus marque sa naissance, le parasol et le chasse-mouches indiquent sa lignée royale, tandis que la charrue rappelle la première expérience de méditation de son enfance. La représentation de l'arbre l'emporte sur les autres car elle illustre l'épisode fondateur de la vie du maître : sans Éveil, le Bouddha n'existe pas. Par extension, le *pippal* représente aussi l'Éveillé en personne, à côté d'autres symboles qui permettent de signifier sa présence — telles les empreintes de pieds. À défaut de pouvoir rendre directement un culte à leur maître défunt, la vénération posthume des fidèles se transfère sur les témoins symboliques de sa vie.

Il faut attendre les débuts de l'ère chrétienne pour qu'apparaissent en Inde les premières images anthropomorphes du Bouddha. C'est alors le temps des Kushana, dont le vaste empire sert de trait d'union entre l'Inde et les cultures nomades d'Asie centrale, de l'Orient hellénisé et de la Perse. Dans le domaine religieux, l'époque est marquée par la naissance au sein du monde indien du courant Mahayana. Les penseurs bouddhistes du Grand Véhicule, selon leur propre expression, critiquent le Theravada ou « Voie des Anciens », qu'ils surnomment parfois avec mépris le Hinayana, le « Petit Véhicule ». Le Mahayana se distingue principalement du Theravada par sa conception de la nature de l'état de bouddha. La doctrine des Trois Corps va prendre une importance considérable au sein du nouveau courant. Selon elle, du corps absolu, *dharmakaya,* qui sous-tend tous les phénomènes, émane le corps de jouissance, *sambhogakaya*, qui est un état de félicité d'où émerge à son tour le corps phénoménal, *nirmanakaya*, ou manifestation illusoire du Bouddha sous une forme humaine. En corollaire de cette trinité, le Grand Véhicule considère que la nature du Bouddha existe, cachée, dans tous les êtres et que chaque fidèle doit donc s'efforcer de la découvrir. Moins austère et plus souple que la Voie des Anciens, le nouveau courant transforme le Bouddha Sakyamuni en un être multiple et transcendant : le maître n'est plus considéré seulement comme un sage exceptionnel ayant atteint l'Éveil complet, mais aussi comme un être surnaturel. Dispensateur de grâce et de mérites, le Bouddha historique devient un objet de culte et de dévotion pour les fidèles, tout comme les bouddhas cosmiques et les nombreux bodhisattvas.

La révolution qui s'opère au sein du bouddhisme au début de l'ère chrétienne se traduit par un bouleversement dans le domaine artistique. Soudain, et presque simultanément, dans le Gandhara des héritiers d'Alexandre et dans la région de Mathura, des artistes issus du courant Mahayana donnent un corps et un visage au Bouddha historique. Bien qu'il soit désormais une figure déifiée, il n'est pas représenté comme une créature extraordinaire. À la différence de certaines divinités du panthéon hindou, le Bouddha est figuré sous une forme parfaitement anthropomorphe. Les premières images du Bienheureux donnent à voir un homme de grande taille et bien bâti, élégant et serein. Le plus souvent, il ne revêt d'autre parure que le vêtement monastique, tandis que ses lobes d'oreilles sont étirés par le poids des bijoux qu'il portait avant de renoncer à la vie princière. Occasionnellement, l'art du Gandhara figure même le jeune Siddharta Gautama, celui d'avant l'Éveil, sous les traits d'un ascète terriblement émacié.

En quoi ces portraits du Gandhara et de Mathura, au-delà de leur différence de style, peuvent-ils prétendre ressembler au personnage historique ? D'aucune façon, probablement. En premier lieu parce que, comme l'affirme le canon le plus ancien, le Bouddha « ne peut être comparé à rien[3] » — de sorte que les bouddhistes restés fidèles à la Voie des Anciens se montreront d'abord critiques envers les représentations du maître. Ensuite, parce qu'au moment où l'Inde lui donne un visage, tous les témoins oculaires de sa vie ont disparu depuis fort longtemps. Le Grand Véhicule aura beau jeu de vouloir justifier, par la suite, la véracité des représentations du sage en faisant appel à des légendes invoquant un portrait de référence exécuté de son vivant... Il n'existe en réalité aucune image ni aucune description authentique du fondateur du bouddhisme. Enfin et surtout, parce que le souci de réalisme n'a jamais été la principale préoccupation des adeptes du Mahayana : il s'agit d'abord pour eux de mettre l'accent sur le caractère extraordinaire du Bouddha. C'est pourquoi l'iconographie bouddhique classique, qui se fixe vers le IVe siècle, représentera bientôt l'Éveillé sous une forme totalement idéalisée : la perfection du *Mahapurusha*, le « Grand Homme » patiemment décrit par la tradition, devient la source d'inspiration des artistes. Dès lors, Sakyamuni apparaît pourvu des « trente-deux caractéristiques[4] » : cheveux bouclés, touffes de poils entre les sourcils, nimbe, protubérance crânienne, corps ayant « la rotondité d'un banian[5] »...

Cette représentation stéréotypée du Bouddha historique ne fait pas disparaître les symboles anciens, qui restent des supports d'enseignement de la doctrine. L'arbre de la Connaissance et le lotus cohabitent à présent avec un Sakyamuni parfaitement idéalisé dont les traits et les poses expriment eux aussi les événements de sa vie. Inspirée des antiques traditions indiennes du yoga et de la danse, une codification très précise régit ses attitudes, *asana*, et ses gestes, *mudra*. Ainsi, la scène qui précède l'acquisition de l'Éveil sera illustrée par un homme assis dans la position du lotus — les jambes croisées de façon que la plante des pieds soit tournée vers le ciel —, qui touche avec sa main la terre pour la prendre à témoin. L'accès à l'Éveil se représentera également en position du lotus, mais avec les deux mains reposant l'une sur l'autre, qui est le signe de la méditation et de la concentration mentale, le *dhyana mudra*.

Toutefois, si le Bouddha Sakyamuni reste figuré comme un être fait de chair et de sang, son physique est hors norme. Le « Grand Homme » est loin de ressembler au commun des mortels. Il ne ressemble pas non plus à ses parents, Suddhodana et Maya. Anticipant les remarques éventuelles des esprits les plus sceptiques, le *Milinda-Panha* a pris soin de répondre à cette question bien légitime :

« Pourquoi le Buddha ne ressemblait pas physiquement à ses parents :

— Nagasena, le Buddha était-il doué des trente-deux signes caractéristiques du Grand Homme, orné des quatre-vingts signes secondaires, avait-il le teint doré, la peau de la couleur de l'or et une auréole large d'une brasse ?

— Oui.

— Ses père et mère avaient-ils les mêmes signes ?

— Non.

— Pourtant, un fils ressemble à sa mère ou aux parents de sa mère, à son père ou aux parents de son père !

— Tu connais, maharaja, le lotus à cent pétales ?

— Oui.

— Où naît-il ?

— Il naît dans la boue et se développe dans l'eau.

— Ressemble-t-il à la boue ou à l'eau par la couleur, l'odeur ou la saveur ?

— Non.

— Il en est de même du Buddha[6]. »

Pour se figurer l'aspect du maître, il n'existe donc pas d'autre indication que celle laissée par la tradition : le Bouddha était un homme doté du physique remarquable du « Grand Homme ». L'aspect du sage historique était sans nul doute bien différent de ce personnage de fiction, entièrement inspiré par les signes de la distinction sociale et les codes de la beauté en vigueur dans la société indienne antique. Sakyamuni ne ressemblait certainement pas plus à cet homme trapu et ventru — lui aussi doté d'un teint pâle — tel que les artistes chinois le représenteront plus tard. On imaginera plutôt, en se contentant d'observer les renonçants de l'Inde d'aujourd'hui, un homme au corps mince et vigoureux, au visage plutôt maigre et au teint hâlé par une vie d'errance. Au fond, seul le célèbre sourire que l'art bouddhique a posé sur les lèvres du Bouddha pourrait être réaliste... Calme et serein, il est conforme à la pensée du Bienheureux.

Pour se représenter concrètement la scène de l'Éveil, les indices manquent tout autant : aucune description directe de l'événement ne nous est parvenue. Il reste qu'aujourd'hui l'arbre de Bodh-Gaya constitue pour les dévots, mais également pour les visiteurs profanes, une vivante métaphore. Avec ses cinquante mètres de hauteur et ses larges frondaisons, le majestueux *pippal* dégage une force et un rayonnement à l'image de la doctrine du Bouddha, qui s'est répandue si loin à travers l'espace et le temps. Paisible, comme détaché des soucis du monde en marche, il semble inviter les hommes à venir se réfugier à l'abri de son généreux feuillage. De ses racines qui s'enfoncent dans le sol à ses rameaux qui s'élancent vers les hauteurs, l'arbre de Bo établit un lien entre deux mondes, la terre et le ciel, l'ici et l'ailleurs, l'instant présent et l'éternité. Ses feuilles, en forme de cœur, frémissant au moindre souffle, il semble étrangement habité… Cependant, son langage est difficile à décrypter, tout comme le phénomène de l'Éveil constituera au fond toujours un mystère : comme le disent les anciennes écritures canoniques, l'ultime vérité découverte par le Bouddha est « profonde, difficile à comprendre, cachée, paisible, excellente[7] ». L'ultime secret du *pippal* sacré ne réside pas tant dans son authenticité que dans cette révélation hors de portée du langage. Et de ce point de vue, indiscutablement, l'arbre de Bodh-Gaya incarne à la perfection l'Éveil du sage historique. « Pour les bouddhistes, il n'est pas de lieu plus important et plus saint[8] », déclarait déjà Huan Tsang… Aujourd'hui dans l'État indien du Bihar, dont le nom, issu du mot *vihara*, perpétue le souvenir des premiers monastères bouddhiques, le spectacle de la foule qui se presse au pied du « roi des arbres » confirme la sentence du pèlerin chinois : aux yeux des bouddhistes du monde entier, le *pippal* de Bodh-Gaya reste toujours l'unique témoin de l'Éveil du Bouddha Sakyamuni, il y a près de 2 500 ans.

Sermon

Laissant derrière lui l'arbre de l'Éveil, le Bouddha « parfait et accompli[1] » prend le chemin de Kashi afin de divulguer la révélation suprême à ses anciens compagnons d'ascèse. La cité se trouve à de longues journées de voyage d'Uruvela, en direction du soleil couchant. Après plusieurs années sédentaires, le Tathagata, le « Parfait », goûte à nouveau à la joie de se déplacer quotidiennement.

Un jour, alors qu'il marche paisiblement, il croise sur son chemin un jeune shramane. Upaka se présente comme un adepte de la secte des fatalistes Ajivikas ou bien, selon d'autres récits, comme un disciple de Mahavira, le grand maître des jaïns. Intrigué par l'aura exceptionnelle émanant du Bouddha, le jeune renonçant lui demande aussitôt qui est son maître et quelle doctrine il a adopté. C'est la première fois qu'on le questionne de la sorte depuis qu'il a atteint l'Éveil… Peut-être est-ce le moment de tenter une première prédication ? Saisissant cette occasion imprévue, Sakyamuni lui répond par ces quelques vers :

Vainquant tout,
sachant tout suis-je,
par rapport à toutes choses,
sans adhérer.
Abandonnant tout,
libéré par la cessation de l'envie insatiable :
m'étant pleinement compris moi-même,
qui devrais-je désigner comme mon enseignant ?
Je n'ai pas d'enseignant,
et on ne peut trouver personne comme moi.
Dans le monde avec ses dieux,
je n'ai aucun équivalent.
Car je suis un libéré dans le monde ;
moi, l'enseignant sans pareil.
moi seul, suis correctement auto-éveillé.
Je suis refroidi, libéré.
Pour mettre en route la roue du Dhamma
je vais dans la cité de Kashi.
Dans un monde devenu aveugle,
je bats le tambour du Sans-Mort[2].

En écoutant ce discours, Upaka, perplexe, se contente de hocher la tête. Il ne cherche même pas à en savoir davantage... S'écartant sur le côté du chemin, le shramane laisse passer l'Éveillé qui poursuit sa route. « Connaissant tout, voyant tout[3] », le Tathagata n'est aucunement découragé par ce premier essai infructueux...

Peu de temps après, il arrive au bord de la « grande rivière Ganga[4] ». Celle-ci est en crue et semble démesurément large. Un bac, déjà plein de passagers, attend ceux qui veulent traverser le fleuve. Alors que le Bouddha s'apprête à monter dedans, le batelier lui réclame le prix du transport, bien qu'il ait remarqué que c'était un renonçant. Après lui avoir répondu qu'il n'avait pas le moindre argent, le Bienheureux gagne l'autre rive, « à travers le ciel[5] ». Jamais le batelier n'avait vu un ascète doté d'un tel pouvoir ! Il regrette amèrement de ne pas l'avoir transporté gracieusement et se lamente longuement sur son attitude, qui va certainement avoir des conséquences néfastes sur ses renaissances futures... La nouvelle de cet événement hors du commun se répand jusqu'à Rajagrha, la capitale du royaume de Magadha. Bimbisara fait amener devant lui le batelier pour qu'il lui raconte ce qui s'est exactement passé. Très impressionné, le souverain décide d'abolir les péages pour tous les religieux errants.

Poursuivant sa marche, le Tathagata arrive enfin aux portes de Kashi. Établie sur la rive ouest du Gange, c'est une riche et vieille cité que l'on nomme aussi Varanasi (Bénarès). Réputée pour la qualité de ses textiles, la ville est surtout considérée depuis longtemps comme un lieu éminemment sacré : « Kashi éclaire et illumine l'univers. Kashi apporte la libération à tous par la sagesse[6] », proclame un ancien hymne des recueils védiques. Haut lieu de la connaissance, la cité est dominée par une guilde de brahmanes très orthodoxes. À longueur de journée, les prêtres étudient et psalmodient les vieux hymnes védiques. Les officiants spécialisés tirent d'importants profits en exécutant, au nom des autres castes supérieures, des rituels sacrificiels compliqués. Le commerce des crémations funéraires y est également très prospère, car beaucoup de dévots viennent mourir dans la ville sainte, dans l'espoir d'échapper ainsi au cycle des réincarnations.

Après avoir effectué sa tournée d'aumône, le Bouddha ne s'attarde pas. Les shramanes ne sont pas très bien vus par les conservateurs qui règnent sur la cité. Il gagne alors une forêt toute proche qui abrite de nombreux troupeaux de gazelles. Mrigadava, « le Bois aux gazelles », est aussi connu sous le nom de Richipatana, le « Séjour des Sages » : ne dit-on pas que les grands *rishi* ont coutume de s'y rendre par la voie des airs depuis leurs ermitages himalayens ? Réputée pour abriter de nombreux ascètes, le Bouddha est sûr de retrouver là les « Cinq de l'heureux groupe[7] ».

Le Tathagata, bien sûr, a vu juste. Cependant, ses anciens compagnons ne sont guère disposés à lui faire bon accueil : en le voyant avancer vers eux dans le sous-bois, Kondanna, Bhaddiya, Vappa, Mahanama et Assaji ont reconnu aussitôt « l'ami Gautama[8] » ; mais ils décident d'un commun accord de feindre de l'ignorer. À leurs yeux, l'ascète ne vaut plus grand-chose ; il n'est qu'un faible ayant lâchement abandonné, du jour au lendemain, la voie des austérités. Assis en cercle sur le sol, ils font mine de ne pas bouger même si, discrètement, ils observent du coin de l'œil « ce relâché, ce gourmand, gâché par l'abondance[9] »... À mesure qu'il s'approche, le doute pourtant les envahit : le Bouddha dégage une telle majesté, une telle pureté... Les « Cinq de bonne caste[10] » ne peuvent résister bien longtemps... Les voilà qui s'empressent, comme autrefois, de l'accueillir avec le plus grand respect. Se levant d'un seul bond, ils s'inclinent tous devant lui. Le premier le débarrasse de sa toge et de sa sébile, le second étend une natte tressée pour qu'il s'y installe. Les trois derniers apportent de l'eau, une planche et un morceau de terre cuite afin que « l'ami Gautama » puisse se laver les pieds.

Une fois délassé et rafraîchi, le Bouddha s'adresse enfin à ses anciens compagnons :

« Ascètes, ne vous adressez pas au Parfait par son nom et comme à un ami. Le Parfait, ascètes, est le Saint, l'Éveillé parfait. Prêtez l'oreille, amis : la Délivrance de la mort est trouvée. Je vais vous instruire. Je vais vous enseigner la Doctrine, le Dhamma. Si vous suivez mon enseignement, en peu de temps vous atteindrez et resterez dans le but suprême de la vie sainte, pour lequel des hommes nobles quittent leur domicile afin de mener la vie errante : ici et maintenant, vous connaîtrez la vérité et la réaliserez pour vous-mêmes[11]. »

Les Cinq se montrent plutôt sceptiques. Ils ne peuvent tout de même pas se laisser convaincre si vite ! Ils interpellent l'ascète Gautama sur son abandon des mortifications, sur son interruption du jeûne... Comment peut-il prétendre à la libération suprême alors qu'il se complaît désormais dans l'abondance ? Patiemment, le Bouddha corrige un à un leurs propos accusateurs, réitérant à chaque fois sa proposition de les instruire. Pour achever de les convaincre, il lance enfin : « Depuis que nous nous connaissons et durant toutes les années où nous avons vécu ensemble, gardez-vous le souvenir que je ne vous ai jamais tenu de tels propos[12] ? » Frappés par la justesse de sa remarque, Kondanna, Bhaddiya, Vappa, Mahanama et Assaji tombent à ses pieds en reconnaissant leur erreur. Ils acceptent, enfin, d'être enseigné par le Parfait.

Pour la toute première fois, le maître va exposer publiquement, et en profondeur, la doctrine qu'il a acquise durant l'Éveil... Le Sermon de Bénarès restera dans les mémoires comme la plus illustre prédication du Bouddha.

La « Mise en mouvement de la roue de la Loi[13] » débute à la lueur de la pleine lune du mois d'*asalha*. Assis les jambes croisées, le Bouddha reste silencieux pendant un très long moment. Alignés côte à côte, les cinq ascètes sont profondément recueillis ; ils se préparent intérieurement à entendre son enseignement. La chaleur humide de la nuit d'été étouffe les bruits de la forêt. Et bien que les dieux, depuis « le ciel des trois mille mondes », aient tous le visage tourné vers le Tathagata, « même pas un bruit de toux n'est entendu », assure le *Lalitavistara*.

Rompant enfin le silence, le Bienheureux fait tourner la roue de la Loi, qui est « une essence parce qu'elle est obtenue par une science pareille à la foudre[14] ». Il révèle d'abord à ses anciens compagnons que l'unique moyen de parvenir à la Connaissance suprême est de suivre une voie moyenne entre le plaisir des sens et l'ascèse extrême, car tous deux sont « sans issue[15] ». Il expose ensuite comment, en pratiquant cette voie médiane, il a pu découvrir les Quatre Nobles Vérités, dont l'exposé représente le cœur de son sermon :

> Voici, ô moines, la Noble Vérité sur la souffrance : la naissance est souffrance, la vieillesse est souffrance, la maladie est souffrance, la mort est souffrance, l'union avec ce qu'on déteste est souffrance, la séparation d'avec ce que l'on aime est souffrance, l'impuissance à obtenir ce que l'on désire est souffrance. En résumé, les cinq agrégats de l'attachement sont souffrance.
>
> Voici, ô moines, la Noble Vérité sur la cause de la souffrance : c'est cette soif qui conduit de renaissance en renaissance et qui, liée au plaisir et à la passion, cherche toujours satisfaction ici et là : soif des sens, soif de l'existence et du devenir et soif de la non-existence.
>
> Voici, ô moines, la Noble Vérité sur la cessation de la souffrance : c'est l'arrêt complet de cette soif, son abandon, son renoncement, sa libération, son détachement.
>
> Voici, ô moines, la Noble Vérité du chemin qui conduit à la cessation de la douleur : c'est le Noble Chemin Occulte à huit membres, à savoir : la vue juste, la pensée juste, la parole juste, l'action juste, le moyen d'existence juste, l'effort juste, la vigilance juste, la concentration juste[16].

Kondanna, le plus âgé du groupe, est le premier à saisir pleinement l'enseignement du maître de la Loi. La compréhension de la roue de la Loi ne s'offre pas instantanément à tout le monde : « Difficile à bien connaître est cette roue parce qu'elle est comprise dans l'égalité de la science et de la sagesse[17]. » Dès lors, le vieil ascète devient « Kondanna qui sait », Anna Kondanna. « Viens, *bhikkhu*, la Doctrine a été bien expliquée, mène une vie de pureté afin d'atteindre la fin de la souffrance[18] ! » Par cette simple formule, le Bouddha l'accepte comme disciple. Kondanna est désormais un *bhikkhu*, moine mendiant. Peu de temps après, ayant compris à leur tour le sermon du Tathagata, les quatre autres ascètes reçoivent aussi l'ordination.

Quelques jours après avoir fait tourner une première fois la « roue de la Loi », le Bouddha approfondit encore son enseignement. Il réunit Kondanna, Bhaddiya, Vappa, Mahanama et Assaji dans le Bois aux gazelles afin de leur exposer, dans un second sermon mémorable, l'impermanence du corps, de la sensation, de la perception, de la « tendance habituelle[19] » et de la conscience. Sa démonstration sur l'impermanence aboutit à la doctrine de l'*anatta*, qui nie l'existence du soi profond : « Cela n'est pas à moi, je ne suis pas cela, cela n'est pas mon Soi[20]. »

En conclusion, le Bienheureux déclare :

Considérant les choses ainsi, ô moines, le disciple instruit réprouve le corps, il réprouve la sensation, il réprouve la perception, il réprouve la tendance habituelle, il réprouve la conscience. Lorsqu'il les réprouve, il est sans désir. Lorsqu'il est sans désir, il est libéré du désir. Lorsqu'il est libéré vient la connaissance : « Voici la libération », et il sait : « Toute renaissance est anéantie, la Conduite pure est vécue, ce qui doit être achevé est achevé, il n'y a plus rien qui demeure à accomplir, il n'est plus pour moi de devenir[21] ».

Bien qu'elle s'oppose aux théories développées par les brahmanes, la doctrine de l'*anatta* prêchée ce jour-là par le Bouddha n'offusque pas les *bhikkhu*. Au contraire, les Cinq saisissent si bien le contenu de ce second sermon qu'ils deviennent instantanément des *arahant* : comme le Bouddha, ils se trouvent soudain libérés de toute souillure, de toute entrave, de tout désir. « À ce moment, il y eut six *arahant* dans le monde[22] », dit le récit canonique.

À Uruvela, l'ascète Gautama avait déjà laissé sa place au Bouddha. À Bénarès, l'Éveil est désormais devenue la Doctrine, qu'on appelle aussi la Loi ou le *Dhamma*. L'ordination des cinq ascètes dans le Bois aux gazelles marque la fondation du *Sangha*, la communauté. Ces trois événements advenus, le bouddhisme est né. Mais, pour l'heure, « la propagation de la Loi[23] » reste une immense tâche à accomplir… La doctrine du maître va-t-elle rencontrer un écho favorable ? Après Kondanna, Bhaddiya, Vappa, Mahanama et Assaji, combien d'hommes vont être capables d'entendre son enseignement ?

Europe, XIXe siècle

« Paris, le 7 juillet 1834.

A.M.B.H. Hodgson, Résident anglais,
à Catmandou, Népal.

Monsieur,

Permettez-moi de m'associer, en mon nom personnel, aux témoignages de reconnaissance que vous doivent tous les amis de la littérature indienne, pour l'offre si libérale que vous avez bien voulu faire à la Société asiatique de Paris, de lui procurer ceux des livres sanscrits relatifs au buddhisme dont vos heureuses découvertes ont révélé l'existence au monde savant. [...]

Ayant depuis longtemps fait des efforts peu fructueux pour pénétrer dans la connaissance du buddhisme, ayant fait des sacrifices énormes pour ma position dans le but d'acquérir les livres sacrés des Singhalais, dont je possède quelques-uns, j'ai éprouvé une bien grande satisfaction en apprenant que les livres de Buddha (Sâkya) existaient en sanscrit. J'ai eu dès lors l'espoir de pouvoir, à l'aide de la connaissance de cette langue, que plusieurs années d'études ont commencé à me rendre familière, aborder directement les ouvrages bouddhiques ; mais j'aurais probablement quitté ce monde sans avoir pu réaliser cet espoir, à cause de l'impossibilité où je suis d'aller jamais dans l'Inde, si la proposition si libérale que vous voulez bien adresser à la Société asiatique ne m'enhardissait à recourir à votre bienveillante obligeance.

Ne serait-ce pas commettre une indiscrétion coupable, et prendre sur votre temps précieux, que de vous prier de faire l'acquisition pour moi de quelques-uns de ces livres que vous jugerez les plus précieux et les plus propres à faire pénétrer dans le buddhisme pur ? [...]

Votre bien dévoué serviteur,

EUGÈNE BURNOUF[1]. »

Le diplomate anglais en poste à la cour du Népal, lui-même passionné par l'étude des textes bouddhiques, ne décevra pas le jeune successeur de Chézy à la chaire de sanskrit du Collège de France : après quelques copies de manuscrits, il expédie à Paris plusieurs caisses contenant près d'une centaine de manuscrits originaux. Grâce à ces généreuses donations, une décennie après avoir rédigé sa lettre pleine d'espoir, Eugène Burnouf publiera une étude magistrale qui fera du savant français l'un des « grands initiateurs » — selon les termes d'Henri de Lubac — de la « rencontre du bouddhisme et de l'Occident[2] »...

De nos jours, à défaut de pouvoir reconstituer avec réalisme la scène de l'Éveil du Bouddha, les nombreuses traductions des textes canoniques, accompagnées ou enrichies d'explications et de commentaires, offrent aux Occidentaux la possibilité d'accéder facilement à la doctrine du maître historique. Il n'en fut pas toujours ainsi. Pour « pénétrer dans le buddhisme pur », les Européens du XIXe siècle durent surmonter toute une série d'obstacles. Matériels d'abord, car la collecte des manuscrits à travers l'Asie était difficile. Elle prit parfois l'aspect d'une véritable chasse au trésor et dura des années — elle n'est d'ailleurs pas terminée... Techniques ensuite, car les savants durent apprendre à maîtriser les langues orientales anciennes comme le sanskrit et le pali ; culturels enfin, parce que, au fur et à mesure qu'ils découvraient les textes de référence, les philosophes se trouvèrent en face d'un « ailleurs » mental qui les déconcerta. La découverte du bouddhisme allait engendrer un véritable malaise parmi les Occidentaux, provoquant d'intenses polémiques, quand elle n'aboutit pas à un rejet pur et simple... Pourquoi une telle incompréhension ? Comment fut appréhendé l'enseignement du Bouddha par les Européens ? Le bouddhisme serait-il insaisissable pour l'Occident ? Enfin, que peut-on retenir aujourd'hui du célèbre Sermon de Bénarès, qui constitue le cœur de la doctrine du Bouddha ?

Tout commence à la fin du XVIIIe siècle. L'Inde suscite alors en Europe un intérêt très vif parmi les savants, les philosophes, les artistes — et en particulier les romantiques allemands. Source d'inspiration et de fantasme, l'Inde devient un objet de connaissance jugé d'une importance telle que l'on parle même d'une « Renaissance orientale[3] ». Il n'est pas encore question du bouddhisme, qui reste *terra incognita*. La découverte du sanskrit et la traduction des grands textes védiques et brahmaniques constituent alors la priorité de ceux qu'on appelle les indologues ; parmi lesquels se détache la figure de William Jones, père de la philologie sanskrite et fondateur en 1784, à Calcutta, de l'Asiatic Society. Mais les Européens, qui cherchaient la « mère de toutes les langues[4] » dans le sanskrit, voire, pour les plus enthousiastes, le « berceau » de toutes les civilisations dans l'Antiquité indienne, ne tardent pas à être déçus. Ils se tournent alors vers le bouddhisme.

Au début du XIXe siècle, son étude prend progressivement le pas sur celle des textes du Veda : c'est l'avènement du fameux « tournant bouddhique[5] », bien décrit par Roger-Pol Droit. Cependant, tout comme l'identité de son fondateur demeure obscure, la doctrine bouddhique ne se livre pas facilement aux savants européens. Déchiffrer — et défricher — un nouveau monde n'est pas l'affaire d'un jour, le chantier est gigantesque. Intuition, hasard, travail, persévérance et surtout beaucoup de passion sont nécessaires aux pionniers de la première moitié du XIXe siècle. Pierre après pierre, l'étude scientifique du bouddhisme se construit à partir du déchiffrement du pali par Eugène Burnouf, en collaboration avec le Danois Christian Lassen, de l'étude des sources bouddhiques chinoises par le Français Abel Rémusat, de l'étude de la langue et de la tradition tibétaines par le Hongrois Alexandre Csoma de Körös, du déchiffrement des manuscrits mongols par Isaac Jacob Schmidt et Julius von Klaproth, sans oublier la découverte au Népal par Brian Hodgson des traités bouddhiques rédigés en sanskrit... La genèse de la connaissance du bouddhisme prend les traits d'une aventure collective dont le rythme va en s'accélérant et dont les « héros », de plus en plus nombreux, s'illustrent autant derrière un bureau d'une capitale européenne qu'aux confins du Tibet. Au fur et à mesure des découvertes, le savoir s'institutionnalise ; la Société asiatique de Paris est fondé en 1822, celle de Londres l'année suivante.

Tous ces efforts conjugués donnent enfin naissance à des travaux fondateurs qui font entrer l'une des plus importantes religions de l'humanité, restée jusqu'alors ignorée, dans le champ de la connaissance occidentale. S'appuyant sur l'examen méthodique des manuscrits envoyés par Hodgson à la Société asiatique de Paris, Eugène Burnouf publie en 1844 l'*Introduction à l'histoire du bouddhisme indien*. Premier exposé rigoureux des enseignements du Bouddha, cette étude magistrale fait date et servira longtemps de référence. Mais, hélas, Eugène Burnouf disparaît dès l'âge de cinquante et un ans, après avoir publié une traduction commentée du *Lotus de la bonne Loi*, sans avoir eu le temps, comme il l'envisageait, de poursuivre ses travaux par une étude du bouddhisme ancien. Une pluie d'hommages accompagnera la disparition prématurée de ce « génie qui sut frayer des avenues dans ce labyrinthe désespérant de la littérature bouddhique[6] », selon les mots du grand indianiste Sylvain Levi.

Dans la seconde moitié du siècle, intellectuels et philosophes s'emparent de ces découvertes érudites. La « philosophie des Hindous » avait déjà subjugué Friedrich Schlegel, Arthur Schopenhauer et Victor Cousin ; la doctrine du Bouddha intéresse désormais aussi Friedrich Nietzsche, Ernest Renan, Hippolyte Taine, Arthur de Gobineau ou encore Jules Michelet. Toute l'élite des penseurs se passionne soudain pour le bouddhisme, chacun croyant y reconnaître ici et là un écho à ses propres préoccupations, voire des points de convergence avec la culture occidentale ou la religion chrétienne. À l'inverse du brahmanisme intrinsèquement lié au système des castes propre à l'Inde, le bouddhisme prend les traits d'une religion universaliste et prosélyte, ce que confirme sa présence de Ceylan au Japon. Il se réclame d'un fondateur unique, un personnage historique qui prône la compassion, mais dont la pensée conservée par la tradition prend la forme d'une démonstration logique et rationnelle plus que strictement religieuse et dogmatique... Vu de loin, le bouddhisme présente une troublante familiarité de façade qui ne peut qu'attiser au plus haut point la curiosité des penseurs chrétiens comme des héritiers des Lumières.

Toutefois, après une brève période d'engouement, la lecture du Sermon de Bénarès ne tarde pas à provoquer polémiques et controverses. La découverte des Quatre Nobles Vérités, de l'Octuple Noble Chemin et, plus encore, de la doctrine du « non-soi » suscite un profond malaise. Le bouddhisme, vu d'Occident, pose problème. Comment, en effet, comprendre un phénomène religieux qui ne se préoccupe ni de la création, ni de dieu ou, à défaut, des dieux ? Comment une doctrine niant l'existence de l'âme peut-elle prétendre être appelée une religion ? Son fondateur ne se présente même pas comme un prophète. Le Bouddha, note avec consternation Jules Barthélemy-Saint-Hilaire, « ignore Dieu d'une manière si complète qu'il ne cherche même pas à le nier[7] » !

Le Sermon de Bénarès, ou « Mise en mouvement de la roue de la Loi », est pourtant bien un texte à caractère religieux. Le maître y expose avant tout une voie du salut, autrement dit, dans le contexte indien, le moyen d'échapper au cycle des réincarnations. La doctrine enseignée par le Bouddha consiste en Quatre Nobles Vérités dont le postulat de départ, conforme à la pensée indienne, repose sur le principe que la vie n'est que souffrance. La racine de cette souffrance réside dans le désir qui, par nature, n'est jamais assouvi ou toujours déçu. C'est le désir qui entraîne l'acte et qui génère, en raison de la loi du *karman*, la renaissance. La libération du *samsara* réside donc dans l'extinction du désir grâce à une discipline stricte qui est présentée dans l'Octuple Noble Chemin. Celui qui s'y engage doit le suivre parfaitement et jusqu'au bout s'il veut atteindre la délivrance. Si cette voie n'est pas celle de l'austérité la plus extrême, elle nécessite néanmoins de renoncer aux plaisirs du monde car ceux-ci sont à l'origine du désir et de la souffrance ; il convient par conséquent de s'extraire de la vie ordinaire, d'abandonner toute possession et d'éviter tout objet désirable. Dès lors, l'absence de désir entraînant progressivement l'absence d'acte négatif, le *karman* continue à se perpétuer mais il est, en quelque sorte, de moins en moins « alimenté ». La suite des renaissances ne dépend plus désormais que du poids des actes commis dans les vies antérieures. Lorsque le *karman* arrive un jour à épuisement, l'homme se trouve libéré du *samsara* : il est devenu un *arahant*, une personne délivrée de toute souillure. Il devra toutefois attendre la mort pour entrer complètement dans ce que le bouddhisme appelle le nirvana, où s'achève définitivement toute souffrance. Car le nirvana connaît deux niveaux. Le premier, nirvana incomplet, est celui qu'on peut atteindre en ce monde, de son vivant. Il est l'état de l'*arahant* qui s'est affranchi des passions et de l'attachement à l'existence. Le « délivré vivant » est assuré de ne plus jamais renaître, il lui reste seulement à écouler sa vie présente ; mais celle-ci « tourne » dans le vide, et plus rien ne pourra venir en prolonger le mouvement. À sa mort, la roue s'arrêtera totalement et l'*arahant* entrera alors en nirvana complet.

Les récits canoniques affirment qu'après avoir pris connaissance du Sermon de Bénarès, les Cinq sont devenus des *arahant*, comme l'était déjà le Bouddha Sakyamuni : « À ce moment, il y eut six *arahant* dans le monde[8]. » Mais les Cinq ne sont pas pour autant devenus des bouddhas, car ils n'ont pas acquis la libération par eux-mêmes, ils l'ont obtenue par un enseignement. Pour parvenir à l'état de bouddha, il leur manque d'avoir atteint l'Éveil « complet et parfait ». Néanmoins, comme le Bouddha l'a enseigné aux Cinq à l'occasion de son second sermon, tout n'est qu'impermanence. En effet, si le nirvana équivaut au salut, il est aussi littéralement « extinction » de l'illusion de l'*atman*, le « soi » profond. Contrairement au brahmanisme, qui prône l'existence de l'*atman*, le bouddhisme affirme qu'il n'y a pas d'existence individuelle, de soi, d'« âme ». Selon la doctrine de l'*anatta*, la souffrance existe, mais non celui qui souffre. L'individu n'est qu'un faisceau de cinq « agrégats » impermanents : le corps, la sensation, la perception, les éléments résultant du *karman* et la conscience. Après la mort, s'il y a bien renaissance, en fait, rien ne renaît. Et celui qui parvient à sortir du cercle infernal du *samsara* se dissout dans le nirvana sans forme. La souffrance et la douleur du monde sont donc inséparables de l'inconsistance. Inévitable, l'impermanence règne sur tout, elle est absolue et universelle.

Ce paradoxe, qui est au cœur de la doctrine bouddhique, rend son appréhension difficile pour les Occidentaux. De fait, pour les intellectuels européens qui le découvrent au milieu du XIXe siècle, le bouddhisme fait très vite figure de « culte du néant[9] », selon l'expression de Victor Cousin. Beaucoup fondent leurs critiques sur les propos de Hegel, qui, en dépit des maigres sources savantes disponibles à son époque, a écrit dès 1827 : « Le néant, dont les bouddhistes font le principe de tout, l'ultime but final et l'ultime fin de tout[10]... » Mais, par là, ils caricaturent la pensée du philosophe, qui ne considérait pas le bouddhisme comme une religion destructrice, mais plus justement comme la « religion de l'être-en-soi[11] », le néant étant l'équivalent de l'Être pur, de l'Être indéfini, libre de toute détermination. Quoi qu'il en soit, sortis de leur contexte, les propos de Hegel sont repris par de nombreux penseurs pour mieux rejeter une doctrine, venue d'ailleurs, qui apparaît comme l'expression d'un désir d'anéantissement, une invitation presque malsaine à l'autodestruction. Couramment taxée de pessimisme, voire de nihilisme par les philosophes, la doctrine du Bouddha n'est pas mieux accueillie par les chrétiens, qui condamnent ce « système hideux[12] », dont le but serait une délivrance de tout au-delà possible.

Dans ce concert de critiques, quelques voix divergentes se font entendre. Celles des scientifiques, naturellement, qui appellent à la plus grande prudence dans l'interprétation des textes et, parmi les philosophes, celle d'Arthur Schopenhauer, qui défend le bouddhisme seul contre tous, ou presque. Mais ce n'est pas pour en nier le caractère nihiliste, bien au contraire. Percevant dans la doctrine du « Buddha philosophe » une concordance avec sa propre conception du monde, Arthur Schopenhauer en fait l'éloge précisément parce qu'il considère le vouloir-vivre comme absurde et à l'origine de la souffrance. Pourtant, le philosophe se méprend quand il voit dans le bouddhisme une sorte de préfiguration extraordinaire de sa propre pensée. Tout au plus Arthur Schopenhauer inauguret-il une manière de « philosophie comparée ». Car si sa conception de la nature de l'expérience fondamentale de la souffrance peut effectivement être rapprochée de celle de la doctrine du Bouddha, sa philosophie est résolument pessimiste et, par là même, ne saurait être qualifiée de « bouddhiste ».

Nietzsche, enfin, tient également en estime le « grand physiologiste » et « sa "Religion" — qu'on ferait mieux d'appeler hygiène pour ne pas la commettre avec d'aussi pitoyables choses que le christianisme[13] ». Cependant, il considère lui aussi le bouddhisme comme un nihilisme, un symptôme de la fatigue de vivre, auquel il oppose le concept de volonté de puissance. S'il reconnaît que « tout est souffrance », comme l'affirme le Bouddha, se libérer de la souffrance revient pour lui à refuser la vie : Nietzsche prône a contrario une sagesse tragique qui implique la volonté de souffrir ; non pas que souffrir soit positif en soi, mais parce que, sans la souffrance, rien de grand n'est possible : « L'homme tragique affirme même la souffrance la plus amère[14]. »

Les deux penseurs négligent le fait que le bouddhisme, avant d'être une philosophie, est une religion, autrement dit une doctrine qui apporte l'espérance aux hommes. Et c'est précisément cette dimension, essentielle, qui a permis au bouddhisme de traverser vingt-cinq siècles et de s'étendre sur près d'un tiers de la planète.

À la décharge des penseurs occidentaux, on pourrait émettre l'hypothèse que la doctrine bouddhique qu'ils découvrent au XIXe siècle est peut-être différente, ou du moins plus complexe, que celle prêchée à l'origine par le Bouddha Sakyamuni. Le récit du Sermon de Bénarès que nous connaissons aujourd'hui est-il fidèle à la réalité historique ? Quel crédit lui porter ?

Si rien ne permet d'être certain de son authenticité absolue, les spécialistes s'accordent à reconnaître que le récit traditionnel du premier sermon du Bouddha expose effectivement le cœur de la doctrine du bouddhisme originel. Ayant été conservé en diverses versions concordantes par presque toutes les écoles bouddhiques, le discours des Quatre Nobles Vérités est jugé très proche de ce que le Bouddha aurait enseigné lui-même de son vivant ou, au moins, de ce qui aurait été rapporté par ses tout premiers disciples. Dans ses *Recherches sur la biographie du Buddha*, André Bareau a montré en particulier l'ancienneté de l'exposé de l'Octuple Noble Chemin, qui apparaît à deux reprises dans le récit du Sermon de Bénarès : une première fois, en tant que quatrième Noble Vérité, puis une seconde fois dans l'introduction qui expose la Voie du Milieu. Selon le spécialiste, il aurait été conçu avant le discours des Quatre Nobles Vérités tel que nous le connaissons de nos jours, tout comme il précéderait la formulation de la notion d'inexistence-en-soi — qui pourrait n'avoir été fixée qu'après la disparition du Bouddha. L'Octuple Noble Chemin apparaît donc comme l'un des plus anciens enseignements du Bouddha, sinon le tout premier. Or, il est frappant de noter combien cet enseignement originel constitue encore le cœur de la pratique bouddhique. Malgré sa très grande diversité, le bouddhisme contemporain se réclame toujours de cet enseignement originel et les bouddhistes d'aujourd'hui, comme ceux d'hier, s'efforcent tous de suivre le modèle de l'Octuple Noble Chemin. Selon les paroles attribuées au Bouddha, « il donne la vue, il donne la connaissance, il conduit à la tranquillité, à la connaissance suprême, à l'Éveil, au nirvana[15] ». Autrement dit, suivre l'Octuple Noble Chemin mène au salut.

Si les Occidentaux du XIXe siècle ont rencontré des difficultés pour appréhender la doctrine du Bouddha, ce ne fut pas le cas — on l'a vu — de ses premiers disciples. Si innovant soit-il, le bouddhisme est construit sur la base de concepts émanant de la tradition brahmanique, purement et exclusivement indienne, qui étaient totalement étrangers à la plupart des penseurs européens d'alors. Que la vie ici-bas ne soit que souffrance et que chacun soit prisonnier du *samsara* sont deux postulats de la doctrine bouddhique qui ne s'imposaient pas comme des évidences pour les Occidentaux. À l'inverse, ces concepts ne pouvaient qu'être approuvés d'emblée par les anciens compagnons d'ascèse du Bouddha — et ce d'autant plus que les Cinq, si l'on en croit les écritures, sont issus de la caste des brahmanes.

La distance géographique, temporelle et culturelle explique pour une grande part l'incompréhension des penseurs européens. Que la découverte de l'altérité ait alors engendré le rejet n'est pas surprenant. Mais il y a autre chose : en considérant le bouddhisme comme un système nihiliste prônant le chaos et la dissolution, les intellectuels européens n'ont-ils pas exprimé l'angoisse qui agitait alors l'inconscient occidental confronté à la modernité naissante ? Une sorte de « malaise dans la civilisation[16] », une peur latente de la catastrophe — et qui deviendra réalité en 1914... Quoi qu'il en soit, l'Occident a manqué son premier rendez-vous avec le bouddhisme.

Conversions

Dans le Bois aux gazelles, le Bienheureux vit désormais entouré de ses cinq premiers disciples. Jour après jour, la petite communauté s'organise. La nuit, ils dorment à l'abri de huttes sommaires faites de branchages tandis que, chaque matin, ils vont faire la tournée d'aumône dans la cité de Kashi.

Cependant, la communauté monastique, le *Sangha*, ou « Assemblée » selon le terme utilisé par le Bouddha, est encore à ce stade composée uniquement d'hommes qui ont choisi depuis longtemps la voie du renoncement. Parce qu'ils avaient « peu de poussière dans les yeux[1] », les cinq renonçants étaient particulièrement disposés à comprendre la Doctrine.

La conversion d'un dénommé Yasa va soudain élargir le cercle des recrues. Fils unique d'un riche banquier de Bénarès, il a été élevé comme un fils de noble. Tout comme Siddharta durant sa jeunesse, Yasa a toujours été choyé par ses parents. Passant au fil des saisons de l'un à l'autre de ses trois palais, il a toujours vécu à l'écart des difficultés, « en se réjouissant des plaisirs des cinq sens[2] ». Mais une nuit, après une soirée de débauche en compagnie de courtisanes, il s'éveille en sursaut et découvre le spectacle morbide de l'enchevêtrement des corps dénudés abandonnés dans le sommeil au milieu du désordre de la fête. Comme le Bodhisattva la nuit de son départ de Kapilavastu, Yasa est soudain pris d'un irréversible dégoût : « Comme cela est pénible ! Comment peut-on éprouver du désir[3] ? » Après avoir franchi les portes de Kashi sans réveiller ses habitants, il gagne promptement la rivière Varana. Abandonnant ses sandales d'or, Yasa franchit le cours d'eau puis se dirige vers le Bois aux gazelles, avec l'espoir d'y rencontrer un sage qui accepterait de le guider dans la voie du renoncement...

Profitant de la fraîcheur de l'aube, le Bouddha se promène sereinement dans le sous-bois lorsqu'il voit approcher le jeune homme. Ce dernier a encore l'air hagard et choqué de celui qui vient de faire une horrible découverte. Percevant aussitôt son désarroi, le Tathagata le salue d'un ton rassurant. Après avoir engagé la conversation, il propose à Yasa de lui prodiguer sa doctrine. Quelques instants plus tard, le maître et l'élève sont assis côte à côte sur une natte posée à même le sol. L'exposé du Bouddha se déroule étape par étape, du plus accessible au plus compliqué, depuis le renoncement aux plaisirs jusqu'aux avantages de la vie de *bhikkhu*. Cette méthode progressive rencontre un succès immédiat auprès de Yasa :

Tandis que Yaçaskara écoutait, assis, ses poussières et ses taches disparurent, et il obtint l'œil de la Loi, parfaitement pur. Dès qu'il eut vu la Doctrine, obtenu la Doctrine, possédé complètement la Doctrine, en son propre corps il obtint la vision par ses propres yeux du fruit de la vie religieuse et il dit au Bouddha :

— Je désire cultiver avec pureté la conduite pure auprès du Tathagata.

— Viens, ô moine ! En ma Doctrine réjouis-toi, cultive la conduite pure pour supprimer l'origine des douleurs.

Alors, Yaçaskara reçut l'ordination majeure[4].

Les autres moines se réjouissent de la nouvelle et accueillent chaleureusement Yasa parmi eux. Le *Sangha* compte désormais six *bhikku*.

Pendant ce temps, à Kashi, l'agitation s'est emparée de la famille de Yasa. La mère du jeune homme a été avertie au petit matin par les courtisanes et les domestiques de la disparition brutale de son fils. Aussitôt, elle a supplié son époux de retrouver son enfant et de le ramener au plus vite à la maison. Ayant d'abord fait fermer et contrôler toutes les rues et les innombrables venelles de la ville, le riche banquier s'est finalement rendu lui-même sur les rives de la rivière Varana, où il découvre les luxueuses sandales abandonnées par son fils quelques heures auparavant. Suivant son intuition, le père de Yasa passe à son tour sur l'autre rive…

À peine entré dans le Bois aux gazelles, il aperçoit un petit groupe de renonçants. En s'approchant, il découvre parmi eux un ascète « tout à fait extraordinaire[5] », dont la vue apaise spontanément son désarroi. Mais son fils est invisible... car le Bouddha l'a fait disparaître grâce à ses pouvoirs surnaturels. Plein d'espoir, il demande à l'ascète s'il aurait aperçu Yasa. En guise de réponse, le Bouddha invite l'homme à s'asseoir à ses côtés. Puis, après avoir échangé quelques paroles aimables avec lui, il lui prodigue l'enseignement gradué de la Doctrine... L'ayant écouté attentivement, le riche banquier demande alors au Bouddha de l'accepter en tant que disciple laïque. Ayant pris refuge dans le Bouddha, le *Dhamma* et le *Sangha*, il devient ainsi le premier *upasaka* de la communauté.

Le père de Yasa voit alors son fils apparaître aux côtés des cinq moines qui entouraient le Bouddha. Il lui demande de rentrer à Bénarès auprès des siens, insistant sur le désarroi de sa mère, qui perdrait le goût de vivre sans sa présence. Yasa ne dit mot. Pendant que son père a reçu la Doctrine, il a atteint la dernière étape de la voie de la délivrance : jusqu'à présent, le jeune *bhikkhu* était seulement « entré dans le courant[6] » ; maintenant il est un *arahant* délivré de toute passion et de toute erreur. Gardant toujours le silence, Yasa se contente d'implorer son maître du regard. Le Bouddha explique à son père qu'il est impossible à un *arahant* tel que Yasa de reprendre une vie mondaine. L'*upasaka* doit se rendre à l'évidence. Il convie alors le Bouddha et son fils devenu moine à venir déjeuner chez lui en ville.

Dès le lendemain, le Bienheureux et Yasa se rendent à Bénarès. Ils sont reçus avec beaucoup d'égard par toute la famille du jeune homme. Le repas terminé, Bouddha délivre un enseignement du *Dhamma* à l'intention de la mère et de celle qui a été jusque-là l'épouse de Yasa. À son terme, la fin de son sermon, celles-ci lui demandent à prendre aussitôt le Triple Refuge. Elles deviennent ainsi les premières *upasika*, femmes disciples laïques du Bouddha. Dans le voisinage, la nouvelle de la conversion subite de Yasa à la vie monastique s'est vite répandue. Quatre amis proches du jeune homme, par curiosité, viennent rencontrer le Bouddha… Après avoir longuement écouté Sakyamuni, ils choisissent eux aussi de rejoindre le *Sangha*. Dans leur sillage, les conversions se multiplient : voilà que cinquante anciens amis de Yasa se convertissent à leur tour et deviennent *bhikkhu* ! La visite du Bouddha ce jour-là dans la vieille cité sainte de Bénarès est un vrai succès…

La communauté compte maintenant plus de cinquante moines. Dans le Bois aux gazelles, il faut construire de nouvelles huttes et, en prévision de la mousson, renforcer les anciennes constructions. Après la tournée d'aumône matinale à Kashi, les *bhikkhu* s'activent, malgré la chaleur éprouvante, pour que tout soit prêt avant l'arrivée des pluies. Les uns vont couper des bambous dans les bois puis les assemblent, les autres tressent du jonc pour les toitures… Les huttes viennent juste d'être achevées le jour où, enfin, la mousson éclate ! Tous se réjouissent de l'arrivée de la pluie qui redonne la vie. En quelques jours, à Mrigadava, les arbres dénudés déploient de larges feuilles fraîches et éclatantes. Les animaux qui vivaient cachés dans l'ombre réapparaissent. Les rivières asséchées se gonflent à nouveau et le sol rouge craquelé se couvre d'herbes au vert tendre.

Bénéfiques, ces pluies intenses ont aussi des inconvénients. Les chemins, boueux, deviennent difficilement praticables, quand les inondations n'interdisent pas tout déplacement. Pendant plusieurs semaines, le Bouddha et les siens ne peuvent guère s'éloigner du Bois aux gazelles. Jour après jour, ils se livrent alors à la méditation et le maître en profite pour développer plus en profondeur son enseignement auprès de ses disciples.

Vers la fin de la saison des pluies, Sakyamuni prend une décision cruciale pour le développement de l'ordre monastique. Après y avoir mûrement réfléchi, il a décidé que l'heure était venue d'associer les *bhikkhu* à la diffusion du *Dhamma*. Le Bouddha rassemble ses disciples et leur donne ses instructions. Les moines doivent le quitter et partir chacun de leur côté à la rencontre des hommes. Solitaires, sans autres possessions qu'une toge et un bol, ils devront mendier chaque jour leur nourriture et ne pas séjourner dans les villes. Ils coucheront au hasard des chemins « dans la forêt, au pied des arbres, sous des saillies rocheuses, dans des ravins, des grottes, des cimetières, des futaies, à ciel ouvert, sur la paille[7] ». Leur mission sera de prêcher la Bonne Loi auprès de la « multitude », *bahujana*, autrement dit auprès de tous, sans distinction aucune : il faut que tous ceux qui sont capables de comprendre la Doctrine puissent avoir la chance de mettre fin, eux aussi, à leur souffrance. Le Bienheureux conclut son discours par ces mots :

Mettez-vous donc en route, et allez pour le bien de beaucoup, pour le bonheur de beaucoup, par compassion pour le monde, pour l'avantage, pour le bien, pour le bonheur des dieux et des hommes[8].

Après que les soixante *bhikkhu* se sont dispersés pour remplir leur nouveau rôle de missionnaires itinérants, le Bouddha retourne sur le lieu de l'Éveil, à Uruvela. Il n'a pas oublié tous ceux qui lui ont généreusement accordé l'aumône durant ses longues années de quête de la Vérité ; il veut leur enseigner le *Dhamma* qui mène à la délivrance. Après de longues journées de marche silencieuse, il arrive enfin à proximité du village. Fatigué, le Bouddha se repose sous un arbre, dans le parc de Karpasika, lorsque surgit un groupe de jeunes hommes bruyants et agités. Surnommés les « Joyeux Lurons[9] » par les habitants d'Uruvela, ils demandent à l'ascète s'il n'aurait pas, par hasard, aperçu dans les parages une voleuse fuyant avec son butin : ils étaient en train de s'adonner aux joies de la baignade en galante compagnie lorsqu'une courtisane a volé un objet de grande valeur appartenant à l'un d'entre eux — le célibataire du groupe, qui avait loué les services de la jeune femme pour la journée. Les « Joyeux Lurons » ne l'ont pas vu commettre son larcin, certes, mais ils sont convaincus que la courtisane est coupable. Le Bouddha, qui les a écoutés en silence, leur demande : « Or, donc, que pensez-vous, ô jeunes gens, qu'il vaille mieux pour vous, d'aller à la recherche de cette femme ou d'aller à la recherche de vous-même[10] ? » Profondément bouleversés par la profondeur de la question du renonçant, les jeunes hommes sont prêts à entendre l'enseignement du Bouddha... Celui-ci porte rapidement ces fruits et le *Sangha* s'enrichit encore de trente nouvelles recrues — ou peut-être de cinquante, selon d'autres légendes.

Disséminés à travers la vaste plaine du Gange, les moines itinérants obtiennent eux aussi de bons résultats. De nombreuses personnes, après avoir pris connaissance de la Doctrine, désirent devenir *bhikkhu*. Cependant, seul le maître est habilité à conférer l'ordination et il arrive que la longueur du trajet jusqu'à Uruvela décourage les vocations : les nouveaux convertis changent parfois d'avis en cours de route... Afin de remédier à ce problème, le Bouddha décide alors d'autoriser les moines à conférer eux-mêmes l'ordination. La cérémonie rituelle instituée selon ses instructions est simple : après s'être fait raser la barbe et les cheveux, le novice, les pieds nus et le corps enroulé dans une pièce de tissu, met le genou droit à terre. Les mains jointes, il prononce une formule qui vaut profession de foi : « Je prends refuge dans le Bouddha, je prends refuge dans le Dhamma, je prends refuge dans le Sangha[11] », puis il s'engage à quitter la vie mondaine pour rejoindre le Tathagata. Le novice reçoit alors solennellement l'appellation d'« ayant reçu l'ordination majeure[12] ».

Ainsi, dès les premiers temps du *Sangha*, la propagation de la Doctrine représente la mission essentielle des *bhikkhu*. Durant la période de la mousson, les moines vivent retirés dans des ermitages, mais pendant le reste de l'année, soit huit mois environ, ils doivent se déplacer sans cesse pour prêcher. À partir du moment où les adeptes du Bouddha sont autorisés à conférer eux aussi l'ordination, plus rien ne peut freiner la diffusion du *Dhamma*. Depuis la conversion des Cinq, le petit groupe s'est étoffé si vite qu'en quelques mois à peine il a pris la forme d'un véritable corps de moines mendiants. Tous ceux qui sont « entrés dans le courant[13] » observent la même règle stricte et portent le même vêtement, qui se distingue par sa couleur de celui des autres renonçants. Au lieu du safran emblématique des ascètes brahmaniques, les disciples du Bouddha se drapent d'une pièce de tissu ocre dont la teinte est nommée *kasay*, comme la terre argileuse dont elle provient. L'habit jaune et le crâne rasé, tels sont les signes extérieurs qui permettent d'identifier immédiatement les *Samana Sakyaputtiya*, « les ascètes sectateurs du fils des Sakyas » — comme on commence à désigner alors les membres de la nouvelle communauté religieuse.

Mais si le maître veille au développement rapide et efficace de l'ordre monacal, il ne néglige pas les convertis qui ne souhaitent pas entrer dans la communauté des moines. Le *Sangha* a, en effet, besoin aussi d'une assise laïque. Celle-ci a un double rôle à jouer : d'une part, favoriser la propagation de la Doctrine, d'autre part, apporter un soutien matériel à la communauté des moines.

De Sarnath à Varanasi

Si l'on en croit les récits canoniques, l'histoire du bouddhisme aurait donc débuté en l'an – 531 ou – 523, dans le Bois aux gazelles, où le Bouddha Sakyamuni aurait prêché pour la première fois la Doctrine. Quelques jours après, il aurait alors poursuivi sa prédication dans la cité de Kashi, où son enseignement aurait rencontré un vif succès.

Aujourd'hui, le Bois aux gazelles est identifié à la moderne Sarnath, et Kashi correspond toujours à la ville de Varanasi. Situés dans l'État indien de l'Uttar Pradesh, ces deux lieux ne sont distants que d'une dizaine de kilomètres. Ils offrent cependant un contraste qui frappe tous les voyageurs : à Sarnath, site archéologique ordonné, silencieux et verdoyant, le temps semble s'être figé, tandis qu'à Varanasi, cité populeuse et polluée, le flot de la vie est impétueux. Visiter de nos jours successivement Sarnath et Varanasi revient, au fond, à découvrir dans un saisissant raccourci le surprenant destin du bouddhisme en Inde.

Entouré de murs, le site de Sarnath est géré avec beaucoup de soins par l'Archaeological Survey of India. Le Bois aux gazelles est toujours là, mais il s'agit, on s'en doutera, d'une « reconstitution » : les gazelles, frêles et gracieuses, évoluent tranquillement dans un enclos de gazon impeccable — digne héritier de la tradition britannique — où elles sont nourries chaque jour par les gardiens. D'après la littérature bouddhique, l'existence de cette réserve d'animaux serait très ancienne ; elle remonterait à une époque bien antérieure à la vie du fondateur du bouddhisme. L'origine du nom de Sarnath rappelle cette légende : contraction du terme sanskrit *Sarang Nath*, « Seigneur des Gazelles », il fait référence à l'une des nombreuses incarnations du Bouddha avant son ultime renaissance. Dans cette forêt, le Bodhisattva se serait un jour délibérément offert comme gibier au roi de Bénarès, grand amateur de chasse, pour sauver la vie d'une gazelle qui était grosse d'un faon. Le souverain, ému devant l'esprit de sacrifice du « Seigneur des Gazelles », aurait alors décidé de créer une réserve pour protéger ses congénères…

Si émouvante soit-elle, cette légende n'apporte malheureusement aucune information d'ordre historique sur Sarnath. Ici comme ailleurs, interroger l'archéologie semble plus indiqué. S'ils ne fournissent pas de preuve directe susceptible d'authentifier le lieu de la Mise en mouvement de la Roue de la Loi, les vestiges de Sarnath attestent en revanche que le Bois aux gazelles fut bien identifié comme tel par les premiers bouddhistes. Le site archéologique, qui s'étend sur une surface considérable, témoigne également que l'endroit a connu une intense activité bouddhique pendant des siècles : en somme, les différents vestiges offrent surtout l'occasion de suivre le développement du bouddhisme indien… jusqu'à sa chute.

Appelé jadis « cellule parfumée des origines[1] », le temple principal de Sarnath aurait été construit par les premiers disciples du Bouddha, les « Auditeurs », autour de la hutte occupée par le maître lors de la saison des pluies qui suivit sa première prédication. Remanié et reconstruit à plusieurs reprises, le temple actuel ne laisse, hélas, voir que des murs épais relativement tardifs, datant des alentours du VIe siècle. Parmi les vestiges les plus anciens, ceux des édifices érigés par l'empereur Ashoka au IIIe siècle avant notre ère témoignent de l'épanouissement fulgurant du bouddhisme au temps de l'empire Maurya. Ici, comme dans tous les lieux associés aux étapes décisives de la vie du Bouddha, tels que Lumbini ou Bodh-Gaya, Ashoka, le fervent converti, a fait élever des monuments pour honorer la mémoire du Bienheureux et répandre sa doctrine. À Sarnath, cette époque glorieuse du bouddhisme a livré notamment un remarquable pilier qui est même devenu doublement emblématique : le célèbre chapiteau d'Ashoka est aussi, depuis l'Indépendance, l'emblème national de l'Union indienne. Il comporte à son sommet quatre lions, symboles de la puissance et du courage, qui reposent sur un abaque circulaire. Celui-ci, posé sur une fleur de lotus, est décoré de quatre animaux de taille réduite : le lion au nord, l'éléphant à l'est, le cheval au sud et le taureau à l'ouest. Ces gardiens des quatre points cardinaux sont séparés les uns des autres par des roues qui symbolisent la Loi bouddhique.

Ce chapiteau rappelle, plus que tout autre vestige, l'ambition d'Ashoka de diffuser le bouddhisme dans toutes les directions, au sein de son vaste empire et même au-delà. En effet, le prosélytisme de l'empereur ne s'est pas inscrit uniquement dans la pierre et à l'intérieur des frontières du monde indien : en l'an 18 de son règne, après avoir convoqué le troisième concile bouddhique, le souverain décida d'envoyer des missionnaires partout à travers la péninsule indienne, mais aussi au-delà des « frontières jusqu'à six cents lieues[2] » dans les royaumes voisins : à Ceylan, en Birmanie et vers la Malaisie, au Cachemire, en Afghanistan... À l'intérieur de son empire, la Doctrine se répandit comme jamais auparavant, en particulier au sein des villes. Elle toucha surtout les classes dirigeantes et les marchands, dont la participation à la propagation du bouddhisme le long des axes commerciaux, terrestres et maritimes sera loin d'être négligeable. Ainsi promu par l'empereur des Mauryas, pour la première fois depuis sa naissance, le bouddhisme entre alors véritablement dans l'histoire. En Inde, il prend enfin les traits d'une religion à part entière, tandis que sa propagation au-delà des frontières incarne sa vocation universelle.

Après le déclin de l'empire Maurya, le bouddhisme Theravada continue de s'épanouir, notamment dans les royaumes indo-grecs du nord-ouest de l'Inde, fondés à la suite des conquêtes d'Alexandre, où quelques *Yavana* vont jusqu'à se convertir, à l'exemple du célèbre Ménandre. Sous les Kushana, le bouddhisme reste très florissant sur le sol de l'Inde. Cependant, il se scinde en deux courants : c'est précisément sous le règne de Kanishka, au Ier siècle de notre ère, qu'apparaît le Mahayana. Comme nous l'avons déjà évoqué, il s'accompagne d'un exceptionnel développement artistique, illustré par la statuaire du Gandhara, fusion des arts grec, indien et perse.

Mais revenons à la visite de Sarnath pour continuer à dérouler le fil de l'histoire du bouddhisme indien. Le monument le plus imposant est certainement le Dhamekha Stupa, qui a été érigé sur la base de celui d'Ashoka. Situés au sud du site archéologique, les vestiges du stupa actuel forment un édifice de près de quarante mètres de hauteur et de trente mètres de diamètre. Le stupa est composé de trois parties : une base circulaire assez basse, un tambour cylindrique d'une douzaine de mètres, décoré d'ogives comportant une niche centrale, et un dôme de briques dont le parement de stuc a disparu. La découverte d'une tablette d'argile portant une inscription fournit l'explication du nom de ce stupa. Présentant l'édifice comme *Dhamaka*, elle semble indiquer que c'est à cet endroit précis que le Bouddha aurait mis en mouvement la Roue du *Dhamma*. Quoi qu'il en ait été réellement, le Dhamekha Stupa est de nos jours hautement vénéré par les bouddhistes qui, pour lui rendre hommage, déambulent autour de lui de l'est vers l'ouest. Si, ce faisant, ces dévots perpétuent sans le savoir une antique tradition indienne issue des cultes solaires, on notera qu'aujourd'hui bien peu parmi eux sont de nationalité indienne. Comme à Lumbini ou à Bodh-Gaya, la très grande majorité des pèlerins qui viennent à Sarnath ont fait un long voyage, depuis le Vietnam, la Corée ou encore le Japon, pour se recueillir sur les pas du Bouddha...

L'imposant stupa visible actuellement est le fruit d'une réédification et d'un agrandissement qui remonte à l'époque de la dynastie des Guptas, c'est-à-dire entre le IVe et le VIe siècle. Comme le prouvent d'autres vestiges de Sarnath, le site comptait également durant cette période de grands bâtiments monastiques capables d'accueillir un nombre considérable de moines. Or, il est intéressant de souligner que les souverains Guptas, maîtres d'un immense empire qui s'étendait à toute l'Inde du Nord, ne professaient pas la foi bouddhiste. Les Guptas, qui étaient hindous, se montraient néanmoins très tolérants, et même généreux, avec les disciples du Bouddha comme avec ceux de Mahavira — les jaïns. La période Gupta, particulièrement féconde, incarne de fait l'apogée de la culture classique indienne. Cette époque représente un sommet pour tous les arts, quelles que soient leurs affiliations religieuses : ainsi, à Sarnath, une remarquable école de sculpture bouddhique voit le jour. Néanmoins, et c'est là le paradoxe, cette période marque également le début du déclin inexorable du bouddhisme en Inde. À partir de ce moment, de l'époque Gupta qui incarne l'âge d'or de la civilisation indienne, le rayonnement de la Doctrine du Bouddha, lentement étouffé par l'hindouisme triomphant, va progressivement s'éteindre. Comme en témoignent à Sarnath les ravages causés par Mahmoud de Ghazni en 1017 et par Qutb ud-Din Aibak en 1194, l'arrivée des conquérants musulmans sonnera définitivement le glas du bouddhisme indien.

Dès lors, la visite se poursuit à Varanasi, qui incarne, par contraste, la victoire irréversible de l'hindouisme sur le bouddhisme — et cela, avant même l'arrivée des musulmans. L'ancienne Kashi a beau avoir subi, elle aussi, les assauts meurtriers de l'islam — en particulier ceux de l'empereur moghol Aurangzeb au XVIIe siècle —, force est de constater que la ville sainte a su renaître de ses cendres ! Aujourd'hui, Varanasi (Bénarès) compte près de deux mille temples disséminés ici et là, au détour de ses innombrables ruelles. À longueur d'année, la ville dédiée au dieu Shiva attire une foule de pèlerins venus des quatre coins de l'Inde. À toute heure, les récitations des mantras, les mélodies des *bhajan* — les chants dévotionnels —, les tintements des clochettes des *puja* — les rites d'hommage aux divinités — s'entremêlent dans les ruelles tortueuses. Tirant son nom de la Varuna et de l'Asi, deux affluents du Gange, Varanasi s'est depuis toujours développée sur une seule des deux rives du fleuve, de manière à faire face au soleil levant. Tous les matins, une nuée de dévots se bouscule sur les *ghats* — ces quais en forme d'escaliers qui bordent la cité sur toute sa longueur —, pour se purifier dans les eaux sombres du Gange sacré et pour rendre hommage à Surya, le dieu védique du soleil. Le spectacle de la foule en dévotion ne laisse aucun voyageur indifférent, tant il apparaît immuable. D'ailleurs, même si aucun texte ne le mentionne, il est fort possible que le Bouddha ait lui aussi assisté à ces bains rituels lors de sa visite à Kashi...

Mais que s'est-il donc passé pour que les natifs de la terre qui a vu naître et s'épanouir le bouddhisme pendant près de quinze siècles l'aient oublié à ce point ? Pourquoi l'hindouisme représente-t-il aujourd'hui plus de 80 % de la population de l'Inde, alors que le bouddhisme n'y est plus pratiqué que par une infime minorité — d'origine tibétaine essentiellement ? Comment expliquer un tel triomphe de l'hindouisme sur le bouddhisme ?

Cette victoire est le fruit d'une longue histoire. Rappelons tout d'abord que le brahmanisme n'a jamais disparu au moment où, sous le règne d'Ashoka, le bouddhisme connaissait son heure de gloire. Rien ne prouve même qu'à cette époque la foi du souverain ait été partagée par la majorité de ses sujets. Si le bouddhisme a alors indéniablement connu une fulgurante expansion, il cohabitait avec le brahmanisme au milieu d'autres courants religieux, plus confidentiels mais bien vivants, tel le jaïnisme. Ensuite, les deux grands courants religieux n'ont jamais été radicalement opposés et cloisonnés. Tous deux ont toujours été constitués d'une multitude de sectes et de sous-sectes, de sorte que les concepts même de religion et de conversion, tels que nous les entendons, restent relativement vagues dans le contexte indien. Les deux mouvements se livraient certes à une forme de concurrence, néanmoins ils s'influençaient aussi réciproquement. Le récit de voyage du pèlerin chinois Fa Hian, qui visita l'Inde au début du Vᵉ siècle, en offre un témoignage éloquent : s'il relate que l'antique sacrifice sanglant du cheval, prohibé en son temps par Ashoka, est soudain remis à l'honneur par les souverains hindous de la dynastie Gupta, il note également que les hautes castes s'abstiennent de consommer de la viande. Le végétarisme, hérité de l'influence conjointe du bouddhisme et du jaïnisme, est dorénavant considéré aussi par l'hindouisme comme une pratique particulièrement pure et élevée. C'est pourquoi il est devenu l'un des signes de distinction des brahmanes, qui siègent tout en haut de la hiérarchie sociale, aux côtés des souverains hindous.

En fait, pour contrer le développement des courants contestataires comme le bouddhisme qui menaçait la suprématie des brahmanes, la religion issue du Veda a dû s'adapter. Entre le IVᵉ siècle avant notre ère et le Vᵉ siècle, le brahmanisme a considérablement évolué, donnant naissance à ce qu'on appelle l'hindouisme. Progressivement, de nouvelles coutumes et pratiques religieuses se sont superposées aux rites issus du védisme et à la voie du renoncement des *Upanishad*, dans le but de faire émerger une religion plus accessible, et par conséquent plus populaire. L'hindouisme s'appuie sur de nouveaux textes — toujours rédigés par les brahmanes — qui constituent ce qu'on appelle la *smriti*, la « Tradition ». Bien que considérés comme d'origine humaine par les dévots, l'ensemble de ces textes reposent sur la *shruti*, la « Révélation » du Veda, ce qui fonde leur légitimité. Ils comprennent tout d'abord les *Dharma Shastra*, les « traités sur le *Dharma* », dont font partie les *Lois de Manu*. Écrites au tournant de l'ère chrétienne, celles-ci forment un code de conduite social, moral et rituel qui conforte, et justifie, le système des castes — et donc la position des brahmanes — à travers le *Dharma*.

Le concept de *Dharma* n'est pas nouveau. Il était déjà bien connu du brahmanisme, mais il se trouve ici fortement réaffirmé. En quelque sorte, le *Dharma* prolonge le *rta* védique : il désigne l'ordre du monde en chacune de ses manifestations, qu'il s'agisse du cosmos, des lois naturelles, de l'organisation des sociétés humaines ou des rites religieux. Sa racine *dhri*, « porter, tenir », indique que le *Dharma* organise et soutient tout, il est le garant de l'harmonie du monde. Ce concept est si profondément ancré dans la pensée indienne qu'il n'est pas resté l'apanage du brahmanisme et de son successeur, l'hindouisme. Puisque le *Dharma* équivaut à l'ordre, la règle, la loi, les bouddhistes n'ont pas hésité à utiliser à leur tour ce terme pour désigner la doctrine du Bouddha : la Bonne Loi prend ainsi le nom de *Dharma* dans les textes bouddhiques rédigés en sanskrit, ou de *Dhamma*, son équivalent en langue palie, dans les textes de la tradition Theravada.

La métamorphose du brahmanisme en hindouisme passe aussi par la composition des immenses épopées du *Ramayana*, « La geste de Rama », du *Mahabharata*, « La grande lutte des Bharata », et des *Purana*, « Antiquités », qui mettent en scène les généalogies et les vies légendaires d'une multitude de divinités. Ce gigantesque corpus littéraire, qui appartient également à la « Tradition », ouvre de nouvelles perspectives aux pratiques religieuses. À côté des rites védiques et du renoncement ascétique, par trop élitistes et exigeants, il propose d'autres voies, accessibles à toutes les castes de la société, pour se libérer du *samsara*. Dès lors, l'offensive pour contrer les attraits du bouddhisme auprès du plus grand nombre est lancée… Si l'attaque n'est pas frontale, elle n'en sera pas moins fatale : le malheureux « concurrent » ne s'en relèvera pas.

L'une des nouvelles voies possibles est celle de l'action qui est prônée par la célèbre *Bhagavad-Gita,* texte faisant partie du grand poème épique du *Mahabharata.* « Le Chant du Seigneur » enseigne que, pour atteindre la délivrance, il convient de renoncer au désir et au fruit des actes, mais non pas aux actes en soi. En clair, il n'est pas forcément nécessaire d'abandonner la vie mondaine pour trouver le salut, celui qui agit peut aussi y prétendre... à condition toutefois qu'il agisse conformément à son *dharma* personnel. Car il y a en effet le *Dharma*, l'Ordre socio-cosmique, et le *dharma* individuel — sans majuscule —, qui renvoie à l'idée du « devoir ». Et, comme celui-ci dépend de la caste dans laquelle on est né, il n'est évidemment pas le même pour tout le monde...

Parmi les autres voies ouvertes par les textes de la « Tradition », la *bhakti*, la dévotion à la divinité, va connaître un immense succès populaire. Désormais, le sentiment religieux personnel, l'émotionnel, est encouragé ; car il est dit que la fusion avec la divinité ouvre les portes de la délivrance. La *bhakti* favorise l'apparition du culte des images et se traduit aussi par la multiplication des divinités — et donc des temples et des lieux de pèlerinage. La « Tradition » n'assure-t-elle pas que le panthéon hindou compte 33 333 dieux — nombre symbolique d'une quantité extraordinaire ? Cependant, chacun d'eux n'est qu'une manifestation de l'un des aspects du principe divin, unique et sans forme, appelé *Nirguna*, qui est inaccessible à l'homme. Dans cette perspective, les représentations divines deviennent à la fois multiformes et infinies, au point que l'hindouisme peut récupérer et assimiler quantité de divinités — telles les innombrables *grama devata* de villages — qui étaient étrangères au panthéon védique et brahmanique. Dès lors, les argumentations laborieuses à l'encontre des courants religieux concurrents ne sont même plus nécessaires. Plus rien ne peut résister à l'hindouisme...

C'est ainsi qu'apparaît un beau jour, parmi les divinités du panthéon hindou... le Bouddha Sakyamuni ! Le fondateur du bouddhisme est tout simplement devenu l'un des avatars du grand dieu Vishnou, le « conservateur ». Cette intégration du sage se cristallise aux alentours du VIIIe siècle par le biais de plusieurs textes, tels les *Purana*, qui contiennent divers récits mythiques autour de la figure du Bouddha. L'un d'eux raconte qu'un jour le renonçant Gautama, abusé par des ascètes particulièrement malicieux, commit la faute de tuer une vache. Ayant découvert qui l'avait poussé à commettre ce sacrilège, Gautama maudit à son tour les ascètes. Dès ce moment, les pratiques impures se sont multipliées partout alentour. Pour rétablir l'harmonie du monde, Vishnou choisit alors de s'incarner en sage, sous le nom de Bouddha, afin de prêcher le *Dharma* parmi les hommes...

Telle a été la réponse, tout aussi habile que pacifique, de l'hindouisme au bouddhisme... La genèse de cette histoire s'accorde parfaitement avec cette réflexion de Lanza del Vasto : « La pensée indienne, qui volontiers louvoie entre les contraires et dont les idées bourgeonnent, bifurquent, prennent des aspects branchus plutôt que cristallins, s'est accoutumée sans peine à cet entrecroisement[3]. » On notera, au passage, que l'écrivain n'a pu résister à associer l'image de l'arbre à l'Inde...

1

1 Tête de Bouddha, grès rouge, Sarnath, Ve siècle.
New Delhi, National Museum of India.

« Certains
de mes disciples
touchent au but,
d'autres non.
Qu'y puis-je ?
Je ne fais
qu'indiquer
la Voie. »

(*Majjhima-nikaya*, 107)

2

2 Le rêve de Maya, Bharhut, IIe siècle avant J.-C.
Calcutta, Indian Museum.

3 Inscription du pilier d'Ashoka à Lumbini (Népal).

4 L'arbre sous lequel Siddharta Gautama serait né, à Lumbini.

*« Cette connaissance
que j'ai atteinte est profonde,
dure à concevoir, dure
à réaliser, paisible, raffinée,
au-delà de la portée
de la raison, subtile [...] »*

(*Majjhima-nikaya*, 26)

4

3

5

5 Le prince Siddharta prenant son bain. Peinture murale d'Ajanta (Inde), grotte 1, fin du Ve siècle.

6 Bouddha émacié, IIe-IVe siècle, Gandhara.
Musée de Lahore (Pakistan).

7 Bodhisattva debout provenant du monastère de Shahbaz-Garhi au Pakistan, Ier-IIIe siècle.
Paris, musée Guimet.

6

7

8

9

10

8 Le Bouddha prend la terre à témoin. Bihar (Inde), Xe siècle. Musée Guimet, Paris.

9 L'éveil du Bouddha et la fuite de l'armée de Mara, Sanchi, stupa n°1, portail ouest. Ier siècle avant J.-C.

10 Les dieux implorent le Bouddha de prêcher, Gandhara, Ier siècle avant J.-C. Berlin, Museum für Indische Kunst.

11 Le Bouddha enseignant, période Gupta. Musée archéologique de Sarnath (Inde).

12 Le stupa Dhamekha à Sarnath (Inde).

« Et si d'autres me vénèrent, m'estiment et m'honorent, je ne ressens ni joie, ni contentement ou exaltation. »

(*Majjhima-nikaya*, 22)

« *Les êtres sont propriétaires de leurs actes, héritiers de leurs actes, les actes sont la matrice d'où ils jaillissent, ils sont parents de leurs actes et ont leur foyer dans leurs actes.* »

(*Majjhima-nikaya*, 135)

11

12

13

13 Le Bouddha en *parinirvana* et le moine Ananda, site de Gal Viharaya à Polonnaruwa (Sri Lanka), XIIe siècle.

« Le mal, que l'on s'en abstienne,
Le bien, que l'on s'y consacre,
La pensée, qu'on la purifie,
Tel est l'enseignement des bouddhas. »

(*Dhammapada*, 183)

Mais si le bouddhisme n'est pas parvenu à survivre sur la terre qui l'avait vu naître, il s'est épanoui ailleurs, hors des frontières de l'Inde. Il doit d'abord cette propagation à la dimension missionnaire que lui a insufflée le maître lui-même dès l'origine. À l'inverse, la religion hindoue, multiforme, a beau jeu de pouvoir tout absorber — et, partant, de prétendre à une forme d'universalisme, comme l'a souligné Sudhir Kakar —, elle ne s'est jamais exportée. Et cela, pour la simple et bonne raison qu'elle ne le peut pas : on naît hindou, il est impossible de le devenir. A contrario, tout le monde, sans restriction aucune, peut devenir bouddhiste. Comme une sorte de négatif de sa sœur jumelle hindoue, la doctrine du Bouddha est capable de s'intégrer à tout, en s'adaptant. Réduit à sa quintessence, autrement dit aux Quatre Nobles Vérités, le bouddhisme n'impose ni dieu, ni rite, ni exclusivité, il n'exige pas une foi aveugle de la part de ses adeptes.

Si l'on se réfère aux paroles que lui attribuent les textes canoniques, le Bouddha Sakyamuni se présente comme un maître, un guide, un sage. Le cœur de sa doctrine frappe par son caractère philosophique : on a ainsi coutume de dire que la première Vérité, qui explique la nature universelle de l'être, est une ontologie, les deux suivantes, une phénoménologie, la quatrième, une morale. Mais, au fond, la démarche du Bouddha n'est pas plus celle d'un philosophe que celle d'un prophète ; elle ressemblerait plutôt à celle d'un « médecin » qui pose un diagnostic, puis propose une thérapeutique. La doctrine du Bouddha est loin d'apporter réponse à tout. Esquissant les cadres d'une éthique, elle expose simplement une voie pratique et accessible à tous pour échapper à la souffrance de l'existence. Se distinguant en cela des autres religions, le bouddhisme met profondément l'accent sur l'homme, au détriment du divin.

C'est pourquoi, après la confusion du premier rendez-vous, la doctrine du Bouddha réussira à se frayer un chemin dans les pays occidentaux au cours du XXe siècle, en particulier aux États-Unis à partir des années cinquante. Le bouddhisme est à ce point souple et multiforme qu'en Occident il pourra être réduit tantôt à une simple doctrine de sagesse individuelle, tantôt à une expérience de transformation émotionnelle et cognitive. Dès lors, il permet à ses adeptes de revendiquer une double appartenance — bouddhiste et chrétien, ou même bouddhiste et athée. Comme en témoignent les travaux de Carl Gustav Jung, l'antique doctrine indienne, en tant que « science de l'esprit », est aussi capable de se conjuguer harmonieusement avec des disciplines modernes occidentales, telles que la psychanalyse ou la psychologie analytique.

Miracles

Quelques mois après avoir atteint l'Éveil, le Bouddha est de retour dans le prospère royaume de Magadha. Après la conversion rapide du groupe des « Joyeux Lurons[1] », le Bienheureux vient tout juste d'arriver à Uruvela pour y dispenser sa doctrine quand les villageois lui apprennent que trois gourous se sont installés dans les environs. Les trois maîtres spirituels, qui se présentent comme des « délivrés vivants », sont très vénérés. Chacun d'eux compte plusieurs centaines de disciples et, à en croire la rumeur, leur popularité s'étend déjà bien au-delà de la région ! Ces trois renonçants sont frères, ils portent le nom de Kasyapa mais on les appelle également les « trois ascètes à la tresse[2] », car, ne coupant jamais leurs cheveux, ils les portent tressés en énorme chignon au sommet de la tête.

L'aîné des Kasyapa, qui est le plus réputé des trois, réunit autour de lui cinq cents ascètes. Il a établi son ermitage dans une forêt juste à côté d'Uruvela et, pour se nourrir, la communauté possède un troupeau de bétail. Le deuxième frère est installé dans les environs, près d'une rivière, avec trois cents ascètes. Et le troisième, qui est le cadet, a choisi de se retirer à quelques heures de marche de là, près de la ville de Gaya. Deux cents ascètes l'ont rejoint. D'après ce qu'en disent encore les gens du village, ces anachorètes « à la tresse » sont des brahmanes. Se conformant aux prescriptions des *Veda* et des *Upanishad*, ils pratiquent à la fois les sacrifices et les rites, mais aussi les austérités ascétiques, le jeûne extrême, la méditation et l'étude des textes sanskrits.

Ayant écouté toutes les informations rapportées par les villageois, le Bouddha est plein de compassion pour ces renonçants. Les pauvres, songe-t-il, par cette voie, ils ne parviendront jamais à atteindre la délivrance ! Malgré ce qu'ils prétendent, les trois frères ne peuvent pas être des *arahant* puisqu'ils ne s'avancent pas dans le bon chemin... Le Tathagata n'a aucune hésitation : il doit absolument leur faire connaître la Loi. Le plus efficace serait de convertir en priorité le plus âgé et le plus influent des trois frères, celui qui réside justement à Uruvela... Néanmoins, le Bouddha pressent que l'aîné des Kasyapa, par fierté, ne se laissera pas convaincre facilement. Pour l'amener à entendre le *Dhamma*, il sait que, cette fois-ci, il va devoir user de ruse et déployer les grands moyens, autrement dit utiliser à foison ses pouvoirs magiques...

Dès le lendemain, le Bouddha va se présenter au vieux Kasyapa comme s'il était un novice désireux de suivre son enseignement. Après un moment de réflexion, le gourou accepte la présence de cet étrange renonçant au crâne rasé dans son ermitage. Comme les nuits sont très fraîches durant l'hiver, le Bouddha lui demande alors la permission de dormir dans le bâtiment qui abrite le feu rituel. Vénéré comme symbole du dieu Agni, le feu est utilisé quotidiennement pour les sacrifices. Le maître des lieux accorde cette faveur à l'« ascète Gautama[3] ». Mais il le prévient aussitôt : il devra, à ses risques et périls, partager le refuge avec une sorte de dragon, un Naga terrifiant qui hante les lieux à la nuit tombée. Le Bouddha lui assure qu'il ne craint rien. Puis « le Bienheureux entra dans la maison de pierre, y étendit sa natte et s'assit dessus, le corps bien droit, les jambes croisées, l'esprit correctement concentré. Dès qu'il vit le Tathagata assis et silencieux, le Naga venimeux émit de la fumée. Le Tathagata émit alors de la fumée, lui aussi. Ayant vu le Tathagata émettre de la fumée, le Naga cracha alors du feu. Le Tathagata cracha alors du feu, lui aussi[4] ». Le combat est terrible. L'Éveillé passe presque toute la nuit à lutter contre la monstrueuse bête.

Quand vient le petit matin, Kasyapa gagne avec anxiété la maison hantée... À son arrivée, le vieux brahmane n'en croit pas ses yeux : le renonçant est parvenu à « dompter[5] » le féroce Naga ! Le monstre s'est transformé, comme par magie, en un petit reptile qui se tient gentiment lové dans son bol à aumônes ! Fortement impressionné, Kasyapa invite l'« ascète Gautama » à prolonger son séjour parmi eux. Mais il se garde bien de lui exprimer son admiration.

Le vieux gourou n'a pas fini d'être étonné par le nouveau venu... Les nuits suivantes, et à plusieurs reprises, la forêt s'illumine miraculeusement tout autour de la hutte où dort le novice. Intrigué, le gourou profite du moment du repas pris en commun avec ses disciples pour le questionner discrètement. Le Bouddha lui explique qu'il a reçu plusieurs visites divines : d'abord celle des quatre grands dieux chargés chacun de surveiller l'univers à un point cardinal, puis celle du dieu Sakka, autrement nommé Indra, et enfin celle du grand dieu Brahma en personne, « le Roi des Dieux[6] ». Tour à tour, ils sont venus se prosterner devant lui afin de recevoir son enseignement... Comme le corps des dieux irradie une sublime lumière étincelante, leurs allées et venues ne pouvaient évidemment pas passer inaperçues ! Kasyapa constate amèrement que cet ascète est plus puissant que lui, mais il se refuse à le reconnaître tout haut. Le Bouddha, qui lit dans ses pensées, demeure cependant silencieux.

Pour anéantir complètement l'orgueil de l'ermite, le Bouddha décide de lui prodiguer des démonstrations de plus en plus grandioses de ses pouvoirs... Un jour, il détourne le cours de la belle rivière Nairanjana pour s'y baigner sans avoir à se déplacer jusqu'à elle. Une autre fois, alors qu'il souhaite laver un tissu particulièrement répugnant — récupéré sur un cadavre, selon une légende —, il se voit offrir par les dieux un bel étang clair et une grande pierre plate, idéale pour le frotter puis le mettre à sécher. Le Bouddha effectue enfin plusieurs voyages dans divers « continents[7] » mythiques en un laps de temps record... autrement dit celui qui est nécessaire au vieux Kasyapa pour aller de sa hutte à celle de son novice ! Après chacun de ses voyages prodigieux, le Tathagata en rapporte, sous la forme d'une fleur ou d'un fruit, une preuve au gourou.

Comme aucune de ces démonstrations, pourtant toutes plus fantastiques les unes que les autres, ne parvient à altérer la fierté de l'ermite, le Bouddha fait usage encore et encore de ses pouvoirs magiques. Il s'amuse plusieurs fois à jouer des tours au groupe d'ermites : des ustensiles du quotidien, comme les vases à ablution, deviennent soudain invisibles ; le feu sacré refuse de s'allumer ou s'éteint et se rallume spontanément. Parfois, le bois nécessaire à son allumage devient impossible à couper... À d'autres moments, le Bouddha abandonne l'humour pour la compassion. Il se porte par exemple au secours des renonçants, qui, au sortir de leur bain purificateur dans la rivière, sont transis de froid au petit matin. Alors que le bois est trop vert pour s'enflammer, en un clin d'œil, le Bouddha allume cinq cents feux, un devant chacun des cinq cents ermites, à l'aide d'une seule parole.

Vient enfin le jour où un orage, totalement inattendu pour la saison, éclate soudain. La rivière Nairanjana déborde, la pluie ruisselle dans les moindres recoins, si bien que l'eau finit par inonder tout l'ermitage. L'ermite Kasyapa, qui se sent responsable du sort de son novice, part à sa recherche en barque sur les eaux déchaînées… Alors qu'il craignait de le trouver noyé, il découvre que l'« ascète Gautama » marche tranquillement sur les eaux ! Non seulement ses pieds ne sont même pas mouillés, mais ils dégagent un petit nuage de poussière, exactement comme s'il progressait sur un terrain complètement sec !

Cette fois-ci, le vieux brahmane ne peut plus nier la supériorité de cet élève « unique en son genre[8] »… Revenu sur la terre ferme, le Bouddha dit à Kasyapa :

« Après tout ce que vous avez vu, vous osez encore penser que vous êtes un *arahant*, que vous êtes plus sage que les autres. Vous êtes exactement comme un ver luisant qui se croit plus brillant que le soleil[9] ! »

Ravalant son orgueil, le grand gourou n'a d'autre choix que de reconnaître publiquement l'évidence : le Bouddha est plus fort que lui. Se prosternant à ses pieds, Kasyapa lui rend hommage, et ses cinq cents disciples l'imitent. Après avoir coupé leurs longues chevelures, ils les jettent dans la rivière, ainsi que leurs instruments rituels. Tous reçoivent alors l'enseignement gradué de la Loi ; à la suite de quoi, à leur demande, ils sont ordonnés moines par le Bienheureux.

Quelque temps plus tard, les autres frères Kasyapa, qui résident tous deux au bord de la rivière Nairanjana, en aval, voient passer les boucles de cheveux et les objets abandonnés par leurs condisciples d'Uruvela et emportés par le courant. Craignant qu'ils n'aient été victimes d'un drame imprévisible, ils accourent aussitôt, suivis de tous leurs disciples, à l'ermitage de leur aîné. Lorsqu'ils arrivent essoufflés, ils ont le soulagement et la surprise de voir tout le monde en bonne santé : le vieux Kasyapa et les siens sont tous assis autour du Bouddha, ils écoutent son enseignement avec la plus grande attention, les mains respectueusement jointes. Est-il nécessaire de dire que, naturellement, les nouveaux arrivants se convertissent alors eux aussi à la Loi ?

Au cœur de l'hiver, la troupe tout entière suit les pas du Bienheureux lorsque celui-ci décide de partir pour Rajagrha. La capitale du Magadha n'est qu'à quelques jours de marche de distance. En chemin, les *bhikkhu* et leur maître marquent une étape au lieu-dit « Tête d'Éléphant », une colline située près de la ville de Gaya. Le Bouddha profite de cette halte pour délivrer à ses nouvelles recrues plusieurs sermons. Le premier porte sur les pouvoirs magiques :

L'enseignement relatif aux bases du pouvoir naturel concerne :

la multiplication de son propre corps en un nombre incalculable d'autres corps ;

le retour de ces innombrables corps en un corps unique ;

la traversée d'un mur, vers l'extérieur ou vers l'intérieur [...] ;

la faculté de s'asseoir dans l'espace, les jambes croisées, ou d'y circuler en allant et venant, comme un oiseau qui vole ;

la possibilité d'entrer dans la terre aussi facilement que dans l'eau [...] ;

la marche sur l'eau comme sur la terre ferme, sans disparaître au-dessous ;

l'émission de fumée et de feu, telle une grande masse de feu, hors de son propre corps ;

la possibilité de toucher de sa main le soleil ou la lune [...] ;

la faculté de monter, avec son corps, jusqu'au ciel de Brahma, d'y aller et venir sans aucun obstacle[10].

Ayant poursuivi par un exposé plus succinct sur la méditation, le Bienheureux finit par un enseignement relatif à la prédiction de la Loi, dans lequel il malmène l'un des plus grands symboles de la religion issue du Veda : le feu. « *Bhikkhu*, tout brûle[11] ! » annonce-t-il avec une certaine provocation au commencement du célèbre Sermon du Feu. Sakyamuni expose alors à ses nouveaux disciples que tous les sens, et tout ce qui les stimule, sont embrasés par le feu du désir, de la haine et de l'ignorance : tant que les hommes continueront d'être la proie des flammes, ils resteront privés de la délivrance. Les moines, qui hier encore adoraient le feu sacré, sont tellement saisis par le dernier enseignement du Bouddha qu'ils deviennent tous, instantanément, des *arahant*.

Le Tathagata et les siens sont maintenant installés dans un bois juste à côté de Rajagrha, la puissante capitale aux cinq collines. L'arrivée soudaine de cette foule de renonçants durant la nuit de pleine lune de *pausa*, entre décembre et janvier, n'est pas passée inaperçue ! Le lendemain matin, le campement de fortune qui accueille plus de mille ascètes aux crânes rasés aux portes de la cité suscite toute la curiosité des habitants... Qui sont ces shramanes ? Quelle doctrine suivent-ils ? Le bouche-à-oreille va vite. Le bruit circule bientôt que Gautama, le jeune ascète qui avait séjourné sept ans plus tôt à Rajagrha, fait partie du groupe ! Les habitants de la cité se rappellent fort bien que le renonçant avait promis au roi Bimbisara qu'il reviendrait le voir quand il aurait trouvé la voie du salut. Mais ce n'est pas tout, on dit également que le célèbre brahmane Kasyapa d'Uruvela fait partie du groupe. Étrange... Des deux, qui est le maître et qui est le disciple ?

Intrigué à son tour par la rumeur, le roi Bimbisara décide de se rendre sans attendre auprès de la communauté d'ascètes afin, comme le veut la coutume, de lui souhaiter la bienvenue. Selon le canon sanskrit, le souverain est accompagné de tous les habitants de la cité. Dans la version palie, il est seulement suivi par une délégation de maîtres de maison, tous brahmanes, un groupe d'une taille néanmoins conséquente puisqu'ils sont cent vingt mille ! À leur arrivée, le mystère qui planait sur l'identité du chef spirituel de la communauté est soudain résolu : tout le monde peut voir que le vieux Kasyapa se prosterne aux pieds de Sakyamuni. Par deux fois, il répète sa soumission à son nouveau maître. Les doutes sont désormais dissipés. Après de chaleureuses retrouvailles, le Bouddha expose à Bimbisara, comme il lui avait promis, la voie de la délivrance qu'il est parvenu à acquérir.

Le souverain et sa suite l'écoutent avec la plus grande attention. Finalement, se prosternant à ses pieds, Bimbisara et tous ses suivants lui demandent de les admettre comme disciples laïques. Puis le roi convie le Bouddha et ses moines à venir prendre leur prochain repas dans son palais avant de se retirer.

Au milieu d'une impressionnante procession, le Bouddha, « plein d'une majesté surnaturelle[12] », et tous les *bhikkhu* pénètrent le soir même dans l'enceinte de la ville. À l'avant du cortège, un disciple chante à la ronde les louanges du Bienheureux. Le *Sangha* est reçu en grande pompe au palais. Le souper royal, varié et copieux, est un délice. Privilège exceptionnel, le maître est servi par le souverain en personne, en signe de respect.

Au terme du repas, tandis que le Bouddha est en train de nettoyer son bol, le roi vient s'asseoir à ses côtés. Tout en versant de l'eau dans une coupe d'or pour que le Tathagata se rince les mains, Bimbisara lui fait part de son désir d'offrir à « la Communauté des moines dont le Bouddha est le maître[13] » un présent fort appréciable : le Bois aux bambous de Velurana. Calme et propice à la méditation, tout en étant situé à proximité de la ville, ce parc de plaisance serait idéal pour servir de résidence ascétique au Bouddha et à ses nombreux disciples. Ayant loué sa bonté, l'Éveillé accepte son don et lui délivre un nouvel enseignement de la Loi. Bimbisara est alors envahi par « des pensées de joie[14] ».

Le retour du Bouddha au royaume de Magadha est un triomphe. Il est vrai que le maître n'a pas ménagé sa peine. Selon le *Mahavastu*, pas moins de cinq cents miracles ont été nécessaires pour convaincre le vieux Kasyapa de la supériorité de sa voie. Le canon pali parle même de trois mille cinq cents prodiges ! Mais le fruit de ses efforts en valait vraiment la peine : à Uruvela, la communauté bouddhique s'est soudainement agrandie de mille nouveaux moines. Au regard de la hiérarchie sociale, l'enjeu était également de taille... Sakyamuni, né *kshatriya*, se trouve désormais à la tête d'un groupe significatif de renonçants nés dans la caste des brahmanes. Enfin, la conversion de Bimbisara est un autre événement important pour l'avenir. Outre qu'elle incitera les sujets du puissant royaume de Magadha à suivre l'exemple de leur souverain, elle apporte aux *bhikkhu* la jouissance d'un terrain « commode pour les allées et venues[15] », qui sera bien utile au développement du *Sangha*.

Autopsie littéraire

La lecture des divers récits légendaires qui relatent les conversions des frères Kasyapa et de leurs mille disciples inspire spontanément une forte suspicion quant à l'authenticité de l'événement : comparé à d'autres épisodes situés avant ou après lui, le cycle des conversions d'Uruvela verse dans le miraculeux dans des proportions particulièrement excessives. Depuis le XIXe siècle, tous les biographes du Bouddha sont confrontés au merveilleux qui émaille immanquablement les récits traditionnels de la vie du maître historique. Par la force des choses, ils sont obligés de composer avec cet élément tellement contraire à leur exercice. Si certains textes semblent être inspirés par un événement authentique, comme celui du Sermon de Bénarès, il est en revanche difficile d'accorder crédit aux récits qui baignent à ce point dans l'extraordinaire. Le biographe, prenant le contre-pied de l'hagiographe, aura même tendance en de telles circonstances à mettre en doute l'ensemble du récit : de la conversion de masse à Uruvela à celle du souverain Bimbisara — l'un des plus puissants de son temps —, la partie s'engage avec une telle facilité que le succès des débuts de la prédication du Bouddha devient, d'une manière générale, sujet à caution... Pour tenter d'y voir un peu plus clair sur ce sujet, l'archéologie reste désespérément muette. Il n'est d'autre recours que d'interroger encore et encore les différentes légendes. La philologie peut-elle apporter des réponses sur les faits et gestes authentiques du Bouddha ? Est-il vraiment possible de distinguer le vrai du faux ? Au-delà, quel rôle attribuer aux miracles et autres prodiges dans la propagation de la doctrine du Bouddha ?

Tout d'abord, il convient de rappeler que le Bouddha n'a rien écrit de sa main. Son enseignement fut exclusivement oral. On ne sait d'ailleurs même pas s'il savait lire et écrire : en dépit de ce que prétendent les légendes, rien ne le prouve. Après tout, l'écrit était fort peu répandu — voire quasi inexistant — dans l'Inde du VIe siècle avant notre ère. De plus, l'apprentissage de l'écriture n'aurait, de toute façon, certainement pas été jugé indispensable pour un *kshatriya* d'une petite république aristocratique du Teraï : les lettrés, dans l'Inde ancienne, constituaient une infime minorité, formée essentiellement de brahmanes voués à l'étude et à la préservation du savoir. Si le maître n'a rien mis par écrit, ses proches disciples n'ont pas plus pris de notes sous sa dictée. En réalité, aucun des textes qui constituent l'immense corpus de la littérature canonique ne date de l'époque du

Bouddha. Les textes qui sont parvenus jusqu'à nous ne sont que des recensions plus ou moins tardives, rédigées par les moines en pali, en prakrit ou en sanskrit. De plus, certains recueils, en particulier ceux appartenant au canon sanskrit, ne sont accessibles que par le biais de traductions, principalement chinoises et tibétaines. Dans ces conditions, il va sans dire qu'il est très difficile d'établir avec précision la genèse de la littérature bouddhique. Parmi ceux qui sont considérés comme les plus anciens, les textes rédigés en pali — conservés par les moines du Sri Lanka — figurent en bonne place, mais leur rédaction n'eut lieu que plusieurs siècles après l'existence du maître. La transmission purement orale s'est donc prolongée sur une très longue période. Le Bouddha lui-même, concerné par la pérennité de son enseignement, aurait du reste encouragé ses proches à mémoriser son enseignement oral.

Une question surgit ici : dans quelle(s) langue(s) s'exprimait le Bouddha ? Ce point est tellement complexe qu'aujourd'hui aucun scientifique n'est capable d'affirmer avec certitude dans quel(s) idiome(s) de l'Inde gangétique s'exprimait le sage. A priori, l'hypothèse la plus évidente voudrait que le pali des écritures *theravadin*, qui est une langue littéraire composite, dérive du dialecte le plus usité par Sakyamuni. Cependant, rien n'est venu étayer cette interprétation... Étant donné que le maître a passé beaucoup de temps dans le royaume de Magadha, on en déduit qu'il parlait sans doute le magadhi : or cet idiome, qui est d'une lointaine parenté avec le sanskrit, ne présente aucune des caractéristiques phonétiques ou morphologiques du pali. En raison de son éducation de haute caste, on peut imaginer également que le Bouddha possédait quelques rudiments de sanskrit. D'autre part, ayant grandi aux confins du monde aryanisé, peut-être était-il aussi familier d'une langue vernaculaire de la région du Teraï. Enfin, les Sakyas se trouvant en relation très étroite avec le Kosala, le grand royaume rival du Magadha, il est plausible de penser que le Bouddha maîtrisait un peu de kosali. Peut-être le Bouddha était-il donc capable de passer d'un dialecte à l'autre, en fonction de ses interlocuteurs. Si, à l'inverse, le maître ne pouvait s'exprimer que dans un seule idiome, il n'avait pas non plus de problème majeur pour communiquer car la plupart des langues appartenant au stade dit « moyen indien », usitées alors par la majorité des habitants de la vallée du Gange, étaient trop peu différenciées pour gêner l'intercompréhension.

Quoi qu'il en soit, il est certain que le choix du pali comme langue de rédaction des premiers écrits canoniques bouddhiques ne fut pas le fruit du hasard : il s'agissait de se distinguer nettement de la littérature védique et brahmanique, qui a toujours été composée en « langue parfaite », autrement dit en sanskrit. Partant, on peut déduire de ce parti pris que le Bouddha préférait sans doute parler la langue du peuple, et non la langue de l'élite savante des brahmanes. S'il connaissait le sanskrit — eu égard à son éducation de « deux fois né » —, il aurait préféré ne pas l'utiliser pour se démarquer du brahmanisme mais aussi, et c'est tout aussi important, afin que sa doctrine puisse être accessible au plus grand nombre. Si l'on en croit la tradition, le maître aurait même encouragé ses adeptes à étudier et à diffuser la Loi dans leur propre langue. Ce parti pris linguistique fut décisif. Partout où le bouddhisme s'est diffusé, les nouveaux disciples ont rapidement entrepris de traduire les écritures canoniques dans leur langue. C'est ainsi qu'ont vu le jour, au fil des siècles, les versions du canon bouddhique en chinois, en mongol ou encore en tibétain ; auxquelles il convient désormais d'ajouter les traductions en anglais, en allemand ou en français, effectuées par les Occidentaux qui ont choisi de devenir disciples du Bouddha. Depuis quelques décennies, en effet, la découverte de l'immense littérature bouddhique n'est plus réservée, en Occident, aux seuls scientifiques.

Tenter de déceler des éléments véridiques sur l'existence du Bouddha au sein de l'immense corpus de la littérature canonique pose de nombreuses difficultés. Ce constat vaut autant pour ses faits et gestes que pour les innombrables sermons que lui attribue la tradition. Au problème ayant trait à la langue parlée par le Bouddha s'ajoute celui des inévitables altérations, modifications ou ajouts à sa parole, ou bien à celle de ses tout premiers adeptes. Il est impossible de les négliger, compte tenu de la durée de la transmission orale et de l'expansion géographique du *Sangha*, qui a donné naissance à différentes traditions.

Comment le canon bouddhique s'est-il constitué ? Les écritures bouddhiques nous apprennent qu'il aurait commencé à être fixé oralement, lors d'un concile organisé juste après la mort de Sakyamuni, au Vᵉ siècle avant notre ère. Les moines auraient alors récitées tous les sermons du Bouddha ainsi que toutes les règles monastiques qu'il avait énoncées. Un siècle après, un autre concile aurait à nouveau eu lieu. Le troisième concile, qui s'est tenu au IIIᵉ siècle avant notre ère, est un peu mieux connu : les spécialistes s'accordent au moins pour reconnaître son existence historique — ce qui n'est pas le cas des deux premiers. Convoqué en l'an 18 de son règne par Ashoka, il s'est déroulé dans la capitale de l'empire Maurya. Rassemblé à Pataliputra, le *Sangha* aurait alors fixé oralement le canon d'une façon définitive. Après avoir été transmis de mémoire en mémoire pendant des générations, il fut enfin couché par écrit en pali au Iᵉʳ siècle avant notre ère, selon un classement en trois parties bien distinctes. Cette organisation du canon — qui aurait été arrêtée dès le troisième concile — s'est perpétuée jusqu'à nos jours sous le nom de *Tipitaka*, la « Triple Corbeille ». Une fois consignés sur des feuilles de palmes, les enseignements du maître furent en effet rangés dans trois grands paniers : la corbeille des discours du Bouddha, *Sutta Pitaka*, la corbeille de la discipline édictée par le maître, *Vinaya Pitaka*, et une dernière corbeille, celle de l'*Abhidammma*, terme difficile à traduire qui évoque la « discussion » : elle rassemblait surtout des commentaires faits par les premiers disciples du sage, suivis de développements sous forme de questions-réponses.

Les *Sutta*, les discours attribués au Bouddha, ont donc été transmis oralement pendant près de quatre siècles après sa mort. Pour que cette transmission soit possible, les *bhikkhu* ont dû recourir aux techniques de mémorisation développées avant eux par les brahmanes, chargés d'assurer la pérennité des premiers hymnes védiques. Dans les monastères, les moines se spécialisaient, par petits groupes, dans une partie du canon qu'ils apprenaient directement de la bouche d'un aîné et qu'ils récitaient fréquemment en commun. La mémorisation faisait appel à diverses méthodes très élaborées, notamment la technique croisée, qui consiste à apprendre un discours dans l'ordre, puis à l'envers. Enfin, le style des discours devait permettre aussi de favoriser son apprentissage d'où, en particulier, l'usage des formes répétitives. Pour prouver l'authenticité de la transmission de la parole du sage, les *Sutta* commencent très souvent par cette formule : « Ainsi, par moi fut entendu... » Néanmoins, plusieurs siècles de transmission purement orale rendent presque inévitables une certaine altération du texte, l'avènement de modifications, d'ajouts et d'oublis, voire quelques omissions volontaires. Cela est d'autant plus vraisemblable qu'à partir de la mort du Bouddha le *Sangha* n'a plus jamais été unifié autour d'un seul maître. Dès qu'elle fut livrée à elle-même, la communauté monastique est allée de division en division, au point de donner naissance à quelque vingt sectes différentes au cours des cinq siècles qui ont suivi la disparition de son fondateur. Cependant, les différentes sectes se sont presque toujours regroupées autour de deux grandes écoles aisément identifiables. Ainsi, au IVe siècle avant notre ère, les premiers disciples du Bouddha, qu'on appelle les « Auditeurs » — *Sravaka* —, se sont divisés en deux grands courants : celui des Anciens — *Sthavira* ou *Thera* — et celui des Adeptes de la Grande Assemblée — *Mahasamghita*. Ce sont ces derniers qui prépareront l'émergence, au début de l'ère chrétienne, du Mahayana. Au fil des siècles, les *bhikkhu* n'ont donc jamais été rassemblés autour d'un ordre unique, détenant le pouvoir d'imposer une orthodoxie et, partant, d'authentifier les paroles, les faits et les gestes du Bouddha Sakyamuni. On pourrait même avancer que ces divisions ont certainement participé aux altérations des textes originaux, chacune des sectes revendiquant une légitimité supérieure quant à sa position doctrinale et à ses règles monastiques.

Tout cela explique pourquoi il existe des variations importantes — voire des contradictions — entre les canons des deux grandes écoles du bouddhisme, Theravada et Mahayana ; mais aussi pourquoi chacun d'eux présente parfois plusieurs versions d'un même texte ! Si l'on veut tenter de s'approcher de la vérité historique, il est donc essentiel de pouvoir consulter le plus de textes possible de cet immense corpus. Pour les premiers philologues occidentaux du XIXe siècle, le *Lalitavistara*, récit tardif qui appartient à la tradition du Mahayana, a longtemps été l'unique source permettant d'appréhender la vie du Bouddha. De nos jours, beaucoup d'autres textes canoniques ayant conservé le récit de la vie du maître sont accessibles : si tous les manuscrits bouddhiques n'ont pas encore été publiés, les écritures bouddhiques recensées aujourd'hui remplissent aisément plusieurs rayons de bibliothèques.

En partant du principe que la mise en relation des sources entre elles peut permettre d'éliminer les ajouts tardifs pour dégager un fond de vérité historique, il convient de comparer attentivement les différentes versions, d'effectuer des recoupements entre les textes qui apparaissent comme les plus anciens, sans toutefois écarter complètement les « classiques », dont fait partie le *Lalitavistara*. Nombre de grands spécialistes du bouddhisme ont apporté leur contribution à cette tâche, aussi minutieuse que gigantesque. L'un des précurseurs de ce type d'étude fut, à la fin du XIXe siècle, Hermann Oldenberg. En 1949, le Français Alfred Foucher a mis en relation les sources littéraires, épigraphiques et iconographiques pour relater *La Vie du Bouddha*, un ouvrage qui reste important. Plus près de nous s'impose la figure d'André Bareau, qui a occupé la chaire d'étude du bouddhisme au Collège de France et dont les travaux sur les sources indiennes les plus anciennes et leurs traductions chinoises font toujours autorité.

Enfin, parmi les spécialistes qui poursuivent de nos jours les recherches sur la vie de Sakyamuni, il faut citer Hans Wolfgang Schumann et Richard Gombrich.

L'étude des textes canoniques relatant la biographie du Bouddha a d'abord permis d'aboutir à cette donnée essentielle : en comparant attentivement les sources, il est apparu qu'il n'existait pas à l'origine de récit complet de la vie du maître ; celui-ci est né de la réunion tardive de trois récits totalement indépendants. Selon André Bareau, ces trois noyaux se sont étoffés peu à peu et ont finalement été rassemblés, au début de l'ère chrétienne, pour former un seul récit. Après quoi, d'autres variantes et adjonctions ont continué à l'enrichir siècle après siècle.

Le premier noyau du récit concerne l'enfance et la jeunesse du futur Bouddha jusqu'à son départ de Kapilavastu. Dans les grandes lignes, les différentes légendes racontent cette période de sa vie de façon assez similaire. Cependant, seuls deux événements sont relatés en détail dans les *Sutta* les plus anciens : la première méditation à l'occasion du rituel du labour et le Grand Départ. Les premiers textes sont peu diserts, voire totalement silencieux, à l'égard des autres faits marquants de la jeunesse du Bodhisattva. Dès lors, ceux-ci deviennent sujets à caution : pour André Bareau, au-delà même de l'exagération hagiographique relative au luxe entourant le jeune *kshatriya*, il ne fait aucun doute que le récit de la jeunesse du Bouddha est avant tout légendaire. Peu de souvenirs ayant été conservés de cette époque, les disciples du maître auraient détourné une autre fable pour brosser l'essentiel de la jeunesse du Bodhisattva... En l'occurrence, c'est la vie mythique du Bouddha Vipassa — l'un des prédécesseurs légendaires de Sakyamuni — qui aurait servi de modèle. Cela vaut, en particulier, pour le célèbre épisode des rencontres décisives faites par Siddharta lorsqu'il sort de l'enceinte du palais.

La seconde partie du récit recouvre les années d'errance, l'Éveil, le premier sermon et la prédication du sage. La période qui concerne les longues années de mission du Bouddha est plus que toute autre susceptible d'être jugée crédible d'un point de vue historique : si l'on considère, en effet, que les biographies traditionnelles ont été composées par ses disciples, il paraît logique que cette partie de la vie du maître soit relatée avec plus de vraisemblance que son enfance, sa jeunesse ou son Éveil, durant lesquels ces rédacteurs étaient absents. En dépit du merveilleux qui les émaille constamment, les textes relatifs à cette période missionnaire offrent, en de nombreuses occasions, un indéniable cachet d'authenticité. Ainsi, quand bien même les événements relatés sont presque toujours édifiants, certaines anecdotes ou certains détails frappent par leur « gratuité ».

Toutefois, le récit des années de prédication pose aussi problème sur des points déterminants. Cette période est censée durer depuis le Sermon de Bénarès jusqu'à la veille, ou presque, de la mort du Bouddha. Puisque la tradition prétend qu'il avait trente-cinq ans au moment de l'Éveil et qu'il est décédé à l'âge de quatre-vingts ans, elle aurait donc duré plus de quarante ans. Or, la plupart des textes qui évoquent cette période restent quasiment muets sur les deux dernières décennies de la vie publique du maître, de sorte que celles-ci sont une véritable zone d'ombre. D'autre part, les divers épisodes et anecdotes qui concernent les vingt premières années de mission s'intercalent sans ordonnance dans les textes, au point qu'il s'avère presque impossible d'établir une chronologie des événements. Enfin, certaines biographies légendaires du Bouddha, comme le *Lalitavistara*, préfèrent s'achever par le Sermon de Bénarès, passant ainsi carrément sous silence plus de la moitié de son existence... Doit-on en conclure hâtivement que toute la période de la vie dite « publique » du Bouddha n'est qu'affabulation ? Que toutes ces scènes de conversions, plus ou moins merveilleuses et dont le cycle d'Uruvela fait figure d'apothéose, ne sont qu'inventions ? Certes non, mais les hagiographes ont indéniablement donné libre cours à leur imagination pour auréoler leur maître de gloire — au sens propre comme au sens figuré. Ainsi, le premier soupçon qui pèse sur cette longue séquence concerne la durée de la vie du Bouddha. Outre les lacunes relevées dans la littérature canonique, d'autres éléments laissent à penser que les narrateurs l'ont sensiblement rallongée. Il est établi, en effet, que l'espérance moyenne de vie en Inde ne dépassait guère alors les trente ans et qu'à la cinquantaine un homme était déjà considéré comme un vieillard. Dès lors, prétendre que Sakyamuni aurait vécu jusqu'à l'âge de quatre-vingts ans apparaît comme un moyen de renforcer symboliquement la dimension exceptionnelle du personnage. Cependant, le chiffre 80 étant souvent employé en Inde ancienne de manière métaphorique pour signifier « beaucoup », il pourrait indiquer simplement que le Bouddha a atteint un âge très avancé pour son époque. Les quatre-vingts ans annoncés par les textes ne relèveraient donc pas d'un mensonge volontaire, plutôt d'une sorte de raccourci utilisé par les premiers narrateurs, qui finira par être pris au pied de la lettre.

Si les conversions, fulgurantes et nombreuses, mentionnées par les légendes sont certainement aussi le fait d'une exagération, le succès de la prédication du sage ne doit pas pour autant être nié. D'abord parce que le phénomène de conversion, comme nous l'avons déjà souligné, ne saurait être envisagé comme on a coutume de le faire en Occident : rappelons que « bouddhisme » tout comme « hindouisme » sont des termes inventés au XIXe siècle par les Européens pour identifier deux vastes ensembles de rites et de croyances. À l'époque du Bouddha et dans les siècles qui suivirent, le bouddhisme dit « primitif » ne se présentait pas comme une institution bien distincte du brahmanisme. Les deux groupes religieux rassemblaient sous leurs ailes toute une variété de sectes et de sous-sectes partageant en commun de nombreux concepts fondateurs, tel le *samsara* ou le *karman*.

Ainsi, la conversion de Bimbisara, revendiquée par la littérature bouddhique, peut fort bien avoir été authentique, mais cela ne veut pas dire pour autant que le puissant souverain de Magadha ait alors renoncé aux coutumes et croyances brahmaniques. De fait, il n'est jamais rapporté dans les textes que le Bouddha ait exigé une allégeance exclusive de la part de ses disciples laïques. Quelques siècles plus tard, l'un des plus célèbres d'entre eux, l'empereur Ashoka, se présentera lui-même comme le chantre de l'esprit d'ouverture du bouddhisme à l'égard des autres courants religieux. Comme il est écrit dans le Septième Édit :

« Le roi ami des dieux au regard amical veut que toutes les sectes puissent résider partout. Car toutes veulent la maîtrise des sens et la pureté de l'âme. Mais les gens ont des désirs variés, des passions variées. Ou pratiqueront tout, ou seulement un détail[1]. »

Enfin, la troisième et dernière grande section de la biographie traditionnelle du Bouddha Sakyamuni concerne son ultime voyage jusqu'au lieu où il trouvera la mort. Certains détails, comme sa maladie, offrent un accent d'authenticité évident, tandis que d'autres, comme la solennité des funérailles, ont vraisemblablement été imaginés ultérieurement ; nous y reviendrons lorsque le moment sera venu.

Afin de mieux glorifier leur maître, les hagiographes n'ont donc pas hésité à faire usage d'imagination pour sublimer le réel. Toutefois, un certain nombre des grands événements qui émaillent leurs récits sont loin d'être inédits : ainsi, la renonciation soudaine à la vie luxueuse du prince, jusqu'alors préservé de tout contact avec le réel, ou encore l'acquisition de la révélation spirituelle assis sous un arbre font partie des *topoi* de la tradition indienne, que l'on retrouve mis en scène par d'autres courants religieux. Ces épisodes de la biographie traditionnelle du Bouddha — qui ne sont d'ailleurs pas toujours les plus miraculeux mais comptent plutôt parmi les plus édifiants — ne sont en fait que des emprunts opérés par les narrateurs. Ainsi de la scène de l'arc que le jeune Siddharta est le seul à pouvoir bander lors du tournoi précédant son mariage : elle rappelle irrésistiblement l'histoire de Rama… et aussi celle d'Ulysse ; ce qui n'a pas fini de nourrir les spéculations sur les relations entre l'Inde et l'Occident.

Pour ce qui est des miracles en tant que tels, la place que leur accordent les narrateurs de la vie du Bouddha ne décroît nullement au fil de leurs récits. De sa naissance à sa disparition, les scènes prodigieuses se succèdent sans faiblir. Au-delà du fait qu'il est un sommet du genre, le cycle des conversions d'Uruvela laisse surtout perplexe en raison de la méthode choisie par Sakyamuni pour convertir le vieux Kasyapa. En effet, le recours aux miracles comme préambule à l'« enseignement gradué de la Doctrine[2] » semble en contradiction avec les méthodes habituellement prônées par le Bouddha pour la propagation de la Loi. Selon les préceptes attribués au sage en personne dans les textes les plus anciens, le maître aurait interdit à ses *bhikkhu* de faire usage de miracles pour convertir. Mieux encore, la prétention de posséder des pouvoirs surnaturels figurait parmi les fautes graves pouvant entraîner l'exclusion du *Sangha*. Le Bouddha ne niait nullement l'existence de tels pouvoirs, mais il considérait que leur usage était contre-productif car il risquait de détourner les moines du véritable objectif de l'effort spirituel. Bien sûr, comme pour les quatre-vingts ans prétendument atteints par le maître, il n'est pas impossible que les événements miraculeux d'Uruvela aient été mis en scène par les hagiographes à partir d'un fait réel. Ainsi, Hans Wolfgang Schumann conjecture que, dans l'épisode du séjour du Bouddha à l'ermitage de Kasyapa, l'illumination de la forêt qui accompagne la visite des dieux pourrait avoir pour origine le simple fait que le Bouddha aurait allumé de grands feux pour faire fuir les bêtes sauvages…

Quoi qu'il en soit, démêler l'écheveau des scènes surnaturelles ne permet d'aboutir qu'à des hypothèses plus ou moins convaincantes. La seule certitude est que les miracles dont le Bouddha se montre prodigue tout au long de son existence sont des ajouts plus ou moins tardifs aux récits primitifs. Il y a à cela plusieurs raisons. Même si, comme dans le cycle d'Uruvela, leur mise en scène vient parfois contredire les préceptes du maître historique, les miracles sont rapidement apparus nécessaires aux disciples de Sakyamuni pour édifier la foi de leurs contemporains, qui envisageraient difficilement qu'un grand sage puisse être privé de pouvoirs surnaturels. D'autre part, dans l'Inde d'hier — comme dans celle d'aujourd'hui — l'usage du merveilleux était un procédé narratif indispensable pour ravir les auditeurs : il convient, littéralement, pour le conteur de parvenir à « enchanter » son public. De ce point de vue, la place accordée aux prodiges dans les biographies traditionnelles du Bouddha est, au fond, tout à fait normale, pour ne pas dire attendue.

Mais encore l'enchantement n'est-il pas tout aux yeux du public indien… « Faire la part du plausible et du merveilleux, il n'y songe pas : pour un Indien, tout cela est à la fois merveilleux et plausible. Rechercher, isoler dans la masse un noyau de faits authentiques, garanti par des recoupements dans les autres sections de la littérature, à quoi bon ? À supposer que ces faits bruts existent et soient accessibles, ils ne reçoivent d'intérêt que par tout ce qui leur a été ajouté de leçons, de sagesse, de beauté[3]. »

Ce que notait Georges Dumézil au sujet du *Mahabharata* vaut aussi pour les récits légendaires de la vie du Bouddha, où réalité et fiction s'entremêlent étroitement pour mieux délivrer l'enseignement spirituel du sage. C'est, au fond, ce seul et unique objectif qui n'a cessé de stimuler depuis l'origine l'imagination, ô combien fertile, des hagiographes du maître historique.

Recrutement

Grâce à la bienveillance du souverain Bimbisara, le Bienheureux et les siens sont à présent installés sur leurs nouvelles terres, dans le Bois de bambous de Velurana, à proximité de la capitale du Magadha. C'est là que Sariputta et Moggallana, qui compteront bientôt parmi les plus grands disciples du maître, rejoignent le *Sangha*...

Tout deux sont fils de brahmanes. Amis depuis l'enfance, ils ont choisi depuis quelque temps déjà la voie du renoncement. Un beau jour, ils ont quitté leurs familles et tous leurs biens pour suivre ensemble, près de Rajagrha, les enseignements du grand maître des sceptiques, Sanjaya Bellatthiputta. Malgré leurs aptitudes évidentes à s'engager dans la voie spirituelle, les deux novices n'ont pas tardé pas à juger que la doctrine de leur gourou n'était guère aisée à suivre. Considérant qu'il n'existe aucune certitude sur rien, Sanjaya refusait de répondre à leurs questions et prônait exclusivement la concentration sur l'accomplissement intérieur. Sariputta et Moggallana, se sentant presque livrés à eux-mêmes, s'étaient alors promis que le premier d'entre eux qui arriverait à atteindre la Vérité en avertirait l'autre pour le guider.

Un matin, tandis qu'il s'est rendu en ville, Sariputta aperçoit l'un des adeptes du Bouddha : c'est l'*arahant* Assaji, l'un des Cinq, qui est venu mendier sa nourriture du jour auprès des habitants. Sariputta est fortement impressionné par la sérénité qui émane de l'ascète. Il l'observe attentivement, mais ne parvient pas à reconnaître les signes distinctifs de sa secte. Les ordres de shramanes se sont tellement multipliés ces derniers temps dans la région qu'il est difficile de les connaître tous ! Lorsque Assaji termine sa ronde d'aumônes, le jeune adepte des sceptiques l'aborde pour le questionner : quel est son nom, qui est son maître, quelle est sa doctrine ? Questionner ainsi un renonçant n'a rien d'exceptionnel ou d'importun, bien au contraire. Assaji, emprunt d'humilité, lui expose brièvement la voie prônée par le Bouddha. Ces quelques phrases suffisent pourtant à convaincre Sariputta. Il quitte immédiatement les murs de la cité pour faire partager sa découverte à Moggallana.

Son ami est vite convaincu par la doctrine du Bouddha… et d'autres avec lui. Suivis par deux cent cinquante adeptes de Sanjaya Bellatthiputta, ils se mettent en route pour le Bois aux bambous. En voyant arriver sur le chemin de Velurana les deux jeunes hommes à la tête de leur petit groupe, Sakyamuni pressent aussitôt que Sariputta et Moggallana sont de l'étoffe de ceux qui accompliront de grandes choses pour la communauté.

Après avoir été ordonnés *bhikkhu* par l'Éveillé en personne, Sariputta et Moggallana deviennent vite des *arahant*. De son côté, le maître des sceptiques n'en finit pas de maudire les deux jeunes novices qui ont déserté son ermitage en entraînant avec eux autant de ses disciples.

Une semaine avant l'équinoxe de printemps, le Bouddha reçoit une visite inattendue : Udayin, à la demande de Suddhodana, a fait le voyage depuis sa ville natale pour le rencontrer. Informé par la rumeur que son fils, devenu un grand maître spirituel, résidait à présent dans un ermitage aux abords de la capitale du Magadha, le roi l'a chargé de convaincre Siddharta de revenir le voir à Kapilavastu. Le Tathagata reconnaît aussitôt celui que beaucoup surnomment Kaludayin, le « sombre Udayin », en raison de son teint foncé. Il accueille avec chaleur son ami d'enfance « avec qui il a joué dans le sable[1] », et l'invite à séjourner à Velurana. Udayin s'intègre rapidement au *Sangha*. Devenu moine, il côtoie quotidiennement le Bouddha et profite de chaque occasion pour lui dépeindre la tristesse infinie de son père. Quelle joie le maître procurerait à Suddhodana s'il voulait bien seulement lui rendre visite ! Le *bhikkhu* s'arrange aussi pour évoquer fréquemment la terre des Sakyas. Il en décrit si bien la beauté et le charme qu'il est difficile au Bouddha de ne pas éprouver quelque nostalgie pour le pays où il a grandi. Emporté par son lyrisme, Kaludayin invite le Bouddha à prendre le chemin de sa terre natale sans plus attendre :

« Là-bas, les arbres sont éclatants d'ardeur.
Dans l'espérance de fruits, ils ont déjà quitté leur vert.
Seules demeurent les fleurs, rouges comme sang :
C'est le temps, Seigneur, de partir là-bas.
Car les arbres en fleurs réjouissent l'esprit
Quand leurs parfums soufflent à la ronde,
La chute des vertes frondaisons promet le fruit :
C'est du départ, Seigneur, l'heure juste[2]. »

Cette poétique insistance décide finalement le Bouddha. Néanmoins, selon le *Mahavastu*, il ne se met pas en route immédiatement. Il promet à Udayin qu'il viendra à Kapilavastu pour une visite, mais seulement après la mousson, qu'il a d'ores et déjà prévu de passer à Rajagrha. Enchanté, l'ami d'enfance retourne aussitôt — par la voie des airs, dit-on — auprès du souverain des Sakyas pour l'informer de l'heureuse nouvelle.

Une autre légende, plus tardive, raconte que le vieux roi aurait dû dépêcher une dizaine de délégations avant que son fils n'accepte de venir à Kapilavastu : à chaque fois que ses envoyés rencontraient le Bouddha, ils étaient tellement subjugués par sa Doctrine qu'ils rejoignaient le *Sangha* et en oubliaient complètement leur mission !

Les jours succédant aux jours, *Varsa*, la saison de la mousson, commence enfin, célébrée partout dans la joie à travers la grande plaine indienne. La veille encore, la poussière soulevée par le vent volait partout jusqu'au ciel, messagère de la terre assoiffée implorant la venue d'un nuage de pluie. Et voilà que maintenant l'eau tombe avec une force telle qu'elle pourrait briser en deux un grain de riz ! Comme le veut la règle établie par le Bouddha, tous les *bhikkhu* vont rester réunis autour de leur maître pendant la mousson. Pour s'abriter, les moines ont érigé des huttes dans le Bois aux bambous. Mais si les modestes constructions ressemblent à celles du Bois aux gazelles, l'ermitage de Velurana impressionne vraiment par sa taille.

Or, à Rajagrha, la présence d'une telle armée de renonçants aux portes de la cité ne plaît pas à tout le monde. La sympathie initiale des citadins à l'égard du Bouddha et des siens a peu à peu fait place à la méfiance, puis à une véritable vague de critiques et de protestations. D'abord, il faut bien reconnaître que les moines en robe jaune sont envahissants : tous les matins, ils sont plusieurs centaines à errer dans les rues en quête de nourriture ! Si la plupart demeurent discrets, quelques-uns se montrent insistants, voire agressifs, quand ils mendient. D'autres ont une tenue négligée qui effraie les braves gens. Enfin, les familles « éminentes et distinguées[3] » de la cité, en particulier celles des brahmanes, commencent à trouver que Sakyamuni endoctrine trop de jeunes hommes issus de leur rang… En devenant *bhikkhu*, ils abandonnent leurs épouses et leurs enfants ; pire même, s'ils ne sont pas encore mariés, ils privent leur lignée d'une descendance !

Le Bouddha, prévenu par ses disciples de l'hostilité grandissante des citadins, leur dit :

Quand, étant entrés dans la ville de Rajagrha pour mendier votre nourriture, vous entendrez les notables prononcer ses paroles :

— Le grand ascète est arrivé dans ce pays, après avoir converti des ascètes brahmaniques qu'il conduit et qui le suivent d'eux-mêmes. À présent, il va encore convertir des hommes et les emmener,

répondez-leur par cette stance :

— Le Tathagata, le Grand Héros, c'est par la Loi qu'il conduit et emmène les hommes. Au sujet de ceux qu'il conduit et emmène au moyen de la Loi, qui d'entre vous éprouve donc du chagrin et de la crainte[4] ?

Le maître instaure également de nouvelles règles de discipline pour le *Sangha*. Se comporter humblement pendant l'aumône, prendre soin de son vêtement, laver son bol ou nettoyer sa hutte font partie des règles que devront désormais suivre les *bhikkhu*. Grâce aux instructions du Bouddha, au bout d'une semaine, le mécontentement ne se fait plus entendre en ville.

La mousson touche à sa fin, marquant le signal du départ : accompagné d'un groupe de disciples dont fait partie le nouveau venu Sariputta, le Bouddha prend la direction de Kapilavastu. La route est longue. Il faut d'abord traverser la plaine fertile du Gange. Des jours durant, ils cheminent entre des rizières émeraude où viennent se poser les grues blanches comme neige. Une fois le fleuve sacré traversé en bac, ils remontent pas à pas en direction du nord-ouest, s'enfonçant peu à peu dans des contrées plus sauvages que l'on dit remplies de brigands et de bêtes féroces. Mais les forêts vierges qui bordent les montagnes sont aussi le royaume des paons, dont les cris aigus sont autant de souhaits de bienvenue.

Après une marche de deux mois, le groupe de renonçants pénètre enfin dans le royaume des Sakyas. La nouvelle gagne Kapilavastu, où tout le monde se réjouit du retour imminent du prince bien-aimé. Quand le roi Suddhodana apprend que son fils est venu accompagné de nombreux disciples, une certaine fierté l'envahit. Malgré l'immense déception que Siddharta lui a causée en renonçant à lui succéder, il fait malgré tout honneur à son nom. Ayant décidé de l'accueillir comme un hôte royal, le souverain des Sakyas part aussitôt à sa rencontre sur son char. Une autre légende raconte cependant qu'il se contente d'envoyer un serviteur à cheval au-devant de la délégation de moines. Qu'il l'ait vu ou non de ses propres yeux, il reste que Suddhodana est choqué quand il découvre ce jour-là que les disciples de son fils mendient le long de leur chemin. Il est outré à l'idée que son propre fils, un noble et fier *kshatriya*, puisse quémander ainsi sa nourriture. Quel déshonneur pour le clan des Sakyas, quelle honte pour la lignée des Gautama ! Et dire que les astrologues avaient prédit à sa naissance que Siddharta deviendrait un souverain exceptionnel...

Le Bouddha, entre-temps, est parvenu aux abords de Kapilavastu et s'est arrêté avec ses disciples dans le Parc aux banians où s'installent habituellement les renonçants de passage. Fermement résolu à raisonner son fils, le souverain quitte son palais pour lui rendre visite... À son arrivée, le Bouddha l'invite à s'asseoir auprès de lui, à l'ombre d'un banian. Patiemment, il explique à son père qu'il n'appartient plus désormais au clan des Sakyas ; puis il lui expose point par point la Doctrine jusqu'à ce que Suddhodana se convertisse. Avant de se retirer, saisissant le bol à aumônes des mains de son fils, le souverain le convie à venir manger au palais. Les retrouvailles entre le père et le fils n'auraient pu être plus heureuses ! Peu après, Suddhodana ordonne même que toutes les familles nobles de son royaume envoient un de leurs fils rejoindre le *Sangha*.

Selon d'autres légendes, le retour à Kapilavastu a été l'occasion de scènes fantastiques et de multiples prodiges : tantôt le Bouddha est arrivé avec vingt mille disciples et son père l'a accueilli aussitôt avec les honneurs réservés aux plus grands ; tantôt le maître a rendu visite à son père en se déplaçant dans les airs jusqu'à son palais ; tantôt, ayant gagné « la hauteur d'un palmier-éventail[5] » à l'entrée de la ville, le Bienheureux a fait jaillir de son corps des gerbes d'eau et de feu devant les Sakyas ébahis — et tous, Suddhodana en tête, se sont alors inclinés devant lui.

Quoi qu'il en soit, le séjour du Bouddha dans la cité de son enfance est marqué par d'autres retrouvailles importantes et de nombreuses conversions. En visite chez son père, il retrouve son fils

Rahula, qui est maintenant âgé de plus de sept ans. Son ancienne épouse, Yasodhara, n'est pas présente lors de la rencontre : elle a préféré rester à l'écart. Abandonnée du jour au lendemain sans explication, elle n'est pas prête à pardonner la trahison de son ancien époux. En acceptant d'envoyer le petit Rahula auprès de son père, elle espère même faire naître en lui un sentiment de culpabilité… Mais quand l'enfant, comme le lui avait soufflé sa mère, demande à son père de lui donner son héritage, la réaction du Bouddha n'est pas du tout celle escomptée par Yasodhara : prenant au mot la requête de son fils, le sage se tourne vers le *bhikkhu* Sariputta et lui demande de veiller à la formation de Rahula, de sorte que le jeune novice soit prêt à être ordonné moine quand il atteindra sa vingtième année. Suddhodana, le grand-père, est désemparé quand il apprend la nouvelle ! Il exhorte son fils à laisser au moins son petit-fils grandir avant de choisir sa voie… Mais la décision est prise et le vieil homme doit s'incliner. Le Bouddha, toutefois, s'engage à ne plus jamais recruter à l'avenir de jeune novice sans l'accord de sa famille. D'autres sources racontent encore que Yasodhara aurait, quant à elle, finalement pardonné à son ancien mari. Ayant reconnu qu'il était devenu un Bouddha, elle aurait même supplié le maître de l'accepter comme nonne ; mais celui-ci n'aurait pas accédé à sa demande.

Lors de son séjour à Kapilavastu, le Bouddha retrouve aussi son demi-frère Nanda, l'inséparable compagnon de jeux de son enfance. Le fils de la seconde épouse de Suddhodana, Mahaprajapati, est devenu un parfait homme du monde, par ailleurs fort séduisant et très sensuel. Depuis le désistement de Siddharta, Nanda fait figure d'héritier au trône de leur père. Très épris d'une jeune femme portant, à juste titre, le nom de Janapadakalyani, littéralement « Charme du pays », il se réjouit d'être sur le point de se marier. S'il ne porte guère d'intérêt aux questions religieuses, « le beau Nanda[6] » se montre très respectueux envers son demi-frère quand ils se rencontrent en ville. Tandis que le Bouddha vient juste de le quitter après une longue et aimable conversation, Nanda s'aperçoit qu'il a oublié son bol à aumônes. Il décide de rattraper le Bienheureux afin de le lui remettre au plus tôt. Le maître, en arrivant près du Bois aux banians, remarque que Nanda le suit d'un pas décidé. Touché par un tel empressement, il ordonne son demi-frère moine dès que celui-ci s'approche de lui. Nanda, qui n'a pas osé protester, est alors tondu et revêtu de la robe monastique en un tour de main. Devenu moine sans le vouloir, le jeune homme se morfond : il ne peut pas oublier sa promise. Son chagrin est tel qu'il songe même, à plusieurs reprises, à quitter les moines. Par la voie des airs, le Bouddha l'emmène admirer les nymphes célestes du paradis d'Indra, les irrésistibles *apsara*, avec lesquelles « Charme du pays » ne peut pas rivaliser. En chemin, ils ont croisé une guenon borgne et pelée, tout juste rescapée d'un incendie de forêt. À la vue des merveilleuses *apsara*, Nanda est obligé de reconnaître que leur beauté relègue Janapadakalyani au niveau du pauvre animal qu'ils viennent d'apercevoir ! Ce voyage enchanteur accompli aux côtés du Tathagata n'a pourtant pas réduit à néant les rêves de bonheur du jeune homme. Nanda nourrit maintenant un autre espoir : si, par sa vie méritante de moine, il pouvait seulement renaître un jour aux côtés de sa belle ! À défaut, renaître dans le ciel d'Indra ne serait pas non plus pour lui déplaire... Les moines se moquent fréquemment de celui qu'ils surnommeront « l'amant des nymphes[7] » jusqu'au jour où, enfin, « le beau Nanda » parviendra à se libérer complètement de son attachement.

Parmi les autres membres de la famille qui rejoignent le Bouddha, il faut encore mentionner Ananda et Devadatta. Le premier est un cousin du maître. À la différence de Nanda, le jeune homme se convertit spontanément et avec beaucoup d'enthousiasme. D'un caractère généreux, docile et studieux, Ananda va devenir l'*upasthaka* du Bouddha, autrement dit son « disciple servant ». Cette proximité en fera, après la mort du sage, le meilleur connaisseur de sa doctrine, capable de restituer, mot à mot, ses sermons et ses paroles.

Le second, Devadatta, est présenté parfois comme le frère d'Ananda, parfois comme un cousin d'une autre lignée, parfois comme le frère de son ancienne épouse, Yasodhara. Quoi qu'il en soit, Devadatta n'est pas un inconnu pour Sakyamuni : c'est lui qui avait tué un énorme éléphant « avec la paume de la main droite, d'un seul coup[8] », lors du tournoi organisé avant le mariage de Siddharta. Si bien des années ont passé depuis cet événement, Devadatta possède toujours une force physique impressionnante et, à en croire la rumeur, son caractère ombrageux et orgueilleux ne l'a pas quitté. Malgré cela, le *bhikkhu* Devadatta fait très bonne figure au sein du *Sangha*. Sérieux et persévérant, le nouveau venu obtient même rapidement la maîtrise de quelques pouvoirs surnaturels, notamment ceux qui permettent de se dédoubler, de se transformer, de faire apparaître des objets et de n'être jamais gravement blessé. Les autres moines sont impressionnés et, suivant l'exemple de Sariputta, ils ne cessent de faire l'éloge auprès du Bouddha de ce jeune homme qui apparaît comme une excellente recrue. Rien ne permet d'imaginer qu'un jour viendra où Devadatta trahira le maître...

La dernière recrue marquante faite lors du voyage à Kapilavastu est un simple barbier. Le Bouddha et sa troupe ont déjà pris la route du retour quand Upali vient à leur rencontre. Le brave homme se contente de proposer timidement ses services pour tondre le crâne des cinq cents jeunes nobles Sakyas qui doivent rejoindre, conformément à l'injonction de Suddhodana, les rangs du *Sangha*. Au fond de lui-même, Upali désire ardemment devenir *bhikkhu* mais, à cause de son humble condition, il n'ose exprimer franchement son souhait. Le Bouddha, devinant sa gêne, va au-devant de son désir et l'ordonne aussitôt moine. Peu après, les cinq cents jeunes Sakyas arrivent et ils sont ordonnés à leur tour. L'ancienneté étant alors le seul fondement de la hiérarchie au sein de la communauté des *bhikkhu*, Upali devient dès lors le supérieur des jeunes hommes issus de l'aristocratie. Ces derniers se voient contraints de se prosterner aux pieds d'un barbier, d'un homme d'une condition inférieure ! Comme quelques-uns parmi eux ne cachent pas leur malaise, le Bouddha administre à ses jeunes disciples un enseignement sur la nature illusoire des différences sociales entre les hommes. Plus que toute autre, l'ordination d'Upali va marquer durablement les esprits. Le maître, en accueillant au sein du *Sangha* un homme issu d'une basse caste, remet profondément en cause la hiérarchie de la société traditionnelle.

Une autre décision du Bouddha va avoir un grand retentissement. Difficile à situer précisément dans le temps, l'ouverture de la communauté aux femmes aurait pris place durant la première décennie de la mission du sage.

Une légende tardive raconte qu'un jour, peu après sa visite à Kapilavastu, Sakyamuni fut informé que son père, le roi Suddhodana, était sur le point de mourir. Séjournant alors à Vaisali, la capitale des Licchavis, le Tathagata se rendit immédiatement à son chevet — par la voie des airs — pour lui délivrer un dernier enseignement. Cependant, selon d'autres sources, la seconde visite de l'Éveillé à Kapilavastu n'aurait eu lieu qu'un an ou deux après la mort de Suddhodana. Quoi qu'il en soit, quelque temps après ce triste épisode, la veuve du roi, Mahaprajapati, vient trouver le Bienheureux, qui s'est installé dans le Bois aux banians près de Kapilavastu. Le Bouddha accueille avec beaucoup d'égards celle qui l'a élevé durant toute son enfance. Sa tante commence par lui expliquer qu'elle souhaite, comme le veut la coutume, se retirer de la vie mondaine pour se tourner vers la religion. Nanda et Rahula ayant décidé de rejoindre le *Sangha*, elle n'a de toute façon plus personne sur qui veiller, hormis sa fille. De fil en aiguille, Mahaprajapati finit par exposer plus clairement son projet au Tathagata : « Comme ce serait bien si les femmes pouvaient elles aussi s'engager dans la vie sans demeure selon le *Dhamma* que tu proclames[9] ! » Le Bouddha refuse tout net. Par trois fois, sa mère adoptive insiste mais le maître ne cède pas : il est hors de question que les femmes intègrent l'ordre monastique.

Quelques jours plus tard, Sakyamuni et ses proches sont de retour à Vaisali. Ananda, le « disciple servant » du maître, voit arriver un matin Mahaprajapati, accompagnées de plusieurs femmes issues de la noblesse Sakya. Toutes ont le crane rasé et sont vêtues de l'habit monastique. Épuisée par le voyage depuis Kapilavastu, « les pieds gonflés, le corps couvert de poussière, en larmes et gémissante[10] », Mahaprajapati plaide la cause de l'ordination des femmes auprès d'Ananda. Touché, ce dernier décide d'intercéder en sa faveur auprès du Bouddha. Rien n'y fait. Le Bouddha ne veut pas revenir sur sa position. Le brave Ananda insiste, argumente. La doctrine ne s'adresse-t-elle pas à tous les êtres ? Si les dieux et les animaux, les hommes de toutes castes ou de mauvaise vie peuvent y accéder, pourquoi les femmes en seraient-elles exclues ? Seraient-elles condamnées à devoir renaître sous la forme d'un homme pour connaître la Loi ? Le Bouddha demeure intraitable. Ananda lui demande alors si les femmes sont aptes ou non à devenir des *arahant*. Oui, elles en sont capables, finit par concéder le Bouddha. Dans ce cas, poursuit Ananda, pourquoi refuser l'ordination à Mahaprajapati qui fut jadis, rappelle-t-il avec émotion, une mère d'adoption si tendre et dévouée pour lui...

Surmontant ses réticences, le maître cède enfin. Cependant, il impose aussitôt plusieurs conditions à l'ordination de la veuve de Suddhodana. Les règles auxquelles cette dernière, et toutes les futures nonnes avec elle, devront accepter de se plier sont au nombre de huit : une *bhikkhuni* devra toujours saluer la première un *bhikkhu* avec le plus grand respect, même s'il s'avère qu'il vient tout juste d'entrer dans l'ordre ou bien qu'il est plus jeune qu'elle. Les nonnes passeront obligatoirement la saison des pluies dans une retraite où séjournent aussi des moines. Les nonnes devront recevoir les enseignements d'un moine régulièrement, tous les quinze jours, et elles pourront être, si nécessaire, sujettes aux réprimandes de leurs confrères masculins. L'inverse, dans les deux cas, n'est pas autorisé. Les autres règles placent également les nonnes dans une situation d'infériorité par rapport aux *bhikkhu* : ceux-ci ont la responsabilité de les surveiller, les guider et les administrer. Mahaprajapati n'en a cure. La veuve accepte ces conditions avec enthousiasme, comme on reçoit « une guirlande de fleurs de lotus ou de jasmin[11] » ! Et elle est ordonnée.

Le Bouddha est loin de partager la joie de sa mère adoptive. Inquiet pour l'avenir du *Sangha*, il confie ses craintes à son fidèle serviteur :

« De même, ô Ananda, que sur un champ de riz qui est en pleine prospérité éclate la maladie que l'on appelle la nielle — et alors la prospérité du champ de riz ne dure pas longtemps —, de même, ô Ananda, quand dans une doctrine et dans un ordre on autorise les femmes à renoncer au monde et à mener la vie errante, alors la vie sainte ne prospère pas longtemps. Si, ô Ananda, dans la doctrine et dans l'ordre que le Tathagata a fondés, il n'avait pas été accordé aux femmes de quitter leurs foyers pour mener une vie errante, la vie sainte, ô Ananda, serait demeurée longtemps observée : la pure doctrine se serait maintenue pendant mille ans. Mais parce que, ô Ananda, dans la doctrine et dans l'ordre que le Parfait a fondés, les femmes renoncent au monde et embrassent la vie errante, désormais, ô Ananda, la vie sainte ne demeurera plus longtemps observée : la doctrine de la vérité ne se maintiendra plus à présent que cinq cents ans[12]. »

Malgré sa profonde méfiance à l'encontre du rôle des femmes dans la communauté, le maître portera toujours un grand intérêt à sa mère adoptive, la doyenne des nonnes, qui va d'ailleurs rapidement devenir une *arahant*. Sous sa direction, l'ordre des *bhikkhuni* va vite prendre de l'ampleur, permettant à des centaines de femmes de rejoindre le *Sangha*.

Nagpur, 1956

Protégés par des gardes du corps, l'homme et son épouse se frayent un passage jusqu'à l'immense tente blanche qui a été dressée au milieu d'un champ, en périphérie de Nagpur. À 9 h 15, Bhimrao Ramji Ambedkar monte sur la scène. Une guirlande de fleurs fraîches autour du cou, le célèbre homme d'État s'appuie sur un bâton de bambou, comme un pèlerin arrivé au terme de son voyage. Ambedkar sait que cette journée du 14 octobre 1956 sera historique. Quand il s'avance pour faire face à la marée humaine, un tonnerre d'applaudissements éclate.

Hommes et femmes sont venus de partout alentour pour l'événement. Paysans pour la plupart, beaucoup ont quitté la veille leurs misérables villages, à pied, en car ou en train, pour ne pas manquer le rendez-vous que leur a donné « Babasaheb » Ambedkar, comme ils le surnomment avec affection et un immense respect. Tous, comme leur héros, sont issus de la plus basse catégorie sociale de l'Inde, celle des hors-castes, des intouchables, des *dalit*, des « opprimés » ou encore, selon l'expression inventée par Gandhi, des *harijan*, les « enfants de dieu ». La plupart appartiennent au groupe des Mahar, qui représente près de 10 % de la population du Maharashtra, État de l'ouest de l'Inde auquel ils ont donné leur nom. Aujourd'hui, ces humbles d'entre les humbles forment une marée humaine forte de plusieurs centaines de milliers d'individus. À l'exemple de leur leader et de son épouse, tous ont revêtu un vêtement de couleur blanche — *dhoti* pour les hommes et *sari* pour les femmes — pour signifier qu'à l'issue de cette journée exceptionnelle ils vont renaître dans la clarté. Le bleu du ciel, pur et éclatant, est au diapason.

Présidée par le *bhikkhu* Bhente Chandramani, la cérémonie peut commencer. Le moine d'origine birmane s'apprête à recevoir l'engagement solennel du leader politique des intouchables et de sa femme. Le moment est grave, chargé d'émotion. L'assemblée retient son souffle quand Ambedkar prend les Trois Refuges et les Cinq Préceptes auprès du *bhikkhu*. Après avoir marqué une courte pause, « Babasaheb » innove : il complète sa conversion publique à la Doctrine du Bouddha en prononçant vingt-deux vœux de sa propre composition. Un grand nombre viennent confirmer sa résolution de rompre tous liens avec les pratiques et les croyances de l'hindouisme : « Je ne dois et ne devrai pas croire que le Seigneur Bouddha était une incarnation de Vishnou[1] », prononce-t-il notamment, avant de poursuivre un peu plus tard par ces deux engagements : « Je croirai à l'égalité humaine[2] » et « je m'efforcerai d'établir l'égalité[3] ». Cette longue déclaration solennelle achevée, Ambedkar donne alors à son tour la *diksha*, l'initiation bouddhique, à toute l'assemblée réunie devant lui.

À Nagpur, ce jour-là, un demi-million d'individus deviennent tous ensemble des disciples laïques du Bouddha. Une conversion simultanée d'une telle envergure est unique, elle ne s'est jamais produite dans aucune autre religion. Au regard de l'histoire du bouddhisme en Inde, elle représente un coup de théâtre pour le moins inattendu : après avoir sombré dans l'oubli sur sa terre d'origine pendant près de huit siècles, le mouvement religieux fondé par le Bouddha renaît soudainement de ses cendres !

À l'issue de la cérémonie de Nagpur, Ambedkar a annoncé qu'il consacrerait le restant de sa vie à la propagation du bouddhisme auprès des basses castes et des opprimés de la société indienne. Cependant, l'initiateur du renouveau du bouddhisme indien n'a pas le temps de poursuivre son action : le 6 décembre 1954, deux mois à peine après sa conversion publique, il est emporté brutalement par la mort. Le pays tout entier rend alors un vibrant hommage à cet homme d'État, dont le parcours fait encore figure d'exception pour un intouchable…

Né en 1891, Ambedkar a d'abord eu la chance inespérée pour un jeune homme de son rang de pouvoir faire des études supérieures. Grâce à l'aide de riches donateurs, il étudie l'économie et la politique en Inde, obtient un doctorat à l'université Columbia de New York, puis devient membre du barreau de Londres. À son retour en Inde dans les années 1920, il rejoint la lutte pour l'indépendance de son pays. Mais, en tant que *dalit*, il redécouvre, en rentrant dans son pays, la discrimination et l'humiliation. En désaccord avec Gandhi sur la question de la représentation politique des intouchables, il lance des mouvements de désobéissance civile pour faire valoir leurs droits. En 1947, le leader politique des intouchables est nommé ministre de la Justice au sein du premier gouvernement de l'Inde indépendante. Ambedkar se voit également confier par Nehru la charge de rédiger la Constitution de l'Union indienne. Outre la liberté de culte, « Babasaheb » y inclut la prohibition de toute forme de discrimination, tant envers les hors-castes qu'envers les femmes. En 1951, lorsque le père de la Constitution démissionne du gouvernement, la nouvelle fait sensation dans tout le pays. Convaincu que le droit ne saurait à lui seul suffire à résoudre la question de l'inégalité sociale, Ambedkar entend poursuivre sa lutte sur le terrain religieux. Contrairement à Gandhi, il est en effet persuadé que le système des castes est inséparable de l'hindouisme. En 1935 déjà, le représentant des *dalit* avait déclaré que, s'il était né hindou, il ne mourrait pas comme tel. En 1954, « Babasaheb » annonce qu'il a décidé de rompre définitivement avec l'hindouisme : après avoir longuement étudié les grandes religions universelles, il est arrivé à la conclusion que, pour les intouchables, l'adoption du bouddhisme représente la meilleure issue possible pour sortir de l'hindouisme et, partant, pour se libérer de l'oppression exercée par les hautes castes.

La conversion au bouddhisme de la figure emblématique des intouchables sonne donc comme un défi à l'encontre du modèle hiérarchique de la société indienne traditionnelle. Symboliquement, à Nagpur, tous ceux qui ont suivi Ambedkar dans la voie du Bouddha se trouvent d'un seul coup libérés de leur condition d'infériorité. Les femmes gagnent aussi en égalité par rapport à la place que leur assigne traditionnellement l'hindouisme... Mais la conception du bouddhisme prônée par Ambedkar est-elle juste ? À ses yeux, Sakyamuni n'était pas qu'un chef spirituel : il était aussi, et surtout, un réformateur social et politique. Se basant sur les récits de l'ordination du barbier Upali et de celle de sa tante Mahaprajapati, l'homme d'État estimait que le maître souhaitait bouleverser l'ordre social, qu'il s'opposait à l'autorité exercée traditionnellement par les hommes sur les femmes et par les hautes castes sur les humbles, qu'il prônait l'égalité de tous les êtres.

En quoi la vision du grand leader des intouchables de l'Inde moderne est-elle fidèle à celle du maître historique ? Dans quelle mesure peut-on affirmer que le Bouddha était un sage doublé d'un révolutionnaire ?

En ce qui concerne l'égalité entre les sexes, il est évident qu'Ambedkar a quelque peu idéalisé la position du fondateur du *Sangha*. Le préjugé négatif du Bouddha à l'encontre des femmes apparaît clairement dans le récit de l'ordination de la première nonne. D'autres textes confirment cette méfiance, tel cet échange qui aurait eu lieu des années plus tard entre le sage, alors très âgé et malade, et son fidèle Ananda :

— Seigneur, comment dois-je me comporter vis-à-vis des femmes ?

— N'aie pas de contact avec elles.

— Mais, Tathagata, comment pourrais-je les éviter ?

— Ananda, si tu rencontres une femme, évite toute conversation.

— Et si elle m'adresse la parole ?

— Dans ce cas tu devras toujours veiller à être extrêmement vigilant et rester sur tes gardes[4].

L'*Anguttara Nikaya* du canon pali rapporte encore que le Bouddha distinguait sept catégories de femmes : trois catégories de femmes de mauvaise vie, trois catégories de femmes douces et honnêtes, et — celle qu'il préférait — la catégorie des femmes heureuses de rester au foyer… Néanmoins, au regard des *Lois de Manu* qui ne confèrent à la femme hindoue d'autre rôle que celui d'épouse et de mère, on notera que la décision du Bouddha — même à contrecœur — d'ouvrir la communauté aux nonnes représentait pour son époque un signal fort en faveur d'une plus grande liberté des femmes. En cédant aux demandes répétées de sa tante, le sage s'affranchissait de la pensée dominante de son temps. Il convient de rappeler toutefois combien il est difficile d'établir dans quelle mesure ces différents récits reflètent des faits authentiques. Peut-être ne relèvent-ils que d'ajouts tardifs imaginés par les disciples du Bouddha...

Toujours est-il que l'histoire du bouddhisme nous apprend que, même si le maître s'est trompé dans ses sombres prévisions, les nonnes n'y ont pas joué de rôle notable — sauf exception. Lorsqu'on observe la place occupée par les femmes au sein du *Sangha* à la fin du XXe siècle, le tableau n'est guère plus positif : il y a une vingtaine d'années, les nonnes n'existaient plus que dans le bouddhisme Mahayana — et encore, uniquement en Chine, en Corée et au Vietnam. Depuis, des tentatives d'ouverture ont vu le jour au sein du bouddhisme Zen japonais, du Vajrayana tibétain et dans le cadre du courant Theravada : c'est ainsi qu'après mille ans d'interruption des *bhikkhuni* sont réapparues au Sri Lanka, où l'on compte aujourd'hui quelque 400 nonnes. Malgré ces progrès récents, les *bhikkhuni* sont encore très minoritaires par rapport aux *bhikkhu*. De fait, l'ordination complète des femmes, bien qu'elle ait été approuvée par le Bouddha en personne, n'est pas reconnue ou acceptée véritablement par toutes les écoles du bouddhisme. À titre d'exemple, dans le courant Theravada, mais aussi dans le bouddhisme Zen japonais, les nonnes sont considérées comme des laïcs qui se vouent à la vie ascétique en suivant les règles des novices. Dans le courant Vajrayana du bouddhisme tibétain, à l'exception de quelques moniales — le plus souvent occidentales —, la plupart des femmes ne reçoivent pas l'ordination complète et restent novices durant toute leur vie. Désirant faire évoluer la situation, un peu partout, des nonnes ont créé leur propre mouvement, à l'image de la célèbre association Sakyadhita International fondée en 1987 à Bodh-Gaya, dont l'objectif principal est de promouvoir l'ordination des femmes bouddhistes du monde entier.

Ambedkar était-il plus clairvoyant sur les intentions du Bouddha à l'égard du système des castes ? Certains récits de la littérature canonique accréditent la vision du leader des intouchables, à l'exemple de l'ordination du barbier Upali. Jusqu'alors, tous les *bhikkhu* sans exception étaient recrutés au sein des plus hautes classes de la société indienne. Tous étaient des « deux fois nés », c'est-à-dire des brahmanes ou, comme le Bouddha, des guerriers *kshatriya*, ou bien, comme le jeune Yasa de Bénarès, des marchands *vaishya*. L'intégration dans le *Sangha* d'un homme issu d'une caste inférieure a donc été une décision d'une portée symbolique considérable sur le plan social, qui donne une dimension plus politique à la figure du maître historique. D'autres textes célèbres attestent sa volonté d'ébranler, à l'occasion, la hiérarchie de la société traditionnelle indienne. Ainsi, le *Vesala sutta* aurait été prêché par le Bouddha à un brahmane qui l'avait traité de paria tandis qu'il procédait à sa quête quotidienne : « Ce n'est pas par la naissance que l'on devient paria. Ce n'est pas par la naissance que l'on devient brahmane. Par ses actes, l'on devient paria, par ses actes l'on devient brahmane[5]. » Un autre texte très célèbre, relatant la conversion d'un pauvre balayeur, révèle l'importance capitale qu'accordait le Bouddha à la morale personnelle : c'est celle-ci qui doit, selon lui, fonder la hiérarchie entre les hommes. Ce sont les qualités morales et la conduite « juste » qui font la valeur d'un individu, et non sa naissance, sa caste, son pouvoir ou sa richesse. Tel que conservé par la tradition, le témoignage de Sunita est simple et émouvant :

Dans une humble famille je suis né,
nous étions miséreux, nous avions souvent faim.
Mon métier aussi était bien humble :
je ramassais et balayais les fleurs fanées des autels.
J'étais négligé, méprisé, humilié,
et devant tous je m'inclinais.

Et puis un jour, je le vis, lui,
celui qui avait su parfaitement s'éveiller,
entouré de nombre de ses disciples,
cet incomparable héros
entrait dans la cité de Magadha.

Alors je laissais tomber ma palanche
et m'approchant je m'inclinais devant lui.
Et lui, le surhomme, plein de compassion,
il s'arrêta, pour moi.

Je me prosternais aux pieds de l'Enseignant,
puis me mettant sur le côté afin de ne pas le gêner,
je demandai à cet homme, le plus digne de tous,
de bien vouloir accepter que je le suive.

Alors l'Enseignant miséricordieux,
dans son immense bienveillance,
s'adressant à moi, dit :
« Viens, ô moine. »
Ce fut là mon ordination.
[...]
Souriant, l'Enseignant me dit :
« Par la volonté, la pureté,
la tempérance et le contrôle de soi,
on devient un homme réellement supérieur,
ceci est la voie vers la sainteté[6].

En principe, Sakyamuni invitait donc tout le monde à entendre sa Doctrine et à devenir *bhikkhu* — ou, à défaut, disciple laïque. En pratique, cette volonté d'ouverture était peut-être plus théorique que réelle... Tout d'abord, le règlement monastique lui-même — tel qu'il est censé avoir été édicté par le maître — imposait des restrictions bien concrètes aux candidats : ceux qui étaient dépendants ou subordonnés à une autorité extérieure — autrement dit les débiteurs, les esclaves et les militaires —, ceux qui avaient commis un crime et ceux qui étaient atteints de maladie grave ou contagieuse ne pouvaient pas être ordonnés moines. Ensuite, d'une façon plus générale, l'examen des textes bouddhiques fait apparaître qu'ouvrir grand les portes du *Sangha* à la « multitude » n'était manifestement pas la priorité du sage. Il est significatif, en particulier, de relever que pour sa toute première prédication le Bouddha n'ait pas choisi de s'adresser à la foule : à Sarnath, l'Éveillé ne dévoile sa doctrine qu'à cinq hommes, tous ascètes qui plus est. À ce titre, le Sermon de Bénarès fixe, dès sa première manifestation, le caractère relativement exclusif et élitiste du bouddhisme ancien. Par la suite, il n'est rapporté nulle part dans les textes que le maître ait profité d'une seule occasion pour interpeller directement la foule. Dans les *Sutta* que lui attribue la tradition, Sakyamuni ne s'adresse que très rarement à des laïcs.

Le fondateur du bouddhisme n'a jamais fait non plus, devant un large auditoire, de discours « révolutionnaire » pour dénoncer publiquement la hiérarchie sociale. Il préfère instruire chacun personnellement — et, plus occasionnellement, chacune —, en mettant l'accent sur le fait que toute personne est, par ses actes et sa conscience morale, pleinement responsable de son accomplissement. Et s'il critique éventuellement, au cas par cas, la prétention de ceux qui appartiennent aux couches les plus nobles de la société, le sage n'a pour autant jamais prôné l'égalité entre les castes — et encore moins la lutte des classes... « Les êtres sont propriétaires de leurs actes, héritiers de leurs actes, les actes sont la matrice d'où ils jaillissent, ils sont parents de leurs actes et ont leur foyer dans leurs actes. Le *karman* divise les êtres en plus hauts et plus bas niveaux[7] », enseigne le Bouddha.

De fait, si l'on se penche plus en profondeur sur la doctrine du sage, la contradiction apparente entre le principe théorique de la main tendue à tous et une pratique qui s'avère beaucoup plus restrictive dans la réalité disparaît. Le recrutement sélectif du maître trouve toute sa cohérence. À partir du moment où il accepte la loi des renaissances et du *karman*, le Bouddha ne peut en effet pas remettre totalement en cause la hiérarchie des castes. Sa doctrine ne cherche pas tant à réfuter le système des castes qu'à le dépasser : elle enseigne aux hommes comment y échapper en leur montrant une voie qui permet d'atteindre l'Éveil. Or, pour suivre correctement le chemin qui mène à la *Bodhi*, il est nécessaire d'adopter la vie monacale. L'Octuple Noble Chemin est une voie aisée à concevoir mais, compte tenu de la faiblesse humaine, son application implique le renoncement à la vie mondaine. C'est pour cette raison que le Bouddha a préféré donner son premier sermon à cinq renonçants. La voie qu'il enseigne ne peut être vraiment suivie que par des ascètes ayant accepté de se conformer à des règles strictes, tels le célibat et l'abandon de toute possession personnelle. Les disciples laïques ne peuvent pas prétendre à l'Éveil dans leur vie présente ; ils peuvent seulement gagner des mérites en faisant l'aumône aux *bhikkhu* et en respectant un certain nombre de règles morales, dans l'espoir d'une renaissance future plus favorable. Même si elle prône une voie dite « médiane », la doctrine du Bouddha implique donc le détachement et le renoncement individuel, à l'opposé de l'engagement dans la vie de la cité, de la revendication sociale ou de l'affrontement politique.

Un dernier élément vient attester que le fondateur du *Sangha* n'a jamais cherché à gagner l'adhésion de la masse populaire, et encore moins à la dresser contre la hiérarchie sociale : les brahmanes, autrement dit la plus haute caste de la société, ont été très nombreux à se convertir à sa doctrine. Selon une étude sociologique effectuée par Hans Wolfgang Schumann sur la base du canon pali, ils formaient la majorité des recrues monastiques dans les premiers temps du *Sangha*. Sur un groupe de 199 *bhikkhu* dont il est possible d'identifier la caste avec certitude, 48,2 % étaient brahmanes, 28,6 % *kshatriya* et 13 % *vaishya* ; autrement dit 89 % d'entre eux étaient des « deux fois nés ». Seuls 6,6 % appartenaient au groupe des intouchables et 3,1 % à celui des *shudra*, les serviteurs. Les statistiques sociales concernant les disciples laïques reflètent les mêmes tendances — à cette différence près que les marchands devancent les *kshatriya* par leur nombre. Ces chiffres sont éloquents : si le Bouddha avait vraiment été un réformateur social, l'adhésion des plus hautes classes sociales eût été bien plus rare, et inversement. Le fondateur du bouddhisme était avant tout un maître spirituel qui se préoccupait de guider un groupe d'hommes forcément restreint, car seuls quelques-uns sont capables de suivre la voie exigeante qui mène à l'Éveil.

Le coup de théâtre religieux qui s'est joué à Nagpur le 14 octobre 1956 à l'initiative du leader des intouchables a donc été, dans le même temps, un événement éminemment politique. Et, pour tout dire, Ambedkar avait tout à fait conscience d'inaugurer ce jour-là un visage inédit du bouddhisme, beaucoup plus engagé dans la cité que celui prôné par le Bouddha, que l'homme politique avait d'ailleurs pris soin d'appeler le Navayana, littéralement le « Nouveau Véhicule ». Le mouvement de renaissance du bouddhisme en Inde n'a pas pris fin avec le décès prématuré d'Ambedkar. Il s'est poursuivi jusqu'à nos jours. Depuis la cérémonie de Nagpur, les vingt-deux vœux prononcés par « Babasaheb » sont même devenus ceux de tous les hindous qui se convertissent à la Doctrine et, s'il reste encore marginal, le bouddhisme touche aujourd'hui en Inde un nombre significatif de personnes, essentiellement parmi les intouchables et les basses castes.

Au fond, Ambedkar, qui avait bénéficié d'une double éducation, à la fois indienne et occidentale, fut surtout l'un des grands précurseurs de ce qu'on nomme désormais le « bouddhisme engagé », un terme forgé pendant la guerre du Vietnam par Thich Nhat Hanh. Né de la rencontre entre les cultures de l'Inde et de l'Occident — l'une porteuse d'une tradition de libération intérieure, l'autre d'un idéal politique de liberté et d'égalité —, celui-ci est en quelque sorte le dernier développement de la doctrine du Bouddha. Le « bouddhisme engagé » est actuellement un phénomène en pleine expansion en Occident ; et pas seulement. À travers toute l'Asie, il gagne aussi du terrain, de la Birmanie au Sri Lanka, en passant par la cause tibétaine. À l'inverse du renoncement privilégié par le maître historique, ce néo-bouddhisme prône le combat au sein de la société.

Mission

Année après année, décennie après décennie, le Bouddha poursuit inlassablement sa prédication. Excepté durant la saison des pluies, Sakyamuni se déplace sans cesse pour enseigner sa doctrine. Infatigable marcheur, il sillonne en tous sens royaumes et républiques de la vallée du Gange, où il bénéficie de l'appui croissant de personnages riches et influents. À mesure que les conversions se succèdent, les enseignements s'approfondissent, tout comme l'organisation du *Sangha* se précise. Et, au-delà du tourbillon des déplacements, une certaine routine s'instaure qui laisse percevoir la vie quotidienne du Bouddha et de ses disciples.

Depuis le jour où le Bienheureux a commencé à prêcher sa doctrine dans le Bois aux gazelles, les moments de solitude sont devenus rares. Quand il parcourt routes et chemins, un groupe de disciples l'accompagne constamment. Au fil du temps, la petite troupe s'étoffe jusqu'à compter, selon les récits, plusieurs centaines de moines. Leur bavardage est parfois si gênant que le sage est obligé de leur ordonner de se taire ! Mais la procession des *bhikkhu*, allant tous crâne rasé et vêtus de jaune derrière leur maître, ne manque pas d'allure. Quand ils traversent les villages pour y récolter leur nourriture quotidienne, on leur fait généralement bon accueil. Les moines se présentent de porte en porte, n'en omettant aucune afin de ne priver personne de l'opportunité d'obtenir des mérites... Prenant exemple sur Sakyamuni, tous se montrent dignes et recueillis. Immobiles, les yeux baissés, ils doivent attendre l'aumône sans dire un mot. Il est d'ailleurs tout aussi interdit de quémander que de remercier. Lorsque les villages qui bordent les routes entre deux grandes étapes ne sont pas assez importants, des disciples laïques se joignent au cortège. Juchés sur de lourds chariots qu'ils ont emplis de provisions, ils se chargent de subvenir aux besoins de la communauté en marche.

Le prédicateur itinérant passe beaucoup de temps dans le prospère royaume de Magadha. Il profite de toutes les occasions pour diffuser son enseignement auprès de ceux qui sont déjà engagés dans la recherche spirituelle. Le maître se rend dans les maisons des brahmanes comme dans les ermitages des innombrables sectes qui pullulent alors dans le royaume ; en chemin, il engage la conversation avec beaucoup de renonçants errants. Pendant la première décennie de sa mission, le Bois aux bambous de Rajagrha devient la résidence principale du *Sangha*, entre deux tournées de prédication. C'est aussi là que résident le Bouddha et les siens durant les mois de mousson. Grâce à la générosité d'un riche marchand, le parc offert par le roi est désormais pourvu de soixante habitations spacieuses. Elles sont surtout bien plus solides que les huttes construites jadis par les *bhikkhu* : maintenant, il n'est plus nécessaire d'en bâtir de nouvelles chaque année.

Quand il est à Rajagrha, le Bouddha aime passer du temps sur le Pic des vautours. Il avait découvert ce lieu surplombant la capitale à l'époque où il n'était qu'un jeune ascète parmi d'autres à la recherche de la vérité. L'air sur les hauteurs est bien plus agréable que dans la plaine où règne une chaleur étouffante. Et lorsque s'abattent les trombes d'eau de la mousson, les grottes naturelles qui parsèment la montagne constituent de précieux abris. Le Tathagata juge cet endroit particulièrement propice à la méditation, mais aussi aux conversations prolongées avec ses plus proches disciples. Assis sur une natte, le sage y dispense patiemment son enseignement ; des heures durant, il développe progressivement sa doctrine en prenant soin d'en adapter la présentation selon ses interlocuteurs.

L'amitié du Bouddha avec le souverain Bimbisara est durable, celui-ci reste l'un de ses plus fervents *upasaka*, disciple laïque. Dans la capitale, Sakyamuni noue également des liens étroits avec un autre personnage important. Dénommé Jivaka, le médecin personnel du roi bénéficie d'une excellente réputation : on lui attribue plusieurs guérisons miraculeuses... Après sa conversion, il devient lui aussi un *upasaka* exemplaire. Il offre au *Sangha* un parc situé non loin de la cité, le Bois aux manguiers, qui permet de loger les nouvelles recrues monastiques. Mais, surtout, Jivaka s'engage à soigner les *bhikkhu* malades ou blessés.

Au nord-ouest du Magadha, la vallée du Gange est occupée par un autre puissant royaume, le Kosala. Celui-ci ne reste pas longtemps à l'écart de la diffusion de la doctrine, devenue si prisée chez son grand rival. Invité par Anathapindika, le beau-frère du riche marchand de Rajagrha qui a fait construire des habitations pour le *Sangha*, le Bouddha décide de se rendre un jour à Sravasti, la belle capitale du royaume du Kosala. Après avoir traversé le Gange, le sage accompagné d'un groupe de disciples fait étape à Vaisali, la capitale de la république des Licchavis. Puis, empruntant à nouveau la route des caravanes, le cortège finit par atteindre Sravasti après un long voyage.

Anathapindika, banquier et courtier en or, accueille le Bouddha avec les honneurs. L'homme d'affaires a acheté une magnifique propriété afin de pouvoir l'offrir à l'Éveillé dès son arrivée à Sravasti. Pour acquérir ce parc qui appartenait au prince Jeta, l'héritier du trône, Anathapindika a dépensé sans compter : le prince n'a consenti à céder son jardin qu'en échange de la quantité de pièces de monnaie permettant de couvrir entièrement sa superficie... autrement dit, plusieurs charrettes remplies d'or ! Il est vrai que le Jetavana, le « Parc du prince Jeta », est un enchantement : ses magnifiques manguiers sont autant réputés pour leur ombrage bienfaisant que pour leurs fruits succulents. Emporté par sa générosité sans limites, Anathapindika a même pris soin d'y faire installer « des terrasses, une clôture, des halls d'assemblées, des pièces avec foyer, des entrepôts, des sentiers pavés, des puits, des salles d'eau, des étangs et des papillons[1] » ! D'autres légendes se contentent d'évoquer la « cabane parfumée[2] » qu'occupait le maître à Jetavana... Mais ce qui importe, c'est que cette résidence monastique répond parfaitement aux besoins du *Sangha* : elle est située à la fois assez loin de la cité pour échapper à son tumulte, et assez près pour aller y faire l'aumône chaque matin. Et, dans le sens inverse, les disciples laïques ne seront pas découragés par la distance pour rendre visite aux moines quand ils le souhaitent.

Les curieux de la capitale du Kosala se pressent d'ailleurs rapidement à Jetavana pour en savoir plus sur ce shramane dont on parle tant. Parmi eux, le roi du Kosala, Prasenajit, vient un jour en personne questionner le Bouddha. Après avoir écouté son enseignement, Prasenajit prend le Triple Refuge et devient à son tour un disciple laïque. Selon d'autres légendes, le souverain du Kosala se serait contenté d'honorer respectueusement le Bienheureux. Il reste que la considération du roi à l'égard du Bouddha va favoriser la diffusion de la Loi auprès des sujets de son grand royaume.

Après avoir seulement effectué de brèves visites à Jetavana pendant une dizaine d'années, le Bouddha vient un jour s'y installer pour plusieurs mois à l'occasion de la saison des pluies. Dès lors, il va prendre ses habitudes dans le monastère des abords de Sravasti : on dit qu'il y a passé dix-huit moussons successives. D'autres sources évoquent pas moins de vingt-cinq saisons des pluies... Quoi qu'il en soit, ces longs moments de retraite dans le royaume du Kosala sont l'occasion pour le maître de recruter de nouveaux *bhikkhu*. Et tandis que le *Sangha* se voit offrir par de généreux *upasaka* d'autres parcs monastiques près de Sravasti, le Bouddha resserre ses liens avec le souverain Prasenajit, dont la sœur, Sumana, est bientôt ordonnée *bhikkhuni*. Le rival de Bimbisara vient souvent consulter le sage à Jetavana, aussi bien sur des questions religieuses que privées ou politiques.

Réputée pour ses « 7 777 palais à terrasses, 7 777 maisons à pignons, 7 777 parcs et 7 777 étangs à lotus[3] », Vaisali, la capitale de la république des Licchavis, devient au fil du temps un autre lieu de résidence fort apprécié du Bouddha. Si le sage connaissait déjà la cité, son premier séjour « officiel » à Vaisali a lieu trois ans après l'Éveil, lorsque les princes Licchavis l'appellent à l'aide pour éradiquer la peste qui frappe leur magnifique cité. Le Tathagata relève le défi avec succès en faisant fuir les démons qui en étaient à l'origine. Pour le remercier, un notable de la cité offre au *Sangha* un vaste parc planté de *sal*. Beaucoup plus tard, le Bienheureux séjournera également dans un bel ermitage mis à sa disposition par Ambapali, une riche courtisane devenue l'une de ses disciples laïques. À Vaisali comme ailleurs, le Bouddha est fréquemment convié, avec les *bhikkhu*, à venir déjeuner chez l'un ou l'autre des *upasaka* fortunés, qui se disputent parfois même avec virulence cet honneur.

Vers l'ouest, à quelque distance des grands centres de prédication habituels du Bouddha, se trouve Kausambi, la capitale des Vatsas. Ici aussi, la communauté dispose bientôt de plusieurs monastères, même si la relation avec le roi Udayana reste plutôt froide. Mais Kausambi est surtout resté dans les mémoires du *Sangha* comme le lieu de la vive querelle qui opposa deux groupes de *bhikkhu*, environ neuf années après l'Éveil du maître.

Le conflit trouve son origine dans une anecdote pour le moins... terre à terre. Un jour, au cours de la retraite habituelle en période de mousson, un moine enfreint une règle relative à l'utilisation des latrines de l'ermitage : il néglige de remplir, après usage, la cruche d'eau qui sert à se nettoyer. Un condisciple, qui lui succède, le réprimande vertement. Le fautif se défend en expliquant que son oubli ne doit pas être considéré comme une offense. Chacun va chercher des soutiens dans la communauté, de sorte que deux groupes ne tardent à s'affronter avec virulence autour du sujet. Les *bhikkhu* pointilleux sur les règles incriminent durement le moine négligent ; tandis que ceux de l'autre groupe le défendent car ils considèrent, en se référant aux enseignements du Bouddha, qu'une telle faute ne vaut pas la peine d'être relevée. Chacune des parties est persuadée d'avoir raison et refuse de céder. Tant et si bien que la discorde perturbe dangereusement l'harmonie, voire l'unité, du monastère de Kausambi. L'heure est grave ; les moines sont tellement acharnés à défendre leurs positions qu'ils en viennent aux mains. Leurs affrontements, qui se déroulent parfois devant les fidèles laïques, sont du plus mauvais effet.

La dispute qui a éclaté à Kausambi est telle que Sakyamuni est obligé de s'y rendre en personne pour calmer les esprits… Une fois n'est pas coutume, personne ne l'écoute ! Un moine ose même lui lancer : « Que le maître du *Dhamma* soit patient et s'asseye ici, détaché et tranquille. Cette lutte, querelle, discorde, dispute est notre affaire[4] ! » Affligé par le comportement de ses *bhikkhu*, le Tathagata quitte le monastère pour se retirer seul dans la forêt de Parileyyaka, non loin de la cité des Vatsas. Survenant dans la période de sa vie entièrement dédiée au développement du *Sangha*, cette retraite solitaire fait vraiment figure d'exception. Loin des querelles humaines, le sage goûte alors la sérénité de la nature. Durant cette courte pause, on raconte que son unique compagnon et fidèle serviteur a été un éléphant… ayant fui ses congénères qui étaient devenus insupportables. Dix-huit mois plus tard, le Bouddha se trouve à Jetavana lorsque les moines de Kausambi sollicitent son aide. La querelle ne s'est pas apaisée, bien au contraire. Il est devenu urgent d'y mettre fin : de plus en plus de laïcs, troublés par le conflit qui divise les moines, refusent de leur faire l'aumône. Cette fois-ci, le maître réussit à rétablir la paix entre les *bhikkhu* en amenant chaque camp à reconnaître sa faute et à se pardonner.

Tout est donc enfin rentré dans l'ordre à Kausambi. Mais voilà qu'un jour le moine Sagata, ayant accepté à maintes reprises du vin de palme durant sa tournée d'aumône, s'écroule ivre mort dans la rue ! Alors que dans toutes les autres villes où le *Sangha* est installé les adeptes du Bouddha, « souriants et courtois, réellement heureux [...], calmes et placides, qui vivent frugalement et dont l'esprit est aussi inoffensif que celui d'une biche[5] », font l'admiration des citadins par leur conduite, décidément la communauté monastique de Kausambi n'en finit pas de défrayer la chronique. Heureusement, ce dernier scandale trouve vite sa solution : le Bouddha décrète aussitôt l'interdiction absolue de l'alcool pour les *bhikkhu*.

Il est encore quelques lieux qui peuvent s'enorgueillir d'avoir accueilli le Bouddha, même le temps d'un court séjour. On raconte que Campa, la capitale du pays Anga, vers l'est, aurait bénéficié de la visite du sage. Et si, d'habitude, Sakyamuni ne s'aventure guère au-delà du bassin moyen du Gange, certaines légendes rapportent que le Tathagata aurait effectué, la douzième année après l'Éveil, un long voyage jusqu'à Taxasila, autrement dit au Gandhara !

Naturellement, les pérégrinations du Bouddha ne sauraient se limiter au monde des hommes... Selon une célèbre légende, dans la seizième année après l'Éveil, le Bienheureux serait monté au ciel des « Trente-Trois[6] » pour enseigner la Loi aux dieux. Il y serait resté durant les trois mois que dure la saison des pluies. Le maître en aurait d'ailleurs profité pour instruire sa mère Maya, qui, après sa mort prématurée, est re-née sous la forme d'une divinité. Pour revenir sur terre, le Tathagata empreinte alors un triple escalier de cristal et de pierres précieuses spécialement créé par les dieux. Sous une pluie de fleurs, il est escorté par Indra et Brahma, l'un tenant un parasol et l'autre un chasse-mouches. Autant dire que le retour du sage parmi les hommes, près de la ville de Samkasya, à l'ouest de la vallée du Gange, ne passe pas inaperçu !

Pour convertir les contrées les plus éloignées, le Bouddha n'a pas toujours besoin de se déplacer : il lui suffit parfois d'attendre qu'on vienne à lui. Au fil du temps, la renommée du maître est en effet devenue telle qu'elle s'étend bien au-delà des terres qu'il a lui-même parcourues. Cette popularité lointaine est en partie due aux marchands caravaniers, qui sont nombreux à se convertir. Elle est aussi le fruit des efforts de quelques *bhikkhu* particulièrement motivés, qui n'ont pas peur de prêcher la doctrine dans les régions les plus sauvages.

Parmi eux, Punna est souvent cité en exemple. Ayant un jour entendu parler de la Loi, ce prospère commerçant, établi dans un port du golfe du Bengale situé aux limites du pays des Sunaparantas, n'a pas hésité pas à faire le trajet jusqu'à Sravasti pour recevoir l'instruction du Bouddha. Une fois ordonné moine, Punna déclare qu'il souhaite partir pour enseigner la Loi aux Sunaparantas. Dubitatif, le Bouddha le met en garde contre la rudesse et la violence de ce peuple sauvage, qui est certainement peu disposé à recevoir la Doctrine. Punna rétorque que c'est précisément parce qu'ils sont encore barbares qu'il veut leur montrer le chemin de la Connaissance. Lorsque le Bienheureux tente à nouveau de l'en dissuader, lui faisant valoir qu'il pourrait risquer sa vie dans cette entreprise, le moine affirme alors être prêt à mourir pour la Loi. Impressionné par son abnégation, le maître adresse toutes ses félicitations à Punna devant l'assemblée des *bhikkhu*. Après avoir converti quelques habitants du pays reculé de Sunaparanta et construit un monastère en bois de santal, Punna enverra une fleur au Bouddha pour l'inviter à rendre visite à la petite communauté. On dit que l'Éveillé, en voyageant par les airs, s'y serait rendu pour un court séjour.

Et puis, un jour, un autre, le Bouddha reçoit un messager du roi d'Ujjeni : celui-ci l'invite à venir lui dispenser son enseignement. Mais l'envoyé du souverain, Mahakaccana, se convertit lui-même dès qu'il rencontre le Tathagata. La nouvelle recrue ne tarde pas à s'imposer comme un prédicateur particulièrement talentueux. Le Bouddha décline alors l'invitation du roi sous prétexte qu'il lui renvoie un disciple tout à fait apte à diffuser sa doctrine. Après des années et des années de prédication entre les différents monastères que compte désormais le *Sangha* dans la vallée du Gange, le maître commencerait-il à éprouver quelque lassitude ?

Ajanta, 1819

Dans l'ouest de la péninsule indienne, le 28 avril, un petit groupe de soldats britanniques progresse à cheval à travers la chaîne des monts Indhyadri, aux confins de la province de Berar. S'étant engagés dans la gorge sauvage de la Waghora, les cavaliers longent à présent la rivière qui serpente entre les rochers. Levant les yeux par hasard vers la falaise en surplomb, le capitaine John Smith, du 28ᵉ de cavalerie de Madras, remarque que la paroi est, à mi-hauteur, toute creusée de grottes. Intrigué, il décide d'aller jeter un coup d'œil à l'une de ces étranges excavations dont l'ouverture, vue d'en bas, semble avoir été taillée de main d'homme. Sautant de son cheval, le capitaine ne tarde pas à découvrir qu'un étroit escalier, taillé dans le roc, permet d'y accéder. Arrivé à son niveau, il fait quelques pas dans la grotte mais ne pousse pas plus ses investigations. John Smith se contente de graver son nom et la date sur l'un des piliers de l'entrée, avant de redescendre vers ses compagnons.

Le mystérieux site retourne à son silence… La découverte de Smith vient seulement alimenter les anecdotes curieuses que s'échangent les officiers dans les cercles militaires du Raj.

Février 1824. Le lieutenant James Alexander, du 16e lanciers, prend quelques jours de congé. Le jeune homme est un *shikari*, un grand amateur de chasse. Surnommée la « vallée du tigre[1] », la gorge du Waghora lui semble un site prometteur. Avant son départ, des camarades l'ont mis en garde contre le principal danger que recèlent les forêts perdues du cœur de l'Inde : les Bhils. Excellents chasseurs, ces aborigènes sont réputés farouchement hostiles envers tous ceux qui osent pénétrer sur leur territoire. Mais le jeune lieutenant n'a pas froid aux yeux quand il s'agit d'assouvir sa passion pour la chasse au sanglier, au *sambhar*, au léopard et, surtout, au tigre.

Accompagné d'un guide et de deux *sepoy*, l'officier prend un beau matin le chemin de la Waghora. Abondamment armés de sabres, pistolets et lances, les quatre hommes s'avancent prudemment dans la jungle. Alors que la petite troupe aux aguets arrive à l'embouchure de la gorge, un faible sifflement retentit sur la gauche, répété aussitôt depuis la falaise opposée. Les Bhils, sans doute, préparent une embuscade... Bien qu'apeuré, le guide continue d'avancer bravement. Quelques minutes plus tard, Alexander aperçoit furtivement plusieurs hommes qui les guettent à travers les rochers. Le jeune Britannique constate que les Bhils, petits, foncés et presque nus, armés d'arcs et de flèches empoisonnées, n'ont pas volé leur terrible réputation…

Le cœur battant, les quatre hommes n'en poursuivent pas moins leur marche, remontant le lit de la rivière. Contre toute attente, les Bhils se contentent de les observer. En se frayant un chemin entre les buissons et les éboulis de pierres, Alexander et ses compagnons parviennent finalement sans encombre à l'intérieur de la gorge, qui s'arrondit en fer à cheval sur plusieurs centaines de mètres. Toujours attentif à la présence des Bhils, Alexander scrute attentivement les parois de la gorge. C'est alors qu'il repère les dizaines d'ouvertures réparties en éventail sur toute la longueur de la falaise…

La curiosité pousse le petit groupe à grimper jusqu'à ces étranges cavernes dont les entrées, parfois encadrées d'arches ou de piliers, ont manifestement été taillées dans la masse. Certaines sont bloquées par des éboulis, d'autres cependant semblent accessibles. Ils découvrent bientôt que chaque porte est différente par sa taille, sa forme et sa décoration sculptée : les motifs végétaux laissent parfois place à des représentations humaines et animales. L'archéologie n'est pas, a priori, la tasse de thé du chasseur. Alexander, fasciné par le lieu, est pourtant bien décidé à en savoir plus… Munie de torches de fortune, l'équipe pénètre avec précaution dans les salles souterraines. Des centaines de chauves-souris pendent en grappes aux plafonds : aveuglées par la lumière, elles prennent soudain leur envol à l'arrivée des visiteurs en les enveloppant dans un tourbillon intimidant. Sur le sol, des empreintes et des déjections indiquent que les lieux sont assidûment fréquentés par des singes et des chacals, des tigres et des ours... À l'étage de l'une des grottes, la petite troupe découvre les cendres d'un feu récemment abandonné et, dans un coin sombre de la pièce... un squelette humain !

Surmonter ses peurs en valait la peine : les explorateurs constatent que si certaines grottes sont petites et insignifiantes, d'autres ressemblent à de vastes chapelles dans lesquelles trônent d'imposants bouddhas. La lueur tremblotante de leurs torches dévoile aussi, sur certaines parois, de magnifiques fresques colorées ! Quand l'après-midi touche à sa fin, le Britannique a complètement oublié qu'il était venu jusqu'ici pour chasser. Lorsqu'il prend le chemin du retour, le *shikari* Alexander rentre bredouille, mais il est fermement convaincu d'avoir découvert un site extraordinaire, une sorte d'immense monastère resté, depuis des siècles, totalement oublié des hommes ; enfin... à l'exception de ces « épouvantables » Bhils, *of course*.

S'il ignorait que le capitaine Smith l'avait devancé, le jeune lieutenant ne s'était pas trompé dans son jugement. Quelque temps plus tard, les spécialistes confirmeront que le site d'Ajanta — rebaptisé ainsi d'après le nom du village voisin — forme effectivement un monastère bouddhique exceptionnel par sa taille et son ancienneté. Mieux encore, il s'est avéré depuis que les excavations d'Ajanta abritent le plus bel ensemble d'art pictural de l'Inde ancienne jamais découvert ! Classé depuis 1983 sur la liste du patrimoine mondial de l'Unesco, Ajanta compte au total vingt-neuf grottes d'origine bouddhique, dont trois sont inachevées. Parmi elles, on distingue nettement deux types d'excavations : les *chaitya*, sanctuaires contenant un *stupa* au fond, et les *vihara*, les « monastères » proprement dits, qui comportent des cellules. Les cavernes sont également représentatives de deux périodes architecturales qui correspondent aux deux grandes écoles du bouddhisme : les plus anciennes, dont la décoration est austère et où la figure du Bouddha n'est pas représentée, relèvent du Theravada ; les plus récentes, abondamment décorées, sont associées au Mahayana. Bien que, vu de l'extérieur, l'ensemble des grottes forme un harmonieux chapelet, il ne s'agit donc pas d'un monument rupestre qui aurait été conçu dans sa globalité dès l'origine.

Si le site s'est développé jusqu'au VIIIe siècle, il est établi que les premiers *chaitya* et *vihara* d'Ajanta ont été fondés par une petite communauté de moines *theravadin* au IIe siècle avant notre ère. Partant, Ajanta fait partie du cercle limité des plus vieux monastères bouddhiques découverts en Inde à ce jour : en effet, si l'archéologie indienne a révélé depuis le XIXe siècle l'existence de nombreux sites bouddhiques, aucun de ces vestiges n'est contemporain de la vie du Bouddha historique ni des premiers siècles du *Sangha*.

D'après les textes les plus anciens, il y avait deux types d'installations monastiques à l'époque du maître. L'*avasa* se résumait à un petit campement de fortune composé de quelques huttes que les moines construisaient de leurs mains pour s'abriter durant une saison de mousson, après quoi il était abandonné. L'*arama* était, en revanche, une importante résidence vouée à durer dans le temps, à l'exemple du Bois aux bambous à Rajagrha ou du parc de Jetavana à Sravasti. Offerts par de riches laïcs, les *arama* étaient aménagés et généralement entretenus à grands frais par les donateurs.

Mais aucun indice matériel n'a permis jusqu'aujourd'hui de confirmer l'existence de vastes établissements monastiques durables à l'époque du Bouddha historique. N'en déplaise encore une fois aux hagiographes, selon lesquels les *arama* fondés par le sage comprenaient « des halls d'assemblées, des pièces avec foyer, des entrepôts, des sentiers pavés, des puits, des salles d'eau[2] », les archéologues n'en ont retrouvé aucune trace. Les plus vieilles résidences bouddhiques découvertes à ce jour sont des sites rupestres qui datent, au mieux, du début du IIe siècle avant notre ère. Il existe bien quelques vestiges bouddhiques un peu plus anciens : outre les fameux édits d'Ashoka gravés dans la pierre, on a retrouvé des restes de stupas érigés par l'empereur au IIIe siècle avant notre ère. Mais il s'agit de monuments de culte et non d'habitations monastiques.

Tout laisse donc à penser qu'au sein des *arama*, le maître et ses *bhikkhu* ne disposaient que de petites habitations assez sommaires, bâties peut-être simplement à l'aide de perches de bambou recouvertes de feuillage et d'argile — à l'exemple de ce que l'on peut encore voir dans les campagnes reculées de l'Inde d'aujourd'hui. Quant aux grands halls d'assemblées et autres importants bâtiments monastiques, ils devaient être construits en bois. Et forcément, de tout cela, les siècles et le climat n'ont rien laissé…

Cependant, si le site d'Ajanta n'est pas contemporain du Bouddha, il offre au regard une précieuse évocation, si lointaine et fragmentée soit-elle, de l'organisation monastique fondée par Sakyamuni. On doit à l'exceptionnelle conservation des sites rupestres monolithes ce témoignage irremplaçable sur le bouddhisme ancien. Comme d'autres établissements troglodytiques — tels Bedsa, Bhaja ou Karli —, le complexe architectural d'Ajanta permet de mieux appréhender la vie quotidienne des moines au commencement du *Sangha*. Il offre également l'opportunité de reconstituer les formes architecturales des premiers bâtiments monastiques : selon les spécialistes, l'aménagement des installations rupestres est calqué sur celui des monastères construits en plein air à la même époque, mais certainement aussi selon une tradition déjà fort ancienne. Les grottes du site d'Ajanta reproduisent en effet l'architecture des monastères en bois de façon particulièrement saisissante ; jusqu'à sculpter dans la pierre des détails tels que les embouts de poutres et les clous. Sur les parois intérieures comme sur les façades, des fenêtres et des balcons sont parfois figurés en trompe l'œil.

La disposition et les aménagements intérieurs des *vihara* témoignent aussi d'une vieille tradition qui pourrait remonter aux premiers temps du *Sangha* : dans ceux de la période Theravada, on trouve une vaste salle collective, carrée ou rectangulaire, vouée aux réunions et aux assemblées des *bhikkhu*. Précédée d'une véranda hypostyle, elle est entourée de trois côtés par de petites cellules, de tailles égales, destinées au logement des moines. En guise de lits, deux banquettes sont souvent taillées dans la paroi rocheuse. Quant aux *vihara* de la période Mahayana, plus tardifs, ils reproduisent avec la même fidélité différents éléments de décor, des colonnes aux appuie-tête.

Les *chaitya* d'Ajanta ont été conçus selon un principe identique. Le grand sanctuaire de la période Theravada — autrement dit l'excavation qui porte le numéro 10 — s'inspire de très près de l'architecture de bois : de forme absidale, il est pourvu d'une nef voûtée en berceau qui imite une charpente, supportée par des piliers. L'adjonction d'un *chaitya* à la résidence monastique, phénomène encore inconnu au temps du Bouddha, est apparu très tôt dans l'histoire du bouddhisme. Après la mort du maître, la fonction des monastères a en effet très rapidement évolué : de simples lieux de retraite, les *arama* sont devenus également des lieux de culte abritant des stupas et des reliques destinés à l'adoration des fidèles.

Le mode de vie des moines troglodytes d'Ajanta devait être conforme à la voie prescrite par le Bouddha : ni trop ascétique ni trop confortable. Mais ce n'est pas tout. Suivre avec application l'Octuple Noble Chemin suppose un engagement total de soi qui nécessite la maîtrise constante et sans faille du corps et du cœur, de la parole et de l'esprit : « Pas à pas, pièce à pièce, heure par heure, celui qui est sage doit laver son moi de toute impureté, comme un orfèvre épure l'argent[3] », enseignait le maître. C'est pourquoi la vie quotidienne des *bhikkhu* est aussi contrainte par de très nombreuses règles. Recensées dans le *Vinaya Pitaka*, la Corbeille de la discipline, elles auraient été élaborées par Sakyamuni lui-même en réponse à des circonstances déterminées. Néanmoins, certaines d'entre elles ont sans doute été ajoutées ultérieurement à l'occasion des conciles.

Quoi qu'il en soit, dès le IIe siècle avant notre ère, l'emploi du temps des moines d'Ajanta était certainement bien rempli et très réglé… Chaque jour, les *bhikkhu* se lèvent à l'aube, réveillés par le chant des oiseaux qu'amplifie la falaise. Quittant leurs cellules, ils descendent jusqu'à la rivière qui s'écoule au fond de la gorge pour se livrer à leurs ablutions. Tout comme les premiers disciples du Bouddha devaient prendre soin d'eux-mêmes, les moines d'Ajanta se lavent consciencieusement chaque matin et brossent régulièrement leurs dents à l'aide d'une baguette de *neem*. Parmi les autres rares objets que la règle monastique les autorise à posséder, un rasoir leur permet d'entretenir leur tonsure. Une fois lavés et séchés, les *bhikkhu* s'habillent du triple vêtement monastique. Drapé par-dessus la robe et le sous-vêtement, le manteau consiste en une bande de tissu qui s'enroule autour du corps : passant sous le bras droit, un pan est ramené sur l'épaule gauche. Puis, en remontant vers le monastère, chacun rapporte un vase rempli d'eau fraîche qu'il a pris soin de filtrer avec un linge. Rassemblés dans la grande salle du monastère rupestre, les *bhikkhu* se livrent alors à la méditation, telle que l'a pratiquée et enseignée le Bouddha. Les exercices méditatifs permettent de purifier l'esprit par paliers pour atteindre les *jhana*, les niveaux de concentration profonde. La méditation représente vraiment le cœur des pratiques monacales car elle est la voie royale qui conduit à la contemplation de l'impermanence, autrement dit à la réalisation de l'état d'*arahant*.

La matinée n'est pas encore très avancée quand le petit groupe part pour la cité voisine afin d'y recueillir la nourriture du jour. Cette quête quotidienne prend du temps. Marchant en file indienne, les *bhikkhu* doivent faire attention à ne pas « détruire des semences ou des végétaux[4] » sur leur chemin. Arrivés à destination, ils se rendent d'un pas lent et égal devant chaque maison pour présenter leurs bols à aumônes, sans dire un mot et en regardant vers le sol.

De retour au monastère, chacun dépose sa récolte du jour dans la grande salle centrale du *vihara*. Fruits et légumes de saison en abondance, poissons et viandes à l'occasion — à la condition expresse que les bêtes n'aient pas été tuées spécialement pour eux — sont alors répartis en parts égales. L'unique repas de la journée, toujours pris en commun, doit avoir lieu avant midi. Seul le bruit des chutes d'eau tombant du haut de la falaise vient troubler le silence qui règne pendant le déjeuner. Chacun veille scrupuleusement à se conformer à la règle monastique, qui interdit de choisir ou de trier ses aliments, de porter son bol directement à la bouche et d'utiliser tout autre instrument que sa main droite pour saisir la nourriture.

Si les moines s'accordent le temps d'une courte sieste, le reste de la journée ne laisse pas de place à l'oisiveté. Au-delà de la méditation, qu'il faut encore et toujours pratiquer, les activités ne manquent pas — même si leur rythme doit toujours rester empreint d'une sage lenteur. Il y a d'abord, nécessairement, quelques occupations domestiques, comme le balayage des cellules ou la couture : les moines sont en effet autorisés à posséder chacun une aiguille pour raccommoder leur habit. Mais il y a, surtout, les prêches aux alentours, l'accueil des fidèles laïques qui viennent se recueillir au sanctuaire, sans oublier la récitation des paroles du maître défunt… Rappelons que, au IIe siècle avant notre ère, la copie ou l'étude des textes canoniques sur des feuilles de palme n'est pas encore d'actualité. La mise par écrit des *sutta* ne sera effective qu'un siècle plus tard.

Enfin, l'agrandissement du complexe religieux, qui ne compte alors que cinq à six grottes, représente aussi une tâche importante. Des heures durant, le petit groupe de moines excave dans la falaise de nouvelles structures, en partant du plafond et en descendant jusqu'au plancher, selon la technique en vigueur. Ou bien peut-être se contententils de donner des directives à une main-d'œuvre spécialisée rémunérée par les disciples laïques... Il reste qu'à son apogée le *vihara* d'Ajanta pourra accueillir plusieurs centaines de moines.

Régulièrement, une sobre cérémonie vient animer le quotidien des *bhikkhu* d'Ajanta. L'*uposatha* a lieu chaque quinzième jour du mois lunaire. À cette occasion, les moines doivent jeûner et se rassembler pour réaffirmer solennellement leur détermination à suivre la Loi du Bouddha. La réunion peut s'achever par une confession publique : le doyen ayant récité toutes les règles de discipline, les moines sont invités à avouer s'ils ont enfreint l'une d'elles car « quiconque a commis une offense non encore révélée, et souhaite en être purifié, doit la confesser. L'avoir confessée sera un soulagement pour lui[5] ». Le Bouddha est considéré comme l'initiateur de ces séances qui viennent renforcer périodiquement l'harmonie et la fonction du *Sangha*.

L'arrivée d'une nouvelle recrue est toujours un événement. Mais l'intégration au sein de la communauté monastique est un long processus. Selon la règle établie par le maître, l'entrée dans le noviciat ne peut avoir lieu avant l'âge de huit ans. Après s'être rasé la tête et avoir revêtu l'habit qu'il a reçu de sa famille, le jeune postulant devient novice en prenant refuge dans le Triple Joyau — le Bouddha, le *Dhamma* et le *Sangha* — auprès d'un moine qui a accepté de devenir son précepteur. S'inscrivant dans la tradition indienne du *guru-chela*, « maître-disciple », celui-ci aura la charge de lui enseigner en profondeur la doctrine du Bouddha. Un deuxième *bhikkhu* est désigné pour lui inculquer l'ensemble des règles de la vie monastique ; et d'abord la chasteté, l'abandon de toute possession ainsi que l'aumône comme seul moyen d'acquérir sa nourriture. Suit l'interdiction de tuer, de voler, de mentir — en particulier, de prétendre avoir atteint l'état d'*arahant* ! —, de boire de l'alcool, de manger entre midi et l'aube du lendemain... mais aussi de s'asseoir sur un siège confortable ou de s'allonger sur une couche luxueuse, d'assister à un spectacle de danse, de chant ou de musique, d'accepter les donations en or ou en argent, de porter des parures ou des bijoux, d'utiliser du maquillage, des parfums ou onguents, etc.

Une fois son instruction achevée, à l'âge de vingt ans, le jeune novice se présente muni d'un bol à aumônes devant une assemblée de dix moines qui prononcent son ordination. Abandonnant son nom de famille, le jeune homme devient alors « fils de Bouddha[6] ». La date de sa nouvelle « naissance » est enregistrée car l'ancienneté, du moins lors des premiers temps du *Sangha*, établit la hiérarchie entre les moines. Durant dix ans, le jeune moine restera sous la tutelle de ses deux parrains, avant de prendre en charge à son tour la formation d'un novice.

Décrétée par le maître au tout début du *Sangha*, l'obligation faite aux moines de mener une vie complètement itinérante s'était déjà estompée de son vivant. En premier lieu, parce que l'arrêt des déplacements pendant les trois mois de la mousson s'imposait d'un point de vue pratique ; tous les autres mouvements ascétiques errants faisaient d'ailleurs de même. Ensuite, parce que l'établissement progressif des *arama* a sédentarisé un peu plus la communauté.

Selon les directives du Bouddha, l'emplacement de ces résidences monastiques devait répondre à des critères extrêmement précis : près d'une source d'eau mais situées en hauteur pour ne pas être inondables, à l'écart du bruit des hommes pour favoriser la méditation mais proches d'une ville pour faire la tournée d'aumônes et, enfin, visibles de loin pour attirer les dévots. Il est manifeste que les moines qui ont fondé Ajanta ont parfaitement pris en compte les critères édictés par le sage ; c'est également le cas pour les autres monastères rupestres créés à la même époque dans cette région du Deccan occidental.

On pourrait en revanche s'étonner de trouver autant de centres monastiques dans cette partie du sous-continent indien : si l'on se penche sur une carte des sites bouddhiques de l'Inde ancienne, on constate que la région d'Ajanta — aujourd'hui l'État du Maharastra — se trouve en effet à près de mille kilomètres de la moyenne vallée du Gange, où le *Sangha* a vu le jour. Ce phénomène est, en fait, directement lié à l'existence dans l'Inde antique d'un grand axe de communication qui reliait les terres du Gange à la côte ouest du pays. Cette route transversale, empruntée à l'occasion par les *bhikkhu* missionnaires, était abondamment fréquentée par les marchands, qui, on l'a vu, ont été parmi les premiers promoteurs du bouddhisme. Partant, la fondation de monastères et de sanctuaires s'est multipliée au débouché de cette route caravanière ; mais aussi à ses principales étapes, comme en témoignent les grands centres bouddhiques de Bharut et de Sanchi. Sans le soutien des marchands, disciples laïques exemplaires et riches donateurs, le *Sangha* n'aurait sans doute pas connu une expansion géographique et un développement si rapide.

Tout comme pour les moines, la fonction et la discipline des fidèles laïques ont été fixées très tôt par le maître. Les *upasaka* devaient s'engager à observer cinq règles morales fondamentales : ne pas tuer d'être vivant, ne pas voler, ne pas s'adonner à la luxure, ne pas mentir, ne pas absorber de boissons enivrantes. La lutte contre les passions et les vices n'est qu'une première étape vers l'Éveil, minimale certes, mais indispensable. N'oublions pas que, selon le bouddhisme primitif, les Quatre

Nobles Vérités ne s'adressent pas directement aux laïcs et que la recherche de l'état d'*arahant* est l'apanage des seuls moines. Les *upasaka* peuvent seulement espérer renaître au fil de leurs vies futures dans un état plus propice à l'Éveil. En se conformant à ces règles morales, les disciples laïques purifient leur *karman* pour devenir *bhikkhu* dans une existence ultérieure. Plus tard, le Mahayana critiquera l'élitisme, voire l'égoïsme, de la Voie des Anciens et, pour s'en démarquer, le Grand Véhicule mettra l'accent sur l'idéal du Bodhisattva ; être détaché de tout qui, par compassion, a renoncé à son propre nirvana afin de guider ses semblables sur la voie de l'Éveil…

Au commencement du bouddhisme, les laïcs se contentent donc de suivre les Cinq Préceptes qui leur permettent de s'engager vers leur libération future du *samsara*. Parallèlement à ces règles morales, qui relèvent toutes de l'abstention, la pratique de vertus actives — générosité, compassion, détachement, maîtrise de soi et équanimité — est vivement recommandée ; de sorte que le fidèle laïque parvient à affaiblir ses passions et ses vices en cultivant précisément les vertus contraires.

L'éthique bouddhique n'est pas fondée sur une obéissance aveugle. Loin d'être dogmatique, elle repose sur les actes volontaires de chacun, dont les fruits peuvent se transformer, pour le meilleur, en récompense ou, pour le pire, en châtiment. Parmi les pratiques vertueuses à la portée des *upasaka*, faire l'aumône aux moines arrive en tête. Acte primordial pour qui veut obtenir des mérites, il produit aussi des résultats immédiats : en échange de leurs dons, les *bhikkhu* dispensent en effet aux fidèles laïques un enseignement, personnalisé si nécessaire, qui les aide à poursuivre et à fortifier leur démarche. La relation entre laïcs et religieux est ainsi basée sur le don réciproque, matériel pour les premiers, spirituels pour les seconds.

Dans ces conditions, on comprend pourquoi les *vaishya*, ceux qui appartiennent à la riche classe des marchands, ont vite été séduits par le bouddhisme. Alors que le système brahmanique ne leur confère qu'un rôle secondaire, le bouddhisme les met sur un pied d'égalité avec les plus hautes castes et, dans le même temps, leur permet d'investir leur argent dans la perspective d'une sorte de « retour sur investissement » dans le domaine spirituel. Si l'on en croit la littérature canonique, le Bouddha en personne aurait veillé à gagner l'adhésion des riches marchands en prenant soin par exemple de leur prodiguer des conseils spécifiques et fort précis, comme de conserver une réserve d'argent pour les urgences imprévues, d'éviter de s'endetter et d'être prudent dans ses investissements. D'une manière générale, le maître n'éprouvait d'ailleurs aucune gêne à aborder les questions relatives à l'argent : ainsi, dans un célèbre sermon sur la morale laïque, le Bouddha explique qu'il ne faut pas gaspiller ses deniers dans l'alcool, les sorties nocturnes ou les jeux de hasard...

Établir au plus vite des relations claires et harmonieuses entre le *Sangha* et le pouvoir temporel fut aussi l'une des grandes préoccupations du Bouddha. Formé à la politique et au droit par son éducation de *kshatriya*, de noble guerrier, Sakyamuni avait certainement conscience que, sans l'appui des puissances en place, son ordre monastique n'aurait d'autre avenir que de rester une obscure petite secte parmi tant d'autres. Les liens privilégiés qu'il a noués avec les deux plus grands souverains de son temps ont été déterminants : ils apportaient à la fois une promotion et une protection au *Sangha*, autant qu'ils étaient une source de dons matériels non négligeable. Néanmoins, dans cette relation étroite, chacune des parties a toujours gardé son indépendance. Si le sage a joué parfois un rôle de conseiller auprès des rois Bimbisara et Prasenajit, ceux-ci restaient entièrement maîtres dans l'exercice de leur pouvoir. Inversement, le *Sangha* a toujours conservé sa liberté.

En Inde, le bouddhisme n'a d'ailleurs jamais vraiment prétendu s'ériger en religion d'État. Même au temps de son apogée sous le règne d'Ashoka, il n'était pas question d'imposer à tous la doctrine du Bouddha. Une inscription découverte dans l'État du Bihar en constitue la meilleure preuve : on y apprend que les monastères rupestres de Sudama et de Lomas Rishi ont été excavés à la demande de l'empereur dans le but d'en faire don à une secte concurrente, les Ajivikas. Du temps des Kushana, autres protecteurs du bouddhisme, les monnaies frappées par les rois donnent à voir le Bouddha cohabitant avec Zeus, Shiva et des divinités perses. Plus tard, sous le règne des Guptas, qui sont hindous, le bouddhisme n'adopte pas non plus une posture d'opposant opprimé ou vindicatif. Il connaît, au contraire, un formidable rayonnement culturel : c'est à cette époque, par exemple, que le monastère de Nalanda devient la plus grande université du monde bouddhique. Dans de nombreux sites religieux, à l'exemple des grottes d'Ellora, les *bhikkhu* cohabitent alors avec des ascètes hindous et jaïns. Dans l'histoire de la relation entre le bouddhisme et le pouvoir temporel en Inde, seule la dynastie des Palas, qui règne du VIIIe au XIIe siècle sur le Bengale, fait figure d'exception par le caractère plus exclusif de son adhésion.

Si le maître n'a pas cherché à imposer sa doctrine comme religion officielle — par l'intermédiaire des souverains avec qui il avait noué d'excellentes relations —, il a réciproquement toujours veillé à préserver la liberté du *Sangha* vis-à-vis du pouvoir temporel. L'ordre monastique primitif se conformait à son propre règlement et à lui seul : les *bhikkhu*, en effet, n'étaient pas tenus de suivre la loi séculière en vigueur au sein des royaumes où ils vivaient. Parmi les éléments du canon pali qui attestent cette autonomie juridique, on peut citer par exemple l'instruction donnée par Bimbisara à ses officiers de ne pas intervenir contre les moines bouddhistes qui auraient un comportement déviant. Un autre cas évoque l'histoire d'une femme adultère : condamnée à mort par un conseil de la tribu des Licchavis, elle s'est enfuie à Sravasti, où elle est devenue *bhikkhuni*. Dès lors, le roi du Kosala la protégera des poursuites exigées par son époux.

Enfin, si le Bouddha a établi des liens très privilégiés avec les deux grandes puissances monarchiques de la vallée du Gange, — le Magadha et le Kosala —, pour autant, rien n'indique qu'il appréciait particulièrement ce type de régime politique. Le maître n'a-t-il pas organisé le *Sangha* sur le modèle des petites « républiques » aristocratiques — les *gana sangha* ou « Assemblées des Égaux » — qu'il avait pu étudier de très près durant sa jeunesse à Kapilavastu ?

Au sein du bouddhisme ancien, il n'y a pas de chef unique, la direction est collégiale. Elle réunit des moines âgés — entrés depuis longtemps dans la communauté — et des moines ayant atteint l'état d'*arahant*. Les décisions importantes, prises à l'origine par l'ensemble de la petite communauté monastique, seront plus tard confiées à un conseil élu, dont chaque membre a le droit de s'exprimer. Il n'y a pas de vote, mais la discussion dure jusqu'à ce qu'un consensus se dégage, le silence général valant acquiescement.

Peut-être parce qu'il était né *kshatriya* et avait été éduqué comme tel, le Bouddha s'est en tout cas révélé un « leader » hors pair qui a su rapidement institutionnaliser l'organisation et le développement de la communauté bouddhique tout entière. Si la plupart de ses discours concernent effectivement les moines, le maître n'a en rien négligé le rôle des laïcs au sein du *Sangha*. Cette volonté et cette capacité à associer, dès l'origine, religieux et laïcs au sein d'un même mouvement distingue nettement la communauté fondée par Sakyamuni des autres courants shramaniques de son temps. Si les *bhikkhu* partagent leur idéal de renoncement avec bien d'autres ascètes, ils entretiennent des liens très étroits avec les disciples laïques. Ses liens ne sont pas sans conséquences : du vivant même du sage, les parcs offerts à l'ordre deviennent des centres monastiques rudimentaires mais stables, régis par des règles de plus en plus précises. De nomade, le *Sangha* devient progressivement sédentaire. Et, de démuni, il va devenir de plus en plus riche... À partir du Ier siècle de notre ère, l'ordre bouddhique sera doté de véritables fiefs incluant des bâtiments, des terres et des esclaves. Les monastères les plus importants reçoivent alors des dons si substantiels en nature, mais aussi en or, que les centaines de *bhikkhu* qui y résident ne voient plus la nécessité d'aller quémander leur nourriture chaque matin.

Les fresques d'Ajanta, exécutées entre le Ier et le VIe siècle, témoignent de ce « relâchement » progressif du bouddhisme monacal. L'austérité du cadre de vie des *bhikkhu*, considérée comme nécessaire par le maître et imposée au sein des *vihara* pendant plusieurs siècles, a visiblement perdu du terrain : à côté des portraits de bodhisattvas et des scènes de la vie du Bouddha, on peut également admirer sur les parois du monastère des images sensuelles et raffinées de femmes se maquillant les lèvres, de danseuses balançant des hanches et de gracieux musiciens, ainsi qu'une succession de scènes chatoyantes exposant avec force détails les fastes de la vie princière… En réalisant ces chefs-d'œuvre inestimables de l'art indien, les *bhikkhu* d'Ajanta ne pouvaient alors pas savoir qu'ils préparaient des armes pour leurs détracteurs : viendra un jour où les brahmanes n'hésiteront pas à pointer du doigt le luxe, voire la luxure, qui finit par régner ici et là dans les grands monastères bouddhiques de l'Inde. Une critique qui participera aussi à la chute du bouddhisme sur sa terre d'origine.

Rivalités

La diffusion de la Loi s'étend désormais à tout le « Pays du milieu[1] ». Mais le succès de la prédication du Bouddha est devenu tellement éclatant qu'il suscite de plus en plus de jalousie. La rivalité naît d'abord à l'extérieur du *Sangha*, parmi les autres responsables religieux. Pour l'heure, plus que les brahmanes, ce sont surtout les autres shramanes qui pâtissent de la renommée du Tathagata.

Un jour où il se trouve à Jetavana, près de Sravasti, le Bouddha apprend qu'il est convié à débattre publiquement avec six maîtres de doctrines rivales, tous « âgés et vénérables[2] ». Le roi du Kosala en personne, Prasenajit, a accepté d'arbitrer le débat qui devra départager les chefs spirituels. Une vaste salle d'audience a même été spécialement érigée pour la confrontation, en terrain neutre, quelque part à l'ouest de la route reliant l'*arama* à la capitale du royaume…

Les auditeurs se bousculent pour assister à l'événement. Par l'éloquence de son discours, le

Bouddha l'emporte aisément sur ses concurrents ; mais les légendes rapportent aussi que, pour éblouir encore un peu plus l'assemblée, il fait apparaître soudain un magnifique manguier. En quelques secondes à peine, l'arbre s'élève jusqu'au ciel... Puis, tandis que le vent et la pluie se déchaînent sur ses malheureux rivaux, le Bienheureux émet des rayons de lumière et des jets d'eau !

Dès lors, les habitants de Sravasti sont plus que jamais convaincus de la supériorité du Bouddha. Ses concurrents en sont bientôt réduits à haranguer les passants lorsqu'ils viennent quêter leur nourriture en ville : « Quoi donc, n'y a-t-il que le shramane Gautama qui soit un Clairvoyant ? Nous aussi nous sommes des Clairvoyants. N'y a-t-il que les offrandes qu'on lui présente qui soient méritoires ? Celles que l'on nous présente rapportent aussi de grands mérites. Allons, faites-nous l'aumône[3] ! »

Pour écarter celui qui les prive désormais de tout « profit et honneur[4] », certains des adversaires du Tathagata décident de recourir à des stratagèmes moins recommandables que la simple confrontation « avec les armes de la langue[5] ». C'est ainsi que les chefs d'une secte errante mettent en place une sombre machination destinée à compromettre à jamais la réputation de Sakyamuni. Pour arriver à leurs fins, ils ont convaincu une de leurs jeunes adeptes, Cinca, d'endosser un rôle de composition...

Lorsque le Bouddha réside à Jetavana, des disciples laïques viennent régulièrement lui rendre hommage. En fin d'après-midi, selon leur habitude, tous prennent le chemin de Sravasti pour être rentrés avant la nuit. Or, un jour, le petit groupe de fidèles croise sur sa route une femme aussi belle qu'une nymphe céleste… « Experte en artifices de femmes[6] », Cinca s'est longuement apprêtée et parfumée. De plus, elle a choisi de porter une robe rouge écarlate pour être certaine de ne pas passer inaperçue. Les *upasaka* sont surpris, et même fort intrigués, de voir cette beauté tapageuse se diriger vers l'*arama* de leur maître.

Le lendemain, à l'aube, d'autres adeptes venus de la ville pour rendre visite au Bouddha croisent la superbe jeune femme… Matin et soir, la mystérieuse Cinca continue à hanter ainsi, à contresens des fidèles laïques, les abords de l'*arama*… Au bout de quelques semaines, à celui qui ose enfin l'interroger sur ses étranges allées et venues, Cinca lance ni plus ni moins en riant : « J'ai couché au Jetavana avec le shramane Gautama dans sa cellule privée[7] ! »

Au bout de huit à neuf mois, la jeune femme se présente à l'*arama* de Jetavana au moment où le Bouddha donne un sermon devant une large assemblée de fidèles. Cinca n'hésite pas à interrompre le maître pour l'interpeller. Devant les disciples médusés, elle déclare être enceinte et reproche au Bienheureux de l'avoir abandonnée à son sort alors qu'elle se trouve sur le point d'accoucher. « Tu sais bien faire l'amour, mais tu ne sais pas parer à ses conséquences », lui lance-t-elle grossièrement, « pareille à qui s'efforcerait de souiller le disque de la lune avec une poignée d'ordures[8] ». Le Tathagata reste impassible. Un silence pesant s'installe parmi les membres de l'assemblée quand retentit soudain un grand fracas : Cinca avait dissimulé sous sa robe un gros bol en bois qui vient de tomber sur le sol ! Pour que la vérité triomphe, les dieux sont venus en aide au Bouddha : transformés en petites souris, ils ont grignoté discrètement les liens qui maintenaient le bol sur le ventre de l'intrigante. Démasquée, fuyant aussitôt l'*arama* de Jetavana sous les huées et les crachats de la foule, la jeune shramane est précipitée au plus profond des entrailles de la terre qui s'ouvre sous ses pas...

Leur piège ayant échoué, les sectes rivales élaborent bientôt un autre stratagème pour éliminer le Bouddha. Cette fois, c'est Sundari, « la belle », qui est utilisée pour le compromettre. Le scénario de départ est exactement le même que la fois précédente, l'acte final plus terrible encore : le cadavre de la jeune novice est retrouvé un matin, caché sous un tas de guirlandes de fleurs fanées, non loin de la hutte du Bienheureux. Les maîtres shramanes, qui ont payé des brigands pour assassiner la jeune femme, dénoncent alors l'aveuglement des disciples de Gautama qui, pour cacher la débauche de leur maître, ont sans doute cru bon d'éliminer sa jeune amante. À moins que ce ne soit Sakyamuni lui-même... Leurs accusations s'effondrent lorsque les criminels vont dépenser leur salaire dans une taverne très fréquentée de la ville : totalement ivres, ils se mettent à raconter tous les détails de l'assassinat. Informée rapidement par des témoins, la police procède aux arrestations des hommes de main et de leurs commanditaires. La réputation du Bouddha reste sans tache.

Mais l'envie et la haine n'ont pas fini de se manifester. Trente-sept années après l'Éveil selon certaines légendes, voilà qu'elle contamine l'intérieur du *Sangha* ! Prenant les traits d'une véritable lutte de pouvoir, elle va se révéler tout aussi virulente et néfaste. Âgé de plus de soixante-dix ans, le Bouddha est maintenant un vieil homme affaibli. Devadatta, qui n'a jamais cessé de le jalouser depuis sa jeunesse à Kapilavastu, est bien déterminé à profiter de la situation... Dévoré par des décennies d'ambition refoulée, avide d'honneurs comme de profits matériels, Devadatta s'arrange d'abord pour se rapprocher de l'héritier du trône du Magadha. Aussi vieux que son ami le Bouddha, Bimbisara entoure son fils Ajatasatru, « Celui dont l'ennemi n'est pas né », de toutes les attentions. Mais à force de démonstrations de ses pouvoirs magiques, le *bhikkhu* parvient à prendre un grand ascendant sur Ajatasatru. Sournoisement, il réussit même à persuader le prince de prendre le pouvoir sans plus attendre. Après avoir jeté Bimbisara en prison, Ajatasatru monte sur le trône. Tandis que son père meurt de faim dans sa geôle, le jeune souverain se montre très généreux envers le moine

Devadatta qu'il admire tant. Son entourage puis tous les habitants de la capitale du Magadha ne tardent pas à imiter l'attitude de leur nouveau roi ; et Devadatta voit son orgueil décupler...

Ayant neutralisé Bimbisara, le grand protecteur de Sakyamuni, le moine vaniteux tente de s'imposer à la tête du *Sangha*. Lors d'un grand rassemblement monastique, le *bhikkhu*, invoquant le grand âge et la fatigue du Bouddha, déclare être prêt à prendre la place du maître. Le Tathagata refuse avec fermeté sa proposition et Devadatta doit quitter l'assemblée la tête basse. « En colère et humilié[9] », il ne renonce pas pour autant à son projet. Au contraire, il est plus déterminé que jamais... Le fourbe Devadatta décide tout simplement d'éliminer celui qui gêne son ascension : il échafaude un plan pour assassiner le Bouddha !

Le jeune roi du Magadha lui a fourni d'excellents archers pour monter une embuscade. Pourtant, le jour où les tueurs doivent passer à l'action, leurs bras refusent d'agir... Subjugués par le Bienheureux, ils se convertissent tous à la Loi !

Déçu, le moine comprend qu'il devra agir seul pour mener à bien son infâme projet. Un jour où le Bouddha est en train de méditer comme de coutume sur le Pic des vautours, Devadatta fait rouler depuis le sommet un énorme rocher dans sa direction. Dévalant la pente en rebondissant, celui-ci manque de peu le Bouddha qui s'en tire avec une blessure au pied. De retour à l'*arama*, tandis que le fidèle Ananda est à son chevet pour le soigner,

Sakyamuni entend la litanie incessante des moines qui tournent autour de sa cellule en priant pour que sa vie soit désormais protégée. Le maître va leur dire : « Il est impossible, *bhikkhu*, il ne peut arriver que quelqu'un ôte la vie du Tathagata par la violence. Quand les Bouddhas atteignent le nirvana final, ce ne peut être à cause de la violence d'une personne. Retournez à vos cellules, *bhikkhu*, le Tathagata n'a pas besoin de protection[10]. »

Devadatta a alors une autre idée. Un matin, il fait lâcher un éléphant fou et enivré dans les ruelles de la capitale du Magadha, au moment où le Bouddha y fait sa tournée d'aumônes. L'animal est incontrôlable et tout le monde fuit en hurlant pour ne pas être écrasé. Mais le redoutable pachyderme retrouve soudainement son calme quand il fait face au sage. Mettant un genou à terre, l'éléphant le salue respectueusement : il « prend la poussière des pieds du Bienheureux avec sa trompe et la répand sur sa tête, puis il se retire à reculons aussi longtemps que le maître est à portée de vue[11] ». L'animal rentre ensuite docilement jusqu'à son écurie.

Témoins de cet événement extraordinaire, les habitants de Rajagrha apprennent bientôt qu'il s'agissait d'une tentative de meurtre commanditée par Devadatta. Se fiant à l'attitude de l'éléphant, animal vénéré entre tous, les citadins décident de ne plus faire de dons à ce moine perfide.

Malgré ses échecs successifs, Devadatta ne s'avoue pas vaincu. Il dispose déjà, au sein du *Sangha*, d'un cercle de moines gagnés à sa cause. Fort de cette influence, il décide de provoquer un véritable schisme au sein du *Sangha*.

Dans ce but, il élabore cinq règles de discipline dont le rigorisme tranche nettement avec celui, beaucoup plus souple, prôné habituellement par le Bouddha : les *bhikkhu* ne devront plus jamais accepter d'invitation chez les laïcs, ils passeront la saison des pluies non pas dans un *arama*, mais en pleine forêt et à la belle étoile, ils porteront uniquement de vieux oripeaux et suivront un régime alimentaire strictement végétarien.

Lorsque Devadatta va soumettre ces nouvelles règles à l'approbation du Bouddha, il argumente qu'il est urgent pour les *bhikkhu* de renouer avec l'idéal ascétique en s'astreignant à un mode de vie beaucoup plus strict. Comme prévu et pour la plus grande satisfaction de son rival, le Bouddha rejette son initiative, alléguant qu'imposer de telles règles serait opposé à l'esprit du *Sangha*. Devadatta s'empresse, en retour, de dénoncer partout alentour le laxisme et la corruption morale de l'« ascète Gautama[12] »... car, désormais, il ne peut plus le considérer comme son maître. Entraînant à sa suite cinq cents jeunes moines recrutés récemment à Vaisali — ainsi que quelques nonnes selon certaines légendes —, Devadatta part s'installer dans un ermitage appelé Gayasisa, non loin de Rajagrha : le schisme du *Sangha* est consommé.

Avec l'accord de Sakyamuni, les moines Sariputta et Moggallana ne tardent pas à se rendre à

Gayasisa. Devadatta se réjouit de les voir arriver : aveuglé par son orgueil, il est persuadé que les deux grands disciples du Bouddha l'ont quitté pour rejoindre sa propre communauté. Quelle victoire ! Les deux *bhikkhu* se gardent bien de le détromper. À la nuit tombée, Devadatta laisse Sariputta et Moggallana converser en compagnie de ses cinq cents recrues et part tranquillement se coucher.

Le lendemain à l'aube, une surprise l'attend : tous ses fidèles ont disparu ! Profitant de son sommeil, les deux envoyés du Bouddha ont réussi à ramener les cinq cents jeunes ascètes vers la Loi et tous sont partis rejoindre le Bienheureux. Devadatta devient ivre de colère : sa rage est telle qu'un flux de sang chaud jaillit de sa bouche et de ses narines.

Ayant confessé leur faute dès leur retour, les jeunes moines égarés retrouvent aussitôt leur place au sein du *Sangha*. Le Bouddha, insistant seulement sur la gravité de leur erreur, ne prononce aucune sanction à leur encontre. Puis l'Éveillé donne aux *bhikkhu* un enseignement sur le caractère particulièrement néfaste de Devadatta, qui est voué à « mourir misérablement[13] ». Un peu plus tard, l'ancien barbier Upali, qui est devenu au fil des ans le disciple le plus expert en matière de règlement monastique, questionnera longuement Sakyamuni sur le danger du schisme.

Les sombres manigances des chefs des sectes rivales n'étaient finalement rien comparé au machiavélisme de Devadatta, le *bhikkhu* « plein de vices et de crimes[14] » : mais l'adversaire le plus dangereux ne se cache-t-il pas toujours dans son propre camp ?

Troublantes ressemblances

Afin de favoriser les conversions, s'imposer face à la concurrence ou simplement fortifier la foi des fidèles, les religions — et pas seulement en Inde — mettent parfois en scène des phénomènes miraculeux. Mais, pour arriver à leurs fins, il arrive aussi qu'elles s'approprient des récits édifiants venus d'ailleurs... Voilà comment, depuis le XVIe siècle, Barlaam et Joasaph se trouvent inscrits dans le martyrologe romain à la date du 27 novembre. Célébrés par les églises orthodoxes le 26 août, les deux mystérieux personnages sont également connus des musulmans sous les noms de Bodhasaph et Bilawahr...

Durant le Moyen Âge, l'histoire des saints Barlaam et Joasaph était un récit extrêmement populaire à travers l'Europe. Tous les chrétiens admiraient alors le destin exemplaire de Joasaph, le jeune prince en quête de vérité...

Selon la légende, le jour de sa naissance, un astrologue aurait prédit à son père, le roi Abener, que l'héritier du trône embrasserait un jour la foi chrétienne et abandonnerait le pouvoir temporel pour se consacrer entièrement à Dieu. Pour conjurer cette prédiction, Abener, qui est un idolâtre, décide d'élever le jeune prince dans un luxueux palais à l'abri de tout contact avec le monde extérieur. Les années passent. Joasaph est devenu un jeune homme quand il arrive à convaincre son père de lui laisser faire une promenade hors de l'enceinte du palais. Le prince fait alors trois rencontres décisives : un lépreux, un aveugle et un vieillard. Il réalise brutalement que l'homme est sujet à la maladie, à la souffrance et que nul ne peut échapper à la mort... Peu de temps après, l'ascète Barlaam, qui a appris la destinée exceptionnelle du prince par révélation divine, lui rend visite au palais, déguisé en marchand. Il révèle à Joasaph l'existence du Christ. Instantanément touché par la grâce, le prince se fait baptiser. Barlaam ayant regagné la solitude de son ermitage, le roi tente de détourner son fils du christianisme par tous les moyens. Mais en vain. Inébranlable dans sa foi, le prince réussit même à convertir Abener à la nouvelle doctrine religieuse. Peu après, son père décède et Joasaph renonce définitivement à la vie mondaine pour vivre en ascète, au côté de Barlaam, dans le désert et la contemplation.

L'origine de cette légende a longtemps été attribuée à saint Jean Damascène, qui vivait au VIIIe siècle. À l'évidence, cependant, cette histoire n'est autre qu'une étonnante transmutation — un avatar dirait-on en Inde — de la jeunesse légendaire du Bouddha Sakyamuni, adaptée à la foi chrétienne. Il est, en effet, désormais attesté que la biographie traditionnelle du sage indien a été reprise par les chrétiens d'Orient : ce récit particulièrement édifiant n'était-il pas susceptible de favoriser les conversions ?

Mais comment cette histoire d'origine indienne s'est-elle diffusée jusqu'en Occident ? Tout comme les épices et les soieries transportées par les caravanes, les contes et légendes circulaient et s'échangeaient dans les bazars situés le long des routes commerciales qui reliaient l'Asie et l'Europe. Si l'on en croit les philologues, le récit de Barlaam et Joasaph aurait été transmis par les ismaéliens à partir de la langue perse, aboutissant d'une part à une traduction en arabe, d'autre part à une traduction en géorgien au VIIe siècle, puis en grec au Xe siècle, et, à partir de là, dans quantité d'autres langues : les versions latines, mais aussi éthiopiennes, arméniennes ou encore islandaises, en seraient également issues. Au XIIIe siècle, une adaptation en hébreu aurait aussi vu le jour.

Ainsi, dès le Moyen Âge, soit plusieurs siècles avant la « découverte » du bouddhisme par les scientifiques, le public européen avait connaissance du récit traditionnel de la vie de son fondateur par le biais de l'histoire de Barlaam et Joasaph... mais sans en avoir conscience ni pouvoir le soupçonner. À partir du XIIIe siècle, les Occidentaux disposaient pourtant d'un témoignage qui aurait pu les interpeller : Marco Polo avait, en effet, rapporté de Ceylan un récit de la jeunesse légendaire du Bouddha : les habitants de l'île « [le] nomment Sargamonym Borcam. Ils disent que ce fut l'homme le meilleur du monde et que ce fut un saint, de leur façon. Il était le fils, à ce qu'ils disent, d'un de leurs rois, riche, et il menait une vie si pure qu'il ne voulait s'attacher à rien de ce monde ni ne voulait être roi. [...] Le père en fut très consterné [...]. Il se dit qu'il ferait faire un très beau palais, il y fit mettre son fils, il le fit servir par de nombreuses jeunes filles, les plus belles que l'on pût voir [...]. Mais ce fut peine perdue, car son fils disait qu'il voulait aller chercher celui qui ne mourra jamais et qu'il voyait bien que tout être de ce monde doit mourir, vieil ou jeune, et il ne changea pas. Une nuit il sortit discrètement de son palais, se rendit dans des montagnes hautes et très écartées et il séjourna là à pratiquer la vertu, il menait une vie très rude, il était très abstinent, comme s'il avait été chrétien [...][1]. »

Mais le parallèle entre les deux histoires ne fut jamais découvert, ni même suspecté. Il fallut attendre le milieu du XIXe siècle pour que Joasaph soit enfin « démasqué » par les savants : la lecture comparée de la légende chrétienne et du *Lalitavistara*, récemment traduit, ne pouvait laisser subsister aucun doute sur l'origine du personnage... Pour autant, de nos jours, une relique du saint est toujours pieusement conservée dans l'église Saint-André d'Anvers !

Si les indianistes occidentaux du XIXe siècle ont su brillamment identifier Siddharta Gautama sous les traits de Joasaph, ils se sont à l'inverse fourvoyés dans un autre rapprochement d'identité : les savants ont, en effet, longtemps perçu le Bouddha et Mahavira, le fondateur du jaïnisme, comme un seul et même personnage. De fait, les points communs et les traits de ressemblances entre les biographies des deux maîtres spirituels indiens, telles que narrées par leurs traditions respectives — qui connaissent toutes deux une immense littérature —, sont plus que troublants...

Présenté comme un contemporain du Bouddha, Mahavira, le « Grand Héros », serait né lui aussi, sous le nom de Vardhamana, au sein d'une *gana sangha* du nord-est de l'Inde. Appelée Kundagrama et située près de Vaisali, la petite « république » tribale où il grandit est dirigée par son père qui se prénomme... Siddharta. Comme Sakyamuni, le futur chef spirituel des jaïns appartenait donc à la classe des guerriers *kshatriya*. Élevé dans le luxe et dans une atmosphère princière, il reçoit l'éducation spécifique visant à faire de lui un parfait souverain. La tradition jaïne aime, elle aussi, évoquer combien le jeune prince Vardhamana impressionne son entourage par ses innombrables talents, son intelligence et sa vaillance. Mais à l'âge de trente ans, alors qu'il est déjà marié et père de famille, le jeune homme renonce à la vie mondaine : il abandonne tous ses biens et sa famille pour mener une vie d'ascète errant et découvrir la vérité ultime. Bientôt, il se débarrasse même de tous ses vêtements pour parcourir les routes nu, seulement « vêtu d'espace ». Au terme de douze années de quête spirituelle difficiles durant lesquelles il pratique diverses austérités, il parvient enfin un jour à la connaissance suprême en méditant sous un arbre : définitivement libéré des chaînes de son *karman* et du *samsara*, il est devenu un *Jina*, un « Victorieux ». Pendant les trente années suivantes, Mahavira se consacre à la propagation de sa doctrine, essentiellement au sein des grands royaumes de la vallée du Gange. Tout en continuant ses pénitences et ses méditations, il organise la communauté jaïne en quatre grands ordres : celui des moines, celui des nonnes et ceux des hommes et des femmes disciples laïques. Le « Grand Héros » serait mort à soixante-douze ans, soit un âge très avancé pour son temps, à Pava — dans l'État actuel du Bihar.

Les étonnantes similitudes entre les deux maîtres spirituels indiens ne s'arrêtent pas au récit de leurs vies. Les doctrines de Mahavira et de Sakyamuni comportent aussi de nombreux points de convergence... Comme le bouddhisme, le jaïnisme ne prône pas la glorification d'un dieu absolu créateur de l'univers. Il se présente comme une voie de salut mais qui n'est pas théiste. Se constituant contre le pouvoir des brahmanes et la hiérarchie des castes, le jaïnisme ne reconnaît pas non plus le Veda comme faisant autorité en matière religieuse. Selon Mahavira, tout homme est appelé à se libérer du cycle des réincarnations pour devenir un *Jina*. Dans ce but, il doit renoncer au monde pour suivre un chemin qui repose sur les

Trois Joyaux — la foi juste, la connaissance juste et la conduite juste. On l'aura compris : à l'instar du bouddhisme, l'éthique occupe une place essentielle dans le jaïnisme. Rejetant lui aussi fermement les rituels sanglants encore opérés par les brahmanes conservateurs, le « Grand Héros » met l'accent sur la compassion.

Un autre trait de ressemblance entre jaïnisme et bouddhisme réside dans les noms que les disciples de Mahavira décernent à leur maître : Tathagata, *arahant* et Bouddha font partie des épithètes de Vardhamana. De même, l'ordre monastique jaïn prend aussi l'appellation de *Sangha*.

Époques, lieux, castes, grandes étapes de l'existence, doctrines, titres, chiffres symboliques... Que conclure du faisceau de similitudes qui unit les deux sages indiens : identification, plagiat, influence ou simple coïncidence ? Quel lien a-t-il vraiment existé entre le fondateur du bouddhisme et celui du jaïnisme ?

Les ressemblances sont effectivement à ce point nombreuses et saisissantes que les savants européens du XIXe siècle ont cru d'abord que les deux maîtres ne formaient, en réalité, qu'un seul et unique personnage — mythique ou historique — qui aurait été interprété différemment, au fil des siècles, par deux traditions religieuses distinctes. Dans un second temps, de grands indianistes, comme Horace Hayman Wilson ou Christian Lassen, ont considéré le jaïnisme comme une simple branche du bouddhisme : la doctrine de Mahavira n'aurait fait son apparition qu'assez tardivement, plusieurs siècles après l'existence de Sakyamuni. Mais cette thèse était loin de faire l'unanimité parmi les spécialistes. Enfin, en 1884, les travaux de Hermann Jacobi ont établi de façon indiscutable l'existence indépendante des deux mouvements religieux et ont réfuté les charges qui pesaient à l'encontre du jaïnisme. Depuis, d'autres travaux sont venus conforter l'existence historique de l'ordre jaïn, mais aussi celle de son fondateur.

Il ne fait aujourd'hui aucun doute que le Mahavira est un personnage historique à part entière. Si les spécialistes ne s'accordent pas sur les dates exactes de son existence — sa naissance est fixée à – 599 par la tradition jaïne —, on estime qu'il est un contemporain du Bouddha. Il est également établi qu'il était issu d'une petite « république » tribale du nord-est de l'Inde et qu'il appartenait à la caste des nobles guerriers. Ces traits de ressemblance entre les profils des deux grands sages indiens relèvent d'une coïncidence historique et géographique qui n'a, somme toute, rien d'étonnant : elle s'inscrit dans le cadre de la « révolution » religieuse qui agitait la vallée du Gange à cette époque. En ce qui concerne les analogies qui émaillent les récits de leurs vies, l'emprunt par les narrateurs des deux traditions aux grands modèles « archétypaux » de la culture indienne — que nous avons déjà évoqués — n'est sans doute pas à exclure ; à l'exemple de la renonciation à la vie luxueuse de prince ou de la révélation acquise sous un arbre. Quant aux titres honorifiques que le fondateur du jaïnisme partage parfois avec le Bouddha, ils étaient utilisés également au sein d'autres sectes de l'Inde ancienne et ne sauraient donc constituer une preuve à l'encontre de l'existence de Mahavira. Enfin, le bouddhisme n'a jamais eu l'exclusivité du terme *sangha*, qui signifie littéralement en sanskrit « ensemble ».

Il est également attesté désormais que la religion jaïne n'est pas issue d'une branche du bouddhisme. L'étude de la littérature jaïne a révélé que la doctrine de Mahavira trouve, au contraire, son origine dans un passé beaucoup plus ancien que celle de Sakyamuni : si Vardhamana est considéré comme le fondateur historique de l'ordre ascétique des jaïns, il est aussi avéré qu'il était le réformateur d'une longue tradition religieuse préexistante. Le jaïnisme, qui revendique vingt-trois guides spirituels avant le « Grand Héros », fait remonter sa fondation à une période bien antérieure à l'arrivée des Aryas en Inde. Parmi cette longue lignée de maîtres spirituels, les historiens s'accordent à reconnaître l'existence de Parshvanatha, le 23e Tirthankara ou « Passeur de gué », qui a vécu au début du VIIIe siècle avant notre ère. D'autres éléments historiques tendent à prouver aussi l'existence du 22e guide, Neminatha. En revanche, le nombre total des Tirthankaras reste sujet à caution : si l'on considère qu'un vieux texte bouddhique rédigé en pali, appelé *Buddhavamsa*, revendique l'existence de 24 bouddhas, ce chiffre pourrait n'avoir qu'une signification symbolique.

Quoi qu'il en soit, Mahavira, qui fut déclaré le 24e et dernier « Passeur de gué » de son vivant, a indéniablement réformé la doctrine légué par son ou ses prédécesseurs. L'examen des textes jaïns montre que ses enseignements restent très proches de ceux de Parshvanatha, mais qu'il y apporte un souffle nouveau en rendant, notamment, plus rigoureuse encore la discipline et l'éthique jaïnes. Mahavira place la compassion et le principe de non-violence, ou *ahimsa*, au cœur de son enseignement. Ses disciples doivent s'engager à ne pas être violents, que ce soit par la pensée, par la parole ou par le corps. Et, dans chacun des cas, cette violence ne doit pas être commise personnellement, ou ordonnée à d'autres ; on ne saurait non plus en être simplement complice. Ne s'appliquant pas uniquement envers les humains mais envers tous les êtres vivants, cette non-violence est absolue. Dans cette perspective, le végétarisme le plus strict, qui va jusqu'à l'interdiction de manger des racines, est érigé en modèle. C'est pourquoi aussi les moines jaïns agitent un balai devant eux pour ne pas écraser un insecte en marchant et portent un masque de tulle blanc pour ne pas inhaler un moucheron. Perçus comme des moyens de « neutraliser » le mauvais *karman* qui maintient l'*atman* prisonnier du cycle des réincarnations, l'ascèse et le jeûne — qui peut même aller jusqu'à la mort — constituent des pratiques essentielles au sein du jaïnisme.

Contrairement à leurs prédécesseurs du milieu du XIXe siècle, les spécialistes des religions indiennes considèrent désormais que, en vertu de son ancienneté et de son radicalisme, c'est le jaïnisme qui a exercé une influence sur le bouddhisme, et non l'inverse. En marge de leurs différences irréductibles — en particulier sur l'existence de l'« âme » — qui permettent d'accréditer leurs existences respectives, les multiples coïncidences entre les deux doctrines s'expliqueraient par l'adoption de certains préceptes moraux jaïns par le bouddhisme. En particulier, les adeptes du Bouddha auraient adopté l'exigence de non-violence et de compassion absolue qui est au fondement de l'éthique du jaïnisme. Sur ce point, les préceptes de Mahavira dépassaient en effet indéniablement les prescriptions initiales de Sakyamuni : si ce dernier s'opposait également aux sacrifices rituels d'animaux hérités du védisme, les textes indiquent qu'il faisait néanmoins preuve de tolérance à l'égard de la consommation carnée.

Cependant, il faut aussi rappeler que le brahmanisme n'ignorait pas non plus cette nouvelle valeur : ainsi, on trouve dans les *Upanishad* des spéculations autour de la non-violence et même des appels à rejeter tous sacrifices sanglants, destinés aux renonçants. Alors, à qui doit-on vraiment l'émergence de l'idée de non-violence universelle dans l'Inde ancienne ? Entre le brahmanisme et le jaïnisme, il est difficile de trancher. Si le Bouddha historique n'en fut probablement pas l'initiateur originel, il semble en revanche évident que ce concept éthique majeur, qui fait figure de « révolution » dans l'histoire de l'humanité, est apparu pour la première fois au sein de la civilisation indienne — n'en déplaise à des penseurs occidentaux comme René Girard, qui attribue au seul christianisme la dénonciation du sacrifice du « bouc émissaire[2] » et l'instauration de la non-violence.

La relative imitation du jaïnisme par le bouddhisme trouve, peut-être, en partie son explication dans le fait que l'ordre monastique dirigé par Mahavira incarnait le concurrent le plus sérieux du *Sangha* fondé par Sakyamuni. Au-delà des mouvements shramaniques, comme nous le savons déjà, le brahmanisme se révélera finalement, sous les traits de l'hindouisme, le plus dangereux adversaire du bouddhisme. Mais au temps de la communauté bouddhique primitive, ils cohabitent sereinement : si les écritures anciennes rapportent que Sakyamuni critiquait occasionnellement les brahmanes, cela n'empêchait pas ceux-ci de venir, en grand nombre, grossir les rangs du *Sangha*.

Parmi tous les mouvements shramaniques qui existaient aux environs du VIe siècle avant notre ère, le jaïnisme constituait la plus sérieuse menace pour le bouddhisme naissant. En effet, il ressort des textes des diverses traditions religieuses indiennes que l'ordre jaïn bénéficiait d'un respect immense au sein de la population. L'austérité et la rigueur morale des moines jaïns forçaient l'admiration du peuple, mais aussi celle des classes dominantes de la société, les brahmanes et les souverains *kshatriya*. Au point que, si l'on en croit les écritures jaïnes, le souverain du Magadha, le célèbre Bimbisara... se serait converti de même à la doctrine de Mahavira ! Bien qu'il soit impossible de départager les revendications des deux traditions religieuses, cette affirmation pourrait, en réalité, être une illustration supplémentaire du fait que le phénomène de conversion n'avait pas de caractère vraiment exclusif dans l'Inde ancienne.

La tradition jaïne prétend également qu'à la mort de Mahavira l'ordre qu'il avait fondé de son vivant comptait plusieurs dizaines de milliers de religieux dans ses rangs et bien plus encore de disciples laïques. Avec 36 000 nonnes et 300 000 fidèles laïques, les femmes y étaient même largement majoritaires ! Ces chiffres, invérifiables, sont sans doute exagérés. Cependant, les spécialistes s'accordent à estimer que la communauté jaïne constituait, au temps du Bouddha, l'une des sectes les plus importantes et les mieux organisées. Sakyamuni aurait-il imité l'exemple de son « faux frère » quand il s'est décidé à fonder l'ordre des *bhikkhuni* ? Nul ne le sait.

Les écritures bouddhiques évoquent plusieurs fois Mahavira, qu'elles appellent Nigantha Nataputta, autrement dit « le fils de la famille Nata adepte des "libres de chaînes" ». De son côté, la tradition jaïne identifie aussi le Bouddha, qu'elle présente comme un adversaire non négligeable sous l'appellation de « shramane Gautama ». Mais aucun texte ne fait état d'une entrevue entre les deux maîtres spirituels ; encore moins d'un affrontement dans un débat public. En revanche, le canon pali relate plusieurs visites de disciples importants de Mahavira auprès du Bouddha. Bien sûr, il rapporte que celui-ci réussit souvent à les convaincre de la supériorité de sa doctrine : par des démonstrations logiques, le sage arrive à prouver aux adeptes du « Grand Héros » que la voie moyenne est plus raisonnable que l'ascèse extrême, car le repentir peut « rattraper » une mauvaise action. Et s'ils ne sont pas convaincus, les moines jaïns se montrent néanmoins très impressionnés par l'enseignement de Sakyamuni : « le shramane Gautama est astucieux, il connaît la manière de séduire les adeptes des autres écoles[3] », aurait rapporté le moine Dighatapassin à son maître Mahavira.

Que ces rencontres aient vraiment eu lieu ou non, la relation même de ces longs dialogues dans les écritures bouddhiques laisse à penser que les disciples du Bouddha ont dû ressentir la nécessité de conserver précieusement pour le futur les arguments dialectiques leur permettant de contrer efficacement les jaïns.

S'il avait vécu plus tôt, Kautilya, le célèbre brahmane qui, d'après la tradition, fut le conseiller de l'empereur Ashoka, aurait certainement attiré l'attention du Bouddha sur l'étroite surveillance qu'un dirigeant doit exercer sans cesse sur ses rivaux potentiels, et cela aussi bien à l'extérieur qu'à l'intérieur de son groupe. Peut-être le fourbe Devadatta aurait-il pu alors être démasqué plus tôt et le premier schisme du *Sangha* aurait-il été ainsi évité… Mais, au regard de l'histoire, il semble bien que, de tous les concurrents contemporains du Bouddha, le plus crédible n'était pas le sombre *bhikkhu*, mais bien plutôt le sage Mahavira. L'ultime preuve que celui-ci représentait l'adversaire le plus sérieux de Sakyamuni réside dans le simple constat que le jaïnisme sera, avec le bouddhisme, le seul mouvement sectaire de l'Inde ancienne qui donnera naissance ultérieurement à une religion à part entière, véritablement distincte de l'hindouisme, capable de se maintenir jusqu'à nos jours. Certes, selon le témoignage de Huan Tsang, la secte fondée par le schismatique Devadatta s'est perpétuée au moins jusqu'au VIIe siècle : le pèlerin chinois évoque, en effet, l'existence de disciples de Devadatta demeurant dans trois monastères au Bengale. Néanmoins, l'ordre fondé par le *bhikkhu* renégat a fini par disparaître. Il en va de même pour la secte des fatalistes Ajivikas. Celle-ci, selon diverses sources, était relativement importante à l'époque de Sakyamuni et elle suscitait alors bien des critiques de la part des jaïns comme des bouddhistes. Mais, bien qu'elle ait réussi à perdurer jusqu'au XIVe siècle, elle a fini par sombrer elle aussi totalement dans l'oubli.

Cependant, la non-violence absolue et l'ascétisme radical prônés par Mahavira ont fait du jaïnisme une religion infiniment moins populaire que le bouddhisme : son caractère extrêmement exigeant a constitué l'un des freins majeur à son développement. Au fil des siècles, le jaïnisme est toujours resté très minoritaire en Inde ; et aujourd'hui, on compte seulement deux millions de jaïns pour une population de plus d'un milliard d'habitants… Toutefois, si l'on prend en considération le fait que le jaïnisme représente la religion la plus ascétique du monde, sa survivance dans l'Inde contemporaine n'en constitue pas moins une sorte de miracle. Au fond, les deux grands courants shramaniques rivaux de l'Inde ancienne ont connu un destin croisé : bien qu'il n'ait toujours eu qu'un petit cercle de fidèles, le jaïnisme n'a pas connu le terrible déclin qui a frappé le bouddhisme sur sa terre d'origine ; de la même façon qu'il n'a jamais cessé d'exercer une grande influence en Inde. Ainsi le Mahatma Gandhi a-t-il largement puisé dans l'héritage de Mahavira pour élaborer sa politique de non-violence pendant la lutte pour l'indépendance. Et la communauté jaïne a joué, et joue encore, un rôle incontestable dans le fulgurant décollage économique du pays depuis le début du XXIe siècle.

Mais si le jaïnisme a réussi à traverser les siècles, en raison de son caractère élitiste, il ne s'est jamais diffusé hors de l'Inde ; à l'inverse de la doctrine de Sakyamuni. Car la voie du Bouddha était porteuse d'une dimension exceptionnelle qui lui a permis d'assurer son avenir et sa notoriété au-delà des frontières du monde indien : accessible à tous et prosélyte à la fois, le bouddhisme représente la première religion à vocation universelle de l'histoire. Et, dès lors, c'est lui qui se fera le messager de la non-violence indienne auprès du reste du monde.

Extinction

Près de quarante-cinq ans ont passé depuis l'Éveil. Le Bouddha, qui est arrivé maintenant à l'aube de ses quatre-vingts ans, sait qu'il lui reste peu de temps à vivre parmi les hommes et que sa mission touche désormais à sa fin.

Si la prédication de la Loi a remporté un immense succès au fil du temps, le vieux maître a toutefois connu des moments particulièrement douloureux durant ses dernières années. Certes, Ajatasatru s'est finalement détourné de Devadatta. Le jeune souverain du royaume de Magadha est venu lui confier son remords d'avoir maltraité son père et tous deux sont à présent réconciliés. Mais, dans le royaume de Kosala, son ami le souverain Prasenadi a lui aussi été détrôné par son fils, Virudhaka, qui a pris le pouvoir avec la complicité d'un général. Prasenadi s'est enfui vers le royaume de Magadha afin de se mettre sous la protection d'Ajatasatru, mais le vieux roi déchu est mort d'épuisement à peine arrivé à Rajagrha.

Peu après ce dramatique événement, le jeune roi du Kosala décide d'attaquer les Sakyas. Cela faisait longtemps que Virudhaka voulait prendre sa revanche contre la tribu de Sakyamuni... Lorsqu'il était adolescent, le jeune prince du Kosala en visite à Kapilavastu avait été très mal reçu par les Sakyas : ceux-ci l'avaient même insulté en le traitant de fils d'esclave. Or, plus tard, Virudhaka avait appris, par un homme de sa suite, que sa mère était effectivement une Sakya de basse caste. Dire que son père était persuadé que son épouse était de noble origine ! Comment les Sakyas, qui lui ont offert cette femme en mariage, avaient-ils pu oser tromper ainsi le roi du Kosala ?

Aux yeux de Virudhaka, un tel outrage est une faute impardonnable. Aussitôt qu'il prend le pouvoir, le jeune roi rassemble donc une puissante armée et marche sur la petite « république » des Sakyas. Informé par la rumeur, le Bouddha est très attristé car il sait que la défaite de la petite cité de son enfance est inévitable...

Lorsque l'armée de Virudhaka arrive en vue de Kapilavastu, les Sakyas tentent de l'arrêter, tout en évitant de tuer ou de blesser les soldats du Kosala. Ils espèrent que leurs nuées de flèches suffiront à effrayer leur adversaire pour le faire déguerpir : en tant que disciples laïques du Bouddha, ne doivent-ils pas s'abstenir de violenter qui que ce soit, même en cas d'agression mortelle ? La réaction de Virudhaka ne se fait pas attendre : il lance ses combattants à l'assaut de l'armée des Sakyas, qui se replie derrière les murs de Kapilavastu. Mais la puissante armée du Kosala met le siège devant la cité et ne tarde pas à y pénétrer en force. Selon certaines légendes, ce seraient les Sakyas eux-mêmes qui auraient finalement ouvert les portes de Kapilavastu à leur ennemi, sur la promesse d'avoir la vie sauve...

Quoi qu'il en soit, la prise de la ville s'accompagne d'un bain de sang. Les Sakyas sont littéralement exterminés. La soif de vengeance du souverain est telle qu'elle épouvante ses propres conseillers : on raconte que ceux-ci auraient tenté de tromper sa fureur sanguinaire en répandant mille jarres d'eau colorée de rouge dans la ville... Mais rien n'y fait. Une autre légende rapporte que Virudhaka, après avoir fait creuser de grandes fosses dans les rues de Kapilavastu, aurait contraint les survivants du massacre à s'y étendre... avant de les faire piétiner par les éléphants de son armée ! Les femmes ne furent pas non plus épargnées, si l'on en croit les récits : il y est dit que le roi du Kosala avait sélectionné les cinq cents plus belles Sakyas de Kapilavastu pour son harem. Comme elles se refusaient à lui, Virudhaka ordonna qu'on leur sectionne les pieds et les mains. Après quoi, elles furent abandonnées à leur sort...

Lorsque Virudhaka et son armée reprirent le chemin du Kosala, la « république » des Sakyas était totalement anéantie... Même le Parc aux banians, où aimait séjourner le Bouddha, avait été entièrement détruit. On évoque parfois l'existence de quelques rescapés, appelés les « Sakyas des Roseaux[1] », qui se seraient fait passer pour des étrangers afin que Virudhaka les épargne. Il est certain en tout cas que le petit État qui avait vu grandir Siddharta ne se relèvera jamais de cette journée fatidique. On dit qu'au moment du massacre des siens, Sakyamuni, qui était loin de Kapilavastu, aurait ressenti soudain un violent mal de tête, symptôme de sa profonde tristesse. Cependant, le Tathagata n'intervint pas, car les Sakyas, conformément à la loi du *karman*, ne pouvaient échapper aux conséquences de leurs vies passées...

Malgré cette tragédie et le poids des années, le Bouddha se consacre plus que jamais à sa mission. Il sait qu'il va entrer bientôt dans le *mahaparinirvana*, la « Grande Extinction Totale », qui mettra fin à son ultime existence terrestre. Mais le maître souhaite guider le *Sangha* et poursuivre l'enseignement de la Doctrine jusqu'à sa dernière heure, sans ménager sa peine...

La saison du printemps a déjà commencé. Quittant Rajagrha où il séjournait dans le Parc aux manguiers, le Bienheureux part avec un petit groupe de *bhikkhu* en direction du nord. Le cortège marque une halte à Pataligrama. Situé à la frontière du royaume de Magadha, sur la rive méridionale du Gange, ce petit bourg jouit d'une position stratégique privilégiée et d'importants travaux de fortifications y sont alors en cours, supervisés par deux ministres d'Ajatasatru. Le jeune souverain a fait part au Bouddha, avant son départ, de son intention d'asservir bientôt la confédération voisine des Vrjis. Le vieux maître ne s'est pas réjoui de cette nouvelle, mais il a compris que les « républiques » appartiennent désormais au passé et que l'avenir est entre les mains des grandes monarchies. Le monde change, celui qu'il a connu durant sa jeunesse est inexorablement voué à disparaître... Pendant le repas auquel l'ont convié les deux hauts fonctionnaires, le Bouddha, résigné et lucide, prédit un brillant avenir à l'humble cité de Pataligrama. Plus tard, celle-ci deviendra, en effet, la prestigieuse capitale de l'empire Maurya, Pataliputra.

Après avoir franchi le fleuve sur un bac, le Bienheureux et les siens continuent vers le nord et gagnent Vaisali, la riche capitale des Licchavis. Le sage y est fort bien accueilli par ses nombreux disciples, parmi lesquels les princes de la ville ainsi que la belle courtisane Ambapali. Aux uns et aux autres, il délivre des enseignements approfondis et les encourage à poursuivre leurs efforts spirituels.

Comme la mousson a débuté, l'Éveillé s'installe pour quelques semaines juste à côté de la cité, dans le Village aux bambous. Pris d'une violente dysenterie, le maître tombe gravement malade. Mais il refuse de mourir, considérant qu'il n'a pas terminé sa mission : « Il ne convient pas que j'entre dans le Nirvana sans avoir conversé avec ceux qui se soucient de moi, sans avoir parlé à la Communauté des disciples. Je veux par la force de ma volonté surmonter cette maladie et retenir la vie en moi[2]. »

Le Bouddha affaibli n'est pas encore pleinement rétabli quand Ananda vient le questionner au sujet de la direction du *Sangha* après sa disparition. Sa réponse est déjà un testament :

> Pourquoi, ô Ânanda, le Tathagata irait-il faire connaître ses intentions concernant la Communauté des *bhikkhu* ? Je suis maintenant caduc, ô Ânanda, je suis vieux, je suis un vieillard blanchi qui est arrivé au bout de son chemin et a atteint la vieillesse : je suis âgé de quatre-vingts ans… Soyez à vous-mêmes, ô Ânanda, votre propre flambeau et votre propre refuge, ne cherchez pas d'autre refuge. Que la Doctrine soit votre flambeau et votre refuge, ne cherchez pas d'autre refuge… Celui qui, dès aujourd'hui, ô Ânanda, ou après mon nirvana complet, est son propre flambeau et son propre refuge et ne cherche pas d'autre refuge, celui qui fait de la Doctrine son flambeau et son refuge et ne cherche pas d'autre refuge, ceux-là seront, ô Ânanda, mes plus grands disciples, qui poursuivront la bonne manière de se conduire[3].

Quelques jours plus tard, le vieux maître et son fidèle *bhikkhu* sont en visite dans un *arama* près de Vaisali. Au milieu d'une conversation, le Bienheureux suggère à son disciple que, s'il le lui demandait, il pourrait aisément prolonger son existence pendant des années et des années… Mais le brave Ananda ne saisit pas l'occasion qui lui est offerte de supplier le Bouddha de rester encore sur terre pour enseigner aux hommes la voie du salut. Plus tard, ce manque d'à-propos lui sera vivement reproché par certains *bhikkhu*. En revanche, le sombre Mara, toujours à l'affût, est prompt à réagir… Le dieu se présente devant le Tathagata et lui recommande d'entrer sans attendre dans le *parinirvana*. Le sage, qui estime n'avoir pas tout à fait achevé sa mission, rejette aussitôt sa proposition.

La saison des pluies achevée, il est temps pour le Bouddha de se remettre en route. Après avoir effectué en ville, comme à son habitude, la quête d'aumônes matinale, l'Éveillé annonce solennellement à ses fidèles : « Je regarde maintenant Vaisali, car je ne la verrai plus et n'y reviendrai plus. Dès à présent, je vais la quitter et partir[4]. » Ses paroles provoquent un profond désespoir parmi les disciples laïques car ils réalisent que la disparition de leur maître est imminente. Mais le Bouddha, en rappelant les Quatre Nobles Vérités, leur défend de s'épancher de la sorte. Puis, sans s'attarder davantage, le Bienheureux sort de la cité des Licchavis à la tête d'une petite troupe de *bhikkhu*.

Suivant les instructions de Sakyamuni, le cortège prend la route du nord-est qui conduit à Kushinagar. Modeste et peu fréquentée, la capitale des Mallas est située à l'écart des grandes monarchies du Gange. Peut-être le vieux maître souhaitait-il s'éteindre dans un endroit paisible, à l'abri des regards... À moins qu'il n'ait voulu se rendre une dernière fois à Sravasti, la capitale du Kosala, voire à Kapilavastu, la cité de son enfance ? Nul ne sait. Mais la petite cité de Kushinagar est située sur le chemin qui mène à l'une comme à l'autre de ces deux cités.

Bhandagama, Hatthigama, Ambagama, Jambugama, Bhoganagama... En route pour Kushinagar, le Bouddha et sa suite traversent de nombreux hameaux endormis, dont les petites maisons basses aux murs de torchis semblent comme surgies de la terre dont elles sont faites. Et voilà qu'un jour le groupe arrive près d'un village appelé Pava. Le bois où les *bhikkhu* s'installent appartient à un forgeron, nommé Cunda, qui vient rendre hommage au Tathagata. Après avoir écouté l'enseignement du sage, le villageois invite toute la petite communauté à déjeuner chez lui. Dans sa modeste demeure, l'homme propose aux moines de partager un plat appelé *sukaramaddava* en pali. Ce « régal de porc » désigne-t-il un morceau délicat de viande ou bien un aliment dont les porcs sont particulièrement friands, comme les champignons ? Si la recette a disparu, il n'en demeure pas moins que le Bouddha insiste pour être le seul à en manger. Soupçonne-t-il le forgeron d'être un piètre cuisinier ? Ou bien craint-il que le plat ne soit avarié ? En tout cas, après le repas, Sakyamuni demande à Cunda d'enterrer les restes du plat au prétexte que personne, ni homme ni dieu, ne pourrait les digérer ! Le maître a vu juste : la nuit suivante, il est pris d'abominables douleurs intestinales et crache du sang…

Le lendemain, le Bouddha reprend néanmoins le chemin de Kushinagar. La journée s'annonce éprouvante pour le vieux sage, qui est plus affaibli que jamais. Sans doute aussi ressent-il un brin de solitude car, excepté son fidèle Ananda et quelques autres, ses disciples les plus proches sont absents. De fait, beaucoup sont morts, comme Sariputta et Moggallana, disparus tout récemment. Ananda, qui n'a pas encore réussi à atteindre l'état d'*arahant* malgré les années, a été très affecté quand il a appris leur décès. Au contraire, le Bouddha a eu l'air de s'en réjouir : ces deux grands moines, qui étaient des *arahant*, se trouvent désormais définitivement libérés du cycle des réincarnations ! Le maître, se voyant lui-même décliner, cherchait certainement à préparer le brave Ananda à affronter sa disparition prochaine.

Sous la chaleur qui semble augmenter les distances, le rythme de la marche se fait plus lent au fil des heures. Sakyamuni, au bord de l'épuisement, est obligé de s'arrêter sur le bord du chemin. Il demande à Ananda de lui apporter de l'eau. Hélas, celle de la rivière la plus proche a été troublée par le récent passage à gué de plusieurs chariots. Il faut attendre un long moment avant qu'elle ne redevienne claire. Tandis que le Bouddha étanche enfin sa soif, un noble Malla, dénommé Pukkusa, vient se présenter à lui. Au fil de la conversation, le sage découvre que, comme lui, cet homme a été jadis un disciple d'Alara Kalama. Quelle coïncidence ! Bientôt converti à la doctrine du Bouddha, Pukkusa lui offre deux magnifiques étoffes cousues de fils d'or avant de prendre congé. Ananda aide alors le maître à se draper dans les pièces de tissu. Les *bhikkhu* sont très impressionnés quand ils réalisent soudain que le corps du Tathagata produit un rayonnement tel qu'il éclipse totalement l'éclat doré des étoffes !

Le Bouddha reprend péniblement la route de Kushinagar. Le paysage lui rappelle irrésistiblement celui de son enfance : une vaste plaine luxuriante et humide où se dessinent au loin les premières silhouettes des montagnes éternelles. Mais celui qui se compare à « un vieux char[5] » a de plus en plus de mal à marcher. S'arc-boutant sur un bâton, il s'appuie parfois aussi sur l'épaule d'un moine. Les arrêts se multiplient : certains textes en dénombrent vingt-cinq. Malgré une longue pause pour se rafraîchir dans un cours d'eau, il ne renonce pas. Le maître ne se plaint jamais ; il insiste même auprès d'Ananda pour que le forgeron Cunda, dont les intentions étaient pures, ne soit pas culpabilisé à l'avenir par les *bhikkhu* de lui avoir servi un plat qui pourrait bien lui être fatal. Mieux encore, il enjoint à son fidèle disciple de considérer que celui qui a offert au Bouddha son dernier repas acquiert un grand mérite !

Enfin, la petite cité de Kushinagar est en vue. Mais Sakyamuni, qui ne peut plus faire un pas, s'arrête près d'un bosquet de *sal*. Exténué, il veut s'étendre à l'ombre de deux arbres jumeaux. Curieusement, ceux-ci sont en pleine floraison bien que ce ne soit pas la saison. Ananda prépare au plus vite une couche entre les deux arbres puis, délicatement, il aide le maître à s'allonger sur le côté droit, la tête au nord et face à l'ouest, « comme un lion[6] ». Autour de lui, les robes jaunes des *bhikkhu* forment un cercle grave et silencieux.

Le Bouddha ne se relèvera plus. Des pétales de fleurs délicatement parfumées tombent doucement sur son corps immobile. Quelques heures le séparent désormais du *mahaparinirvana*, la « Grande Extinction Totale ».

Le brave Ananda ne peut contrôler ses émotions. Terrifié à la perspective d'être séparé pour toujours de son maître, le *bhikkhu* peste d'abord contre Kushinagar : cette obscure bourgade n'est pas digne d'être le théâtre des derniers moments d'un être aussi exceptionnel que le Tathagata. Puis, à l'abri des regards, le moine s'effondre en pleurs. Il n'accepte pas l'idée de perdre celui qui a eu tant de compassion pour lui, un humble disciple qui a encore tellement de progrès à faire pour atteindre l'état d'*arahant*.

Mais, du fond de sa couche entre les arbres jumeaux, le vieux maître appelle Ananda à son chevet. Rassemblant ses dernières forces, il rassure d'abord le *bhikkhu* en lui racontant que, dans l'une de ses vies antérieures où il s'était incarné en monarque tout-puissant, Kushinagar était alors sa capitale. Puis il console longuement Ananda en lui rappelant le caractère inéluctable de la mort. Après avoir loué devant l'assemblée des moines son dévouement exemplaire, le Bouddha confie une dernière mission à son fidèle disciple. Il demande à Ananda d'aller trouver les Mallas de Kushinagar pour les informer de sa présence et de l'imminence de son entrée dans le *parinirvana*. S'ils souhaitent recevoir directement ses dernières instructions, ils sont invités à venir le consulter. En larmes, le *bhikkhu* se précipite pour avertir les habitants de Kushinagar, qui accourent à leur tour en foule au chevet du célèbre maître du *Sangha*.

Alors que la nuit tombe, Ananda organise les entrevues avec le Tathagata en constituant de petits groupes. Parmi les visiteurs se trouve Subhada, un religieux extrêmement âgé et très érudit, qui nourrit de nombreux doutes au sujet de la doctrine du Bouddha. Après avoir réussi, non sans difficulté, à convaincre Ananda de le laisser s'entretenir avec Sakyamuni, Subhada interroge longuement le sage. Avec une patience infinie, le Bienheureux lui délivre son enseignement jusqu'à ce que le vieil ascète se convertisse. Subhada est l'ultime *bhikkhu* qui a l'honneur de recevoir l'ordination par le Bouddha en personne.

Ensuite, pour la toute dernière fois, le Tathagata fait rassembler par Ananda les moines qui l'ont accompagné dans son ultime voyage. Le maître exhorte ses disciples à lui poser toutes les questions possibles, qu'elles concernent l'un ou l'autre aspect de la Doctrine ou du *Sangha* qui resterait obscur à leurs yeux. Mais les moines gardent le silence. Alors le Bouddha prononce ces dernières paroles : « Vraiment, *bhikkhu*, je vous le dis : il est dans la nature de toute chose d'être périssable ; œuvrez à atteindre votre salut avec diligence[7]. »

Au cours de la dernière partie de la nuit, le Bouddha s'éloigne progressivement du monde des hommes. Le Bienheureux connaît successivement plusieurs stades de méditation, au terme desquels il entre, à la première lueur de l'aube, dans l'état suprême du Nirvana complet. La foule des Mallas s'effondre aussitôt en pleurs et en lamentations. Si quelques moines peinent aussi à contenir leur chagrin, tous ceux qui ont atteint l'état d'*arahant* gardent une attitude sereine et recueillie. Tandis que la terre tremble, une pluie de fleurs tombe des cieux. Dans le lointain, les dieux, témoins de l'événement, font résonner longuement leurs tambours.

Sept jours durant, le corps du maître défunt est pieusement honoré par les fidèles. Puis Ananda veille au bon déroulement des rites funéraires. Cette charge incombe aux Mallas car la coutume veut que les obsèques des religieux soient organisées par les laïcs. Le moine donne donc aux notables Mallas toutes les instructions nécessaires pour que les funérailles du maître soient dignes de celles que la tradition indienne accorde à un monarque tout-puissant et universel, un *Cakravartin*, littéralement « Celui qui fait tourner la Roue »... D'après les textes canoniques, six règles doivent être scrupuleusement respectées : une fois le cadavre enroulé dans des pièces d'étoffe — leur nombre varie de dix à mille selon les récits —, il doit être mis dans une grande cuve métallique remplie d'huile, puis étendu sur un bûcher de bois odorant. Après la crémation, les restes du corps doivent être enfermés dans un tumulus, devant lequel on dépose des offrandes de fleurs et de parfums avant de lui rendre un dernier hommage.

Les obsèques du Bouddha sont menées en parfaite conformité avec les règles. Seul l'allumage du bûcher — qui a été érigé selon le souhait des dieux à l'est de Kushinagar — vient perturber quelque peu le bon déroulement de la cérémonie funéraire : alors que quatre princes Mallas tendent désespérément des torches vers lui, le bois refuse de s'enflammer... Il faut attendre l'arrivée sur les lieux du vieux *bhikkhu* Kasyapa, qui compte désormais parmi les meilleurs disciples du Bouddha. Lorsque le vénérable moine rend hommage à la dépouille de son maître, le bûcher funéraire prend feu spontanément ! C'est avec cet ultime miracle que la dernière incarnation du Bienheureux disparaît, lentement dévorée par les flammes. Dans quelques heures, il n'en restera plus que de précieuses reliques.

Cette fois, il n'y aura pas de renaissance.

Kushinagar, 637

Après avoir visité Lumbini et l'ancien royaume de Kapilavastu, Huan Tsang poursuit son voyage en Inde sur les traces de Sakyamuni. L'infatigable pèlerin chinois se rend à présent à Kushinagar : ses pas l'auront ainsi mené directement du lieu de l'ultime renaissance du Bodhisattva jusqu'à celui où, quatre-vingts ans plus tard, le Bouddha a atteint le nirvana complet.

Mais lorsqu'il découvre l'ancienne cité des Mallas, après un éprouvant voyage, le moine chinois est un peu désappointé :

« Dans le royaume de Ju Shi Na Jia Luo, les murs de la capitale sont en ruines, les villages n'offrent qu'une triste solitude. Les fondements en brique de l'ancienne capitale occupent un circuit d'une dizaine de li. Les habitats sont rares et disséminés, les bourgs et les hameaux sont déserts. À l'angle nord-est des portes de la capitale, il y a un stupa qui a été bâti par le roi Açoka. Là est l'antique maison de Cunda. Au milieu de cette maison, il y a un puits qui a été creusé lorsqu'on voulut faire des offrandes au stupa. Quoiqu'il se soit écoulé depuis bien des mois et des années, l'eau est encore pure et limpide. À trois ou quatre li au nord-ouest de la capitale, on passe le fleuve A Shi Duo Fa Di. À une petite distance de la rive occidentale, on arrive à une forêt d'arbres salas. Cet arbre ressemble au hu, mais son écorce est d'un blanc verdâtre et ses feuilles sont lisses et brillantes[1]. »

Dans ses Mémoires, Huan Tsang relate en détail les derniers moments édifiants du maître, qui est resté allongé « entre deux arbres salas[2] » jusqu'à son dernier souffle. Puis, le moine chinois poursuit son récit par le célèbre épisode des disputes qui auraient eu lieu à Kushinagar, juste après la crémation, autour du partage des reliques du Bienheureux :

« Après que le Bouddha fut entré dans le Nirvana et que son corps eut été brûlé, les rois de huit royaumes arrivèrent avec quatre corps de troupes. Ils envoyèrent un Brahmane nommé Rijûbhava pour dire aux Mallas :

— Dans ce royaume, le guide des hommes s'est éteint dans le Nirvana ; c'est pourquoi nous sommes venus de loin pour vous demander une partie de ses reliques.

— Le Tathâgata, répondirent les Mallas, a daigné abaisser sa grandeur et descendre dans ce pays infime. Il s'est éteint dans le Nirvâna, le guide éclairé du monde ! Il est mort, le tendre père des hommes ! Les reliques de Ru lai doivent naturellement recevoir des hommages ; mais c'est en vain que vous avez fait un pénible voyage ; vous n'en obtiendrez jamais.

Alors les grands rois leur en demandèrent d'une voix humble. Se voyant accueillis par un refus, ils réitérèrent leurs instances et dirent :

— Puisque nos prières respectueuses ne sont pas agréées, notre puissante armée n'est pas loin.

Mais le Brahmane Rijûbhava éleva la voix et leur dit :

— Réfléchissez bien [...]. Si, aujourd'hui, vous recourez à la violence, c'est une chose tout à fait injuste. Maintenant, voici les reliques ; il faut les diviser en huit parts égales, afin que chacun de vous puisse les honorer. Pourquoi aller jusqu'à employer la force des armes[3] ? »

Huan Tsang rapporte que les huit grands souverains acceptèrent finalement de partager entre eux les reliques du sage défunt. Mais ils durent toutefois en céder une partie à Indra, le « maître des dieux[4] », ainsi qu'aux « rois des dragons[5] » qui se présentèrent aussi pour réclamer leur part.

La crémation à peine achevée, le partage des cendres et des restes d'ossements du Bouddha historique aurait donc dégénéré en véritable querelle... Huan Tsang n'est pas le seul à avoir relaté cette « guerre des reliques » : elle est rapportée par de nombreuses sources bouddhiques, de même qu'elle a été fréquemment illustrée dans la statuaire. Faut-il en conclure que cet épisode plutôt affligeant aurait vraiment eu lieu ?

D'une façon générale, les spécialistes considèrent comme assez crédible le contenu du *Mahaparinirvana-sutra*, le récit canonique des derniers moments de la vie de Sakyamuni et de ses funérailles, qui est parvenu jusqu'à nous à travers six versions différentes. En particulier, les causes du décès — l'intoxication alimentaire et l'âge avancé du maître — ainsi que le lieu de l'événement font l'unanimité. En revanche, beaucoup doutent de l'authenticité du célèbre épisode du partage des reliques... Selon les sources canoniques, les huit heureux bénéficiaires du partage auraient été Ajatasatru, le souverain du Magadha, les Licchavis de Vaisali, les Sakyas de Kapilavastu, les Bulis d'Allakappa, les Koliyas de Ramagama, un brahmane de Vethadipa, les Mallas de Pava et, enfin, les Mallas de Kushinagar. Or, d'après les travaux d'André Bareau, cette liste présente une anomalie de taille : aucun représentant de Sravasti, de Kausambi ou de Campa n'y apparaît alors que ces trois cités étaient supposées être déjà des centres importants du *Sangha* au temps du Bouddha historique. En raison de ces omissions, le spécialiste arrive à la conclusion que, probablement, personne n'a fait le déplacement à Kushinagar — à l'exception éventuelle des Sakyas avec qui le défunt avait un étroit lien de parenté et qui étaient, de plus, les proches voisins des Mallas.

Si l'on se réfère aux récits traditionnels, après le partage, huit grands stupas auraient été érigés par les bénéficiaires pour abriter les précieuses reliques du sage. Deux autres stupas auraient également été construits, l'un pour recevoir les restes de la « nacelle » dans laquelle reposait le corps lors de la crémation, l'autre pour recueillir les cendres du bûcher. Comme la plupart des sites bouddhiques indiens, Kushinagar, qui était tombée dans l'oubli à partir du XIIe siècle, a été redécouvert au cours du XIXe : après son identification avec la ville de Kasia — dans l'État actuel d'Uttar Pradesh — par Alexander Cunningham en 1862, les premières fouilles ont été effectuées par son assistant Archibald Campbell Carlleyle en 1875. Cependant, aucun vestige d'un tertre contemporain de l'époque du maître n'a jamais été découvert sur le site de Kushinagar : la base originelle de ce qu'on appelle aujourd'hui le « Nirvana Stupa » ne date que du IIIe siècle avant notre ère.

Les huit ou dix stupas originaux n'ont peut-être jamais existé. Dans le meilleur des cas, ils auraient de toute manière été construits en argile crue, selon la technique usitée en ce temps-là, ce qui expliquerait qu'ils n'aient pas résisté au temps. Liés à l'ancienne tradition des tumuli érigés sur les restes des personnalités importantes, les stupas n'étaient d'ailleurs pas réservés au seul usage bouddhique à l'époque antique. C'est Ashoka qui offrira au bouddhisme ses premiers stupas imposants et suffisamment solides pour traverser les siècles. La tradition prétend que l'empereur aurait fait rassembler tous les restes sacrés de Sakyamuni : déposés dans des reliquaires, ils auraient été placés dans 84 000 stupas à travers toute l'Inde ! Si ce chiffre est assurément symbolique, toujours est-il que depuis cette époque le stupa est bien devenu le monument par excellence de l'architecture bouddhique. S'élevant généralement au milieu d'un vaste ensemble monastique, le stupa est le gardien éternel des reliques sacrées. Il est censé recueillir tantôt une mèche de cheveux, une dent ou un doigt du Bouddha, tantôt un reste corporel provenant de l'un de ses meilleurs disciples ou bien encore un objet ayant été en contact avec eux, un bol à aumône par exemple. Si tous les stupas ne prétendent donc pas contenir une relique du maître, pour les fidèles, ces édifices restent néanmoins toujours étroitement associés à la personne du Bouddha historique et à son *parinirvana*.

La vénération des reliques enchâssées dans les stupas a été, à partir de l'époque d'Ashoka, d'une importance capitale dans la propagation puis le maintien de la doctrine bouddhique. De fait, depuis plus de deux mille ans, les reliques n'ont cessé de se multiplier au gré de l'expansion du bouddhisme, et toujours en liaison avec la fondation de nouveaux centres monastiques. C'est ainsi qu'on peut admirer aujourd'hui des stupas à travers toute l'Asie, et que l'on recense des reliques supposées du Bouddha historique bien au-delà des frontières de la terre où il a vécu...

En Inde même, de nombreux lieux sacrés, comme Kushinagar, Sanchi ou Sarnath, s'enorgueillissent de posséder des restes sacrés du sage historique. Mais c'est incontestablement le Sri Lanka qui possède le plus célèbre de toute la péninsule indienne : une dent du Bouddha ! Les dévots se pressent chaque année par milliers au Dalada Maligawa de

Kandy pour l'honorer. Hors du sous-continent indien, les sites ne manquent pas : la « pagode d'or » de Shwedagon en Birmanie, le Pha That Luang au Laos ou encore le Sennyū-ji de Kyoto, au Japon, sont autant de lieux renommés pour abriter une précieuse relique de Sakyamuni. La Chine compte elle aussi plusieurs sites similaires comme le temple de Famensi, dans la province du Shanxi, où une phalange du maître a été « retrouvée » dans les années 1980. Car la multiplication des reliques est toujours d'actualité ! En 2001, une boîte en pierre contenant un cheveu du Bouddha a ainsi été extraite des ruines de la pagode Leifeng, dans la province du Zhejiang, en Chine. Enfin, à l'heure de la mondialisation, personne ne s'étonnera que les reliques bouddhiques, libérées de leurs encombrants stupas, voyagent fréquemment par avion pour aller au-devant de la vénération des fidèles, désormais répartis aux quatre coins de la planète…

Mais tous ces précieux restes sacrés sont-ils contemporains du Bouddha ? Même si l'on se limite à ceux qui semblent les plus anciens, tout porte à croire qu'ils ne le sont pas. Des 84 000 stupas prétendument bâtis en Inde par Ashoka pour abriter autant de reliques du maître, quelques vestiges ont effectivement été identifiés. Toutefois, seuls deux reliquaires ont pu être étudiés par les scientifiques. Le premier est une urne qui a été déterrée en 1958 dans les ruines de l'ancienne cité de Vaisali, la capitale des Licchavis. Elle contenait quelques cendres, une pièce de cuivre, un minuscule morceau d'or et un coquillage brisé. Depuis sa découverte, l'ensemble est conservé au musée de Patna, dans l'État du Bihar ; et ce, malgré les objections des bouddhistes réclamant que ces objets sacrés soient transférés à Bodh-Gaya.

Le second reliquaire, nous l'avons déjà aperçu au début de notre cheminement sur les traces du Bouddha : il provient en effet de Piprahwa, l'un des deux sites revendiquant d'être l'ancienne Kapilavastu, à la frontière indo-népalaise. Il s'agit d'une urne qui était enfermée dans un coffret de pierre placé à la base d'un stupa. Sa découverte par William Peppè, un administrateur britannique, remonte à 1898. L'urne contenait seulement des cendres, mais son couvercle comportait une mystérieuse inscription, gravée en écriture brahmie. Elle sera traduite par le célèbre secrétaire de la Royal Asiatic Society, Thomas Rhys David, en ces termes : « Ce dépôt avec les reliques du Bouddha, le Bienheureux, est celle du clan des Sakyas, frères du Vénéré, en association avec leurs sœurs, leurs enfants et leurs épouses[6]. » Offertes par le vice-roi des Indes, lord Curzon, au roi de Thaïlande Rama V, les cendres furent déposées au temple de Wat Saket, à Bangkok, tandis que l'urne est toujours conservée au Musée national indien de Calcutta. Dans le coffret de pierre renfermant l'urne se trouvaient également de petits bijoux et un grain de riz pétrifié, qui sont aujourd'hui détenus respectivement par un descendant de William Peppè et la vénérable Buddhist Society de Grande-Bretagne.

Après de minutieux examens, il n'a malheureusement pas pu être établi que le reliquaire de Piprahwa soit contemporain de la mort du Bouddha. C'est aussi le cas pour celui de Vaisali. Il est fort possible que tous deux ne datent que de l'époque d'Ashoka — comme c'est le cas des stupas les plus anciens découverts à ce jour. De plus, Peppè n'étant qu'un amateur éclairé, le fruit de ses recherches est regardé de nos jours avec une certaine suspicion par les scientifiques : certains vont même jusqu'à douter de l'authenticité de l'inscription portée sur l'urne de Piprahwa… Ces soupçons de faux, qui entachent nombre de découvertes effectuées par les pionniers de l'archéologie bouddhique, ne sont hélas pas sans fondement : le découvreur de Lumbini en personne ne s'est-il pas fait attraper « la main dans le sac à reliques » ? Alois Führer, profitant de sa position, a vendu à des moines birmans des reliques « certifiées » du Bouddha… qui n'étaient en réalité que des dents de cheval ! Le scandale lui vaudra d'être chassé de l'Indian Civil Service.

Comme dans toutes les religions, la question de l'authenticité des reliques bouddhiques relève finalement surtout de la foi des fidèles. Et, de ce point de vue, force est de constater que stupas et reliquaires censés abriter des restes du sage historique font, partout et toujours, l'objet d'une impressionnante ferveur religieuse.

Le spectacle des rites dévotionnels autour des stupas bouddhiques évoque de façon tout à fait frappante celui des *puja* que les hindous exécutent pour honorer leurs innombrables divinités. L'objet vénéré reçoit divers hommages rituels qui consistent en prosternations, salutations les mains jointes, circumambulations de la gauche vers la droite, et offrandes de toutes sortes : fleurs — en particulier de lotus —, parfums et encens, lumières, parasols et bannières en tissu, danses, chants et musique, parfois aussi vêtements, nourriture végétarienne et boissons. Un tel culte peut toutefois étonner : est-il vraiment conforme à la volonté du maître ? Celui-ci n'était-il pas plutôt hostile aux rituels ?

Le *Mahaparinirvana-sutra* nous apprend qu'Ananda aurait précisément posé cette question au Bouddha, quelques heures avant sa mort :

« Comment, ô Vénéré, devrons-nous traiter les restes corporels du Tathagata ?

— Ô Ananda, ne vous préoccupez pas de vénérer les restes corporels du Tathagata. Occupez-vous de votre propre salut, dévouez-vous à votre propre salut, œuvrez avec diligence, ardeur et résolution à votre propre bien. Il y a, ô Ananda, parmi les guerriers *kshatriya*, les brahmanes et les chefs de famille, des sages qui ont confiance dans le Tathagata ; ceux-là rendront un culte aux restes corporels du Tathâgata.

— Mais comment, ô Vénéré, devront-ils traiter les restes du corps du Tathâgata ? [...]

— Ô Ananda, tout comme on se conduit à l'égard du corps d'un monarque tout-puissant et universel, de la même façon on doit se conduire à l'égard des restes corporels du Tathagata. Le stupa du Tathagata devra être érigé à un grand carrefour ; et pour tous ceux qui y déposeront des fleurs ou des parfums, pour tous ceux qui lui rendront hommage, pour tous ceux qui se sentiront bien en le regardant, ce stupa apportera bonheur et joie pendant longtemps. [...] Il y a beaucoup de personnes qui purifieront leur pensée, en disant : "Voici un stupa élevé au nom de tel Bienheureux qui est un Bouddha parfait." [...] Ainsi, ayant purifié leur pensée, après la disparition de leur corps, après la mort, ils réapparaîtront dans une destination heureuse, dans le monde céleste. Pour cette raison, ô Ananda, le Tathagata qui est un Arahant, le Bouddha parfait, est digne d'un stupa[7]. »

Un autre passage du *Mahaparinirvana-sutra* indique que c'est également Sakyamuni qui aurait institué la pratique des pèlerinages, en particulier dans les lieux associés aux événements majeurs de son ultime existence :

« Il y a, ô Ananda, quatre lieux qu'un fils de famille pourvu de la confiance sereine puisse aller voir. Quels sont ces quatre lieux ? L'endroit où l'on dit : Ici le Tathagata est né [...]. Ici le Tathagata a atteint le parfait Éveil [...]. Ici le Tathagata a mis en mouvement la Roue de la Loi [...]. Ici le Tathagata a atteint le nirvana complet [...]. Les *bhikkhu*, les *bhikkhuni*, les disciples laïques, hommes et femmes, viendront en ces lieux[8]. »

À l'invitation du maître, religieux et *upasaka* ont certainement afflué très tôt à Lumbini, Bodh-

Gaya, Sarnath et Kushinagar. Ashoka, au IIIe siècle avant notre ère, tout comme le moine Huan Tsang, près de dix siècles après lui, ne faisaient pas autre chose que de perpétuer cette pratique des pèlerinages aux lieux saints bouddhiques. Celle-là, inévitablement, s'est aussi confondue rapidement avec le culte des stupas renfermant les reliques du Bienheureux — et cela en dépit du fait qu'il réservait cette dévotion aux seuls laïcs. Au fil des siècles, tandis que les reliques ne cessaient de se multiplier, les fidèles du Bouddha ont rajouté quatre autres destinations aux sites de pèlerinage arrêtés par Sakyamuni. Il s'agit des endroits où ont eu lieu, selon la tradition bouddhique, les Quatre Miracles Secondaires : Rajagrha, où le sage a soumis l'éléphant furieux ; Sravasti, où il a fait apparaître un manguier lors du débat public ; Samkasya, où il est redescendu du ciel sur un escalier de cristal après son séjour chez les dieux ; et enfin Vaisali, où un singe vola un jour le bol à aumône du Bienheureux, pour lui faire don d'une offrande de miel...

Au fond, une seule question se pose, celle de la signification de la mort du Bouddha pour ses fidèles. Lorsqu'ils se rendent en pèlerinage sur les lieux saints, quel lien les bouddhistes, religieux ou laïques, entretiennent-ils donc avec leur maître défunt ? Selon le canon bouddhique, le terme *parinirvana* désigne l'« extinction complète » de celui qui s'est déjà délivré du *samsara* durant son existence : à sa mort, il arrive au terme définitif de sa dernière renaissance. D'autre part, la doctrine bouddhique niant l'existence de l'*atman*, le décès du Bouddha correspond donc, théoriquement, à un anéantissement absolu : tout ce qui composait sa personne cesse définitivement d'exister. Après son *parinirvana,* le Bienheureux ne renaîtra plus jamais, ni ici-bas ni dans l'au-delà ; il a rompu tous liens avec le monde des hommes. Dès lors, les hommages que lui rendent ses fidèles à travers les stupas, les offrandes qu'ils y déposent, ne peuvent lui parvenir. Le culte des reliques ne consiste donc pas à maintenir « vivante » une quelconque relation avec le Bouddha après sa disparition : en principe, ce faisant, le dévot cherche seulement à accomplir un acte hautement méritoire dont il espère, par la loi du *karman*, recueillir un jour les fruits.

Néanmoins, les choses ne sont pas aussi simples... Les textes canoniques relatent qu'un jour le *bhikkhu* Malunkyaputta fit part au Bouddha de son étonnement : pourquoi laissait-il donc sans réponse toute une série de questions particulièrement importantes et profondes, parmi lesquelles celle de l'existence du Bienheureux au-delà de la mort ? Non sans une pointe d'ironie, le Bouddha répondit à son disciple qu'il n'avait jamais promis de lui enseigner si le monde est ou n'est pas éternel, s'il est limité ou infini, si la force vitale est identique au corps ou l'inverse et, enfin, si lui-même, le Tathagata, survit ou ne survit pas après la mort — ou bien les deux à la fois... Poursuivant son sermon, le maître explique alors au *bhikkhu* que la connaissance de toutes ces choses ne fait faire aucun progrès dans la voie du salut et lui rappelle le cœur de son enseignement, autrement dit les Quatre Nobles Vérités : la vérité sur la souffrance, la vérité sur l'origine de celle-ci, sur la suppression de celle-ci, et enfin le chemin qui mène à cette suppression : « Par conséquent, ô Malunkyaputta, conservez dans votre pensée ce que je n'ai pas expliqué comme non expliqué, et ce que j'ai expliqué comme expliqué[9]. »

Le sage demandait donc expressément à ses disciples de renoncer à savoir quoi que ce soit sur son existence, ou sur sa non-existence, après le *parinirvana*. À ses yeux, ces spéculations sont vaines dans la mesure où elles ne servent pas à progresser intérieurement. Quoi qu'il en soit, les réponses du maître en forme de « ni oui ni non » aux questions qu'il qualifiait d'« inutiles[10] » n'en ont pas moins laissé entrouverte, pour ses fidèles, la porte de l'espoir d'une transcendance du Bouddha après sa mort — et elles n'ont depuis cessé de donner lieu à des interprétations multiples et divergentes à travers les siècles et les diverses écoles du bouddhisme.

Enfin, avec la mort de Sakyamuni, ressurgissent bien sûr les éternelles spéculations autour de la datation de son existence : depuis que l'historicité du fondateur du bouddhisme a été établie, à la fin du XIXe siècle, cette question — parmi beaucoup d'autres — n'a pas cessé d'opposer les experts...

À quel moment fixer la date de la mort du maître ? L'école du Theravada situe le *parinirvana* du Bouddha historique lors de la pleine lune du mois de *vaisakha*, c'est-à-dire exactement au même moment que sa naissance et son Éveil. C'est d'ailleurs ce triple événement que commémorent les bouddhistes lors de la célèbre fête de Vesak, qui se tient à la pleine lune du mois de mai du calendrier occidental. On notera cependant que, pour d'autres traditions bouddhiques, l'événement aurait eu lieu durant la nuit de pleine lune de *karttika*, c'est-à-dire à l'automne. Mais, au fond, peu importe : pour les spécialistes, le débat se concentre sur la fixation de l'année de l'événement. Et la tâche est des plus ardues : il est, en effet, très difficile de démêler l'écheveau des informations que nous ont léguées les nombreuses écoles bouddhiques de l'Inde ancienne, mais aussi les traditions plus récentes, chinoise et tibétaine par exemple.

Au XIXe siècle, c'est la tradition cinghalaise du Theravada qui offrait aux yeux des savants européens le plus de crédibilité historique ; si bien que la plupart d'entre eux retenaient alors les dates officielles de la vie du Bouddha fournies par la Voie des Anciens : – 623 pour sa naissance, et – 543 pour sa mort. Mais cette première estimation a dû être corrigée lors de la découverte d'un point d'ancrage historique majeur, la date d'accession au trône d'Ashoka. Celle-ci n'a pas été facile à établir : les témoignages de l'ambassadeur Mégasthène, transmis par les historiens grecs, ont d'abord permis de fixer la date de l'arrivée au pouvoir du fondateur de l'empire Maurya, Chandragupta, vers – 321. Puis, à l'aide des chroniques cinghalaises qui donnent la durée précise des règnes de Chandragupta et de son successeur jusqu'à l'accession au trône d'Ashoka, elle a été établie aux alentours de l'an – 265. Or, les sources cinghalaises fournissent une autre information essentielle : elles placent l'extinction du Bouddha 218 ans avant l'arrivée au pouvoir d'Ashoka. Partant, les historiens ont finalement choisi de dater la mort du maître historique vers – 483.

Malgré le consensus nécessaire de la communauté scientifique qui, depuis lors, s'accorde pour dater la naissance du Bouddha historique vers – 563 et sa mort vers – 483, les polémiques n'ont jamais vraiment cessé. La plupart tendent à « rajeunir » le Bouddha. Elles sont alimentées par le problème de la longévité du sage, qui a sans doute été exagérée par ses disciples dans leurs écrits, par la remise en question de la date exacte du sacre d'Ashoka, par le fait que la tradition cinghalaise fait bizarrement état d'une datation antérieure de soixante ans à celle calculée par les scientifiques, et enfin par l'étude des traditions du Cachemire, du Tibet et de la Chine. Si ces deux dernières sont jugées moins fiables car plus tardives, il n'en reste pas moins que toutes trois s'accordent à fixer la mort de Sakyamuni seulement un siècle avant le règne d'Ashoka. Plus récemment, en choisissant de situer la naissance du maître vers – 480, le bouddhologue Richard Gombrich, de l'université d'Oxford, a relancé ce qu'André Bareau appelait la « querelle courtoise[11] ». Peut-être cette affaire finira-t-elle un jour par être classée « faute de preuve »... à moins qu'une nouvelle découverte scientifique ne permette d'y apporter une conclusion irréfutable, comme les aime l'Occident.

Pour en finir avec la mort du Bouddha, abandonnons là les querelles d'experts et revenons au récit. La littérature bouddhique raconte qu'après le partage des reliques vint le temps des conciles... Le premier, réuni par le vieux moine Kasyapa, se serait tenu dans une caverne, à Rajagrha, dès la saison des pluies qui suivit le décès du Bouddha. Il aurait duré sept mois. Atteignant enfin l'état d'*arahant*, le fidèle Ananda y aurait posé les points principaux de la Doctrine et les bases de la règle du *Sangha*. L'excellent moine Upali, l'ancien barbier, aurait, quant à lui, été longuement interrogé sur les questions de discipline. Réunissant 700 moines, le deuxième concile se serait tenu à Vaisali, la capitale des Licchavis, une centaine d'années après le *parinirvana* de Sakyamuni. Si les spécialistes doutent de la réalité du premier, voire du deuxième concile, ils reconnaissent en revanche l'existence historique du troisième concile convoqué à Pataliputra par Ashoka, au cours duquel le canon bouddhique fut fixé oralement d'une façon définitive. Commence alors le long et complexe cheminement du bouddhisme, et de sa littérature, vers les terres lointaines...

C'est là que nous recroisons les pas de Huan Tsang. Ayant visité Kushinagar, le plus illustre des pèlerins chinois a désormais achevé son pèlerinage sur la terre sacrée du Bouddha. Mais le moine n'est pas encore prêt à retourner dans son pays. Il avait en effet fixé un second objectif à son voyage en Inde : trouver, étudier et ramener avec lui autant de textes bouddhiques que possible, autrement dit, selon son expression imagée, « approfondir les textes de l'éléphant parfumé et épuiser la liste du palais des dragons[12] ». Il décide pour cela de se rendre non loin de l'ancienne Rajagrha, jusqu'à la cité monastique de Nalanda. Celle-ci rassemble alors dix mille moines et sa réputation de centre du savoir bouddhique dépasse largement les frontières de l'Inde. Pendant des années, Huan Tsang va y étudier avec application le sanskrit et les textes canoniques du Grand Véhicule, mais aussi les autres grandes doctrines religieuses indiennes. Tant et si bien qu'en 643, lors d'un grand débat public, le moine chinois l'emporte brillamment face à quelque cinq cents maîtres religieux concurrents, parmi lesquels des brahmanes et des jaïns, des bouddhistes d'autres écoles et divers chefs spirituels hétérodoxes... En 645, il prend enfin la route du retour. Ayant surmonté d'innombrables obstacles, de l'Himalaya à la barrière de la langue, Huan Tsang a réussi à mener à bien la mission qu'il s'était fixée : lorsqu'il arrive en Chine après seize longues années d'absence, le pèlerin ramène avec lui 657 manuscrits bouddhiques !

Si les bouddhistes n'ont cessé, à juste titre, d'auréoler de gloire les exploits du « prince des pèlerins », celui-ci ne fut pas l'initiateur du bouddhisme en Chine : comme nous l'avons déjà évoqué, l'expansion de la doctrine du Bouddha hors de sa terre d'origine était déjà, au VIIe de notre ère, une vieille histoire… Au IIIe siècle avant notre ère, sous l'impulsion d'Ashoka, le bouddhisme s'est répandu vers le sud de l'Inde et Ceylan avant de gagner par les routes maritimes tout le Sud-Est asiatique. Dans le même temps, il s'est aussi diffusé jusqu'en Asie centrale, *via* les royaumes helléniques de l'actuel Afghanistan. Au Ier siècle de notre ère, l'expansion du Mahayana coïncide avec l'apogée de l'Empire kushana : au nord-ouest, le Grand Véhicule atteint d'abord la Sogdiane et la Bactriane puis, empruntant la route de la soie au nord de la chaîne himalayenne, il se propage jusqu'en Chine. Vers le milieu du premier millénaire, en Inde du Nord, un bouddhisme très imprégné de yoga hindou et de magie tantrique se sépare du Mahayana pour former le Vajrayana, ou Véhicule de Diamant… Diffusé au Tibet par des missionnaires indiens à partir du VIIe siècle, le Vajrayana y deviendra rapidement la religion dominante.

Contrairement à ce que l'on pourrait croire, le Tibet a donc été la dernière région asiatique à être touchée par le bouddhisme. Plus étonnant encore, c'est par l'intermédiaire de ce bouddhisme tardif si spécifique, resté confiné pendant des siècles au

« pays des Neiges », que beaucoup d'Occidentaux ont découvert à leur tour la doctrine du Bouddha au cours du XXe siècle, à la suite de la célèbre Alexandra David-Neel. Cette rencontre fut fructueuse : aujourd'hui, en France, la majorité des monastères bouddhiques sont de rites tibétains. À la différence de l'élite intellectuelle du XIXe siècle qui l'avait rejeté, le grand public a su accueillir avec enthousiasme la doctrine du Bouddha.

Décidément, les voies qui mènent à la rencontre de Sakyamuni sont aussi multiples qu'impénétrables.

Épilogue

« Entendu tel quel.

Une fois, le Bouddha demeurait à Sravasti, au bosquet de Jeta, dans le jardin d'Anathapindada.

Alors l'honoré du monde dit aux moines :

— Il y a quelque chose qu'il vous faut pratiquer, quelque chose qu'il vous faut répandre. Grâce à cela, on réalise les pouvoirs divins, on élimine quantité de pensées désordonnées, on cueille les fruits de la vie religieuse et l'on parvient au Nirvana. De quoi s'agit-il ? Du souvenir du Bouddha. Il vous faut le pratiquer, il vous faut le répandre. Grâce à lui, on réalise les pouvoirs divins, on élimine quantité de pensées désordonnées, on cueille les fruits de la vie religieuse et l'on parvient au Nirvana. C'est pourquoi, moines, il vous faut le pratiquer, il vous faut le répandre. Voilà, moines, ce qu'il vous faut savoir.

Alors les moines, ayant entendu ce que le Bouddha avait enseigné, le reçurent avec joie et le mirent en pratique[1]. »

Le biographe ne peut que saluer l'exemplaire œuvre de transmission du souvenir du sage assurée depuis près de 2 500 ans par ses disciples — au-delà de leurs divergences et des multiples évolutions que celles-ci ont entraînées au sein du *Sangha*. Oui, le Bouddha a bien été entendu par les siens, sans doute même au-delà de ses propres espérances. Car, lequel des *bhikkhu* réunis ce jour-là aurait pu imaginer que leur maître, si exceptionnel fût-il, connaîtrait une telle postérité ? Voilà, s'il devait en exister un, le vrai miracle du bouddhisme : la figure de son fondateur, le récit de sa vie ainsi que les fondements de sa doctrine ont réussi à traverser le temps jusqu'à nos jours, et l'espace jusqu'à des contrées aussi éloignées de sa terre d'origine que les États-Unis.

Mais, finalement, que penser de la vie du Bouddha historique telle que l'ont relatée ses fidèles en de multiples versions ? Au-delà des exagérations et des prodiges souvent mis en scène par les hagiographes, tout Occidental qui aborde la littérature bouddhique se heurte à un certain nombre de concepts et de postulats issus de la civilisation indienne qui lui sont parfaitement étrangers. Il lui faut donc d'abord surmonter ce choc culturel, sans quoi nulle rencontre avec le sage n'est envisageable.

Depuis les premières bases posées au XIXe siècle jusqu'aux travaux universitaires actuels, les disciplines scientifiques, comme l'histoire ou la philologie, fournissent désormais au lecteur non initié les clefs indispensables pour être capable d'appréhender autant que possible cette altérité. Véritable défi, l'élaboration de cette connaissance occidentale a été le fruit d'un long et lent processus — et elle n'a d'ailleurs pas toujours échappé à l'ethnocentrisme, autrement dit à son conditionnement et son évolution propres. Résultats du hasard le plus complet ou d'un travail émérite, les découvertes successives ont néanmoins fini par repousser l'ignorance ainsi que les préjugés de l'Occident à l'endroit du bouddhisme et, plus généralement, de la civilisation qui l'a vu naître.

Cependant, ces travaux ne peuvent répondrent à toutes les questions posées par l'existence de Sakyamuni telle que la tradition bouddhique nous l'a transmise : l'étude comparative des textes canoniques, leur mise en relation avec l'épigraphie, l'iconographie et les vestiges archéologiques commémoratifs sont loin d'avoir apporté toutes les réponses espérées. Depuis les premières études qui lui ont été consacrées et jusqu'à nos jours, la dimension véritablement historique de la vie du Bouddha résiste aux investigations scientifiques. Dès lors, il faut se résigner à ce que les contingences matérielles et les faits précis de son existence ne restent, pour la plupart et peut-être à jamais, que des hypothèses invérifiables… Mais faut-il vraiment s'en étonner ? Le maître ne prônait-il pas justement l'impermanence de toutes choses et l'illusion de l'existence individuelle ? Par ricochet, cette impossibilité de preuve vient en quelque sorte accréditer la doctrine de Sakyamuni, qui invitait chacun à découvrir, selon les mots de Claude Lévi-Strauss,

« la vérité sous forme d'une exclusion mutuelle de l'être et du connaître[2] ».

Au fond, entre la tentation de céder au merveilleux en prenant pour argent comptant les récits traditionnels et l'ambition de distinguer l'histoire du mythe pour ne s'en tenir qu'à ce qui est avéré — autrement dit pas grand-chose —, on découvre surtout que la vie du Bouddha est tout simplement indissociable de son message. Sans cesse, le personnage se dérobe... au profit de sa pensée. Aucun biographe ne peut échapper au fait que — comme le maître lui-même l'aurait appelé de ses vœux — l'étude de la vie du Bouddha équivaut à entreprendre un voyage au terme duquel on aboutit, presque exclusivement, à sa doctrine. Presque tout le reste n'est qu'interprétations factuelles, et les questions demeurent. Dès lors, il faut bien avouer que, dans le cas de Sakyamuni, l'exercice biographique — éminemment moderne et occidental — se heurte vite à ses limites : à partir du moment où il comprend que la clef de l'énigme du fondateur du bouddhisme ne réside pas tant dans le récit de sa vie que dans son enseignement, le biographe en arrive bientôt à constater, malgré lui, l'étroitesse de son ambition et de ses vues. Pire, l'historicité du personnage lui apparaît soudain comme une question secondaire. La sentence de Victor Hugo prend alors tout son sens : « L'histoire a sa vérité, la légende a la sienne. La vérité légendaire est d'une autre nature que la vérité historique. La vérité légendaire, c'est l'invention ayant pour résultat la réalité. Du reste, l'histoire et la légende ont le même but, peindre sous l'homme momentané l'homme éternel[3]. »

Au bout du compte, suivre la vie du Bouddha revient à découvrir une pensée, née d'une expérience humaine authentique, dont la profondeur est telle qu'elle trouble encore profondément le lecteur contemporain ; et l'invite à dépasser le foisonnement des légendes aussi bien que la rareté des connaissances scientifiques, pour accéder à une quête de vérité qui transcende les cultures et les époques. Ainsi réduit à sa quintessence, le message du Bouddha n'apparaît plus tant comme une doctrine strictement religieuse que comme une heureuse promesse, une utopie, au sens premier de l'étymologie grecque *u-topos*, c'est-à-dire une vérité qui ne réside en « nul lieu »...

Tout comme la portée de la découverte décisive du sage s'est avérée universelle, l'impermanence absolue qu'il enseignait semble, plus que jamais, confirmée par la course en avant prônée par ce qu'on appelle, de façon dévoyée, le « progrès ». Face au tourbillon effréné du consumérisme et de la mondialisation, les paroles du Bouddha nous reviennent en mémoire :

> Soyez à vous-mêmes votre propre flambeau et votre propre refuge, ne cherchez pas d'autre refuge[4].

Et l'on se prend soudain à rêver de pouvoir saisir, en deçà de nous-mêmes, un peu de l'apaisement qu'a connu Siddharta Gautama, il y a vingt-cinq siècles déjà. En méditant sous un arbre, dit-on.

> Celui qui, en haut, en bas et tout autour, est libre
> Ne peut plus se voir comme « je suis ».
> Ce qui avant lui manquait, il s'en est libéré :
> Traverser le fleuve, ne jamais revenir[5].

ANNEXES

REPÈRES CHRONOLOGIQUES

LES DATES APPROXIMATIVES DE LA VIE DU BOUDDHA
(selon les estimations le plus souvent avancées par les spécialistes)

– 563. Naissance de Siddharta Gautama au sein de la petite « république » aristocratique des Sakyas, située dans le Teraï, au nord-est de l'Inde. La tradition l'appelle aussi le Bodhisattva, ou l'« Être promis à l'Éveil ». Comme son père, Suddhodana, qui dirige le clan des Sakyas, Siddharta appartient à la classe des nobles guerriers. Recevant une éducation en conformité avec son rang, il est élevé à Kapilavastu, la capitale des Sakyas, dans des conditions privilégiées.

– 534. Alors qu'il est déjà marié et père d'un enfant, Siddharta Gautama renonce à la vie mondaine. Abandonnant sa famille, son palais et tous ses biens, il quitte Kapilavastu pour s'engager dans la voie de la recherche spirituelle. Habillé comme un ascète, mendiant sa nourriture sur son chemin, il gagne la vallée moyenne du Gange. Après avoir suivi les enseignements de deux célèbres maîtres spirituels, Siddharta décide de trouver par lui-même la voie du salut. Suivi par cinq jeunes renonçants, il s'installe dans une forêt près du village d'Uruvela, dans le royaume de Magadha. L'ascète Gautama se livre alors à d'intenses exercices de rétention du souffle, puis à la pratique du jeûne extrême, auxquels il renonce tour à tour pour suivre une voie dite « médiane ». Ne comprenant pas sa décision, ses cinq compagnons le quittent.

– 528. En méditant sous un arbre près d'Uruvela, Siddharta accède enfin à l'Éveil, après de longues années de quête. Dit aussi « Sakyamuni », le Bouddha — l'« Éveillé » — donne son premier sermon, à côté de Bénarès, à ses cinq anciens compagnons d'ascèse qui deviennent ses premiers disciples : la communauté des moines bouddhique est née. Bénéficiant bientôt de l'appui des grands souverains de son temps, le Bouddha va poursuivre la prédication de sa doctrine au sein de la vallée du Gange pendant des décennies. À mesure que les conversions se succèdent, des établissements monastiques voient le jour grâce au soutien matériel apporté par les disciples laïques. À la demande de sa tante, le maître accepte de fonder un ordre de nonnes.

– 483. À la suite d'une intoxication alimentaire, le Bouddha s'éteint à l'âge de quatre-vingts ans dans la petite cité de Kushinagar. Peu après, si l'on en croit la tradition, les moines se réunissent en concile à côté de Rajagrha, la capitale du royaume de Magadha, pour définir oralement le canon bouddhique.

CHRONOLOGIE GÉNÉRALE DE L'INDE ANCIENNE

Même si la plupart des datations ci-dessous restent approximatives, un panorama des grands événements politiques, sociaux et culturels de l'histoire de l'Inde ancienne permet de mieux appréhender la vie du Bouddha et, plus largement, l'émergence et le développement du bouddhisme au sein de la civilisation indienne.

– 2600 à – 1700. Civilisation urbaine de l'Indus.

– 1800 à – 1000. Arrivée des Aryas en Inde du Nord. Composition, en sanskrit archaïque, du *Rig-Veda*, premiers hymnes sacrés de la religion védique.

– 1000 à – 600. Sédentarisation des Aryas qui défrichent la vallée du Gange. Usage du fer.

À partir de – 800. Essor de royaumes et de « républiques » aristocratiques dans la vallée moyenne du Gange. Composition des premières *Upanishad*, apparition du concept de *samsara*.

VIe à Ve s. av. J.-C. Période d'effervescence intellectuelle et religieuse : le brahmanisme remplace la religion védique, de nombreux mouvements sectaires voient le jour. Vies de Siddharta Gautama, le Bouddha historique, et de Mahavira, le fondateur du jaïnisme.

– 530. Conquête du Pendjab par les Perses.

De – 400 à 400 apr. J.-C. Composition des gigantesques épopées du *Ramayana* et du *Mahabharata* ; le brahmanisme donne naissance à l'hindouisme.

– 327. Expédition d'Alexandre le Grand.

– 321. Fondation de l'empire Maurya par Chandragupta en Inde du Nord.

IIIe s. av. J.-C. Règne d'Ashoka, qui étend l'empire Maurya jusqu'au Deccan. Converti à la doctrine du Bouddha, l'empereur envoie des missionnaires pour promouvoir le bouddhisme à travers tout son vaste empire, et même au-delà : Mahinda, son fils (ou son frère ?), le propage à Ceylan.

Vers – 250. Ashoka réunit à Pataliputra le troisième concile bouddhique, durant lequel le canon est fixé oralement.

IIe s. av. J.-C. Essor des royaumes indo-grecs au nord-est de l'Inde.

Ier s. av. J.-C. Mise par écrit du canon pali à Ceylan.

Ier s. apr. J.-C. Les Kushanas, protecteurs du bouddhisme, règnent sur le nord de l'Inde. Essor du Mahayana, le « Grand Véhicule », qui se propage jusqu'en Chine *via* l'Asie centrale.

IIe s. Composition des *Lois de Manu*.

IIIe s. Vie du grand philosophe bouddhiste Nagarjuna, qui rédige le *Traité du Milieu*.

319-480. L'empire Gupta, dont les souverains sont hindous, incarne la période d'apogée de la civilisation indienne classique.

Début du Ve s. Voyage du pèlerin chinois Fa Hian. Fondation de la grande « université » bouddhique de Nalanda.

495-520. Raids des Huns.

VIIe s. Début du déclin du bouddhisme en Inde. Voyage du pèlerin chinois Huan Tsang.

RÉFÉRENCES BIBLIOGRAPHIQUES

LA VIE ET L'ENSEIGNEMENT DU BOUDDHA

En français :

André Bareau, *Recherches sur la biographie du Buddha dans les Sutrapitaka et les Vinayapitaka anciens,* 3 vol., École française d'Extrême-Orient, 1963, 1971, 1995.

—, *Bouddha*, Seghers, 1962.

—, *En suivant Bouddha*, Éd. du Félin, 2000.

Jean Boisselier, *La Sagesse du Bouddha*, Gallimard, 1993.

Jean Éracle, *Paroles du Bouddha tirées de la tradition primitive*, Seuil, 1991.

P. E. de Foucaux, *Le Lalitavistara ou Développement des Jeux. L'histoire traditionnelle de la vie du Bouddha çakyamuni*, in *Annales du musée Guimet*, Éd. Leroux, 1884.

Alfred Foucher, *La Vie du Bouddha d'après les textes et les monuments de l'Inde*, Jean Maisonneuve, Librairie d'Amérique et d'Orient, 1987.

Hermann Oldenberg, *Le Bouddha : sa vie, sa doctrine, sa communauté*, Bibliothèque de philosophie contemporaine, Librairie Félix Alcan, 2e édition française, 1903.

Walpola Rahula, *L'Enseignement du Bouddha. Études suivies d'un choix de textes*, Seuil, 1961.

Louis Renou et Jean Filliozat, *L'Inde classique. Manuel des études indiennes*, t. II, École française d'Extrême-Orient, 1953.

Hans Wolfgang Schumann, *Le Bouddha historique*, Sully, 1999.
Émile Senart, *Mahavastu*, Imprimerie Nationale, 1882-1897.
Môhan Wijayaratna, *Sermons du Bouddha*, Éd. du Cerf, 1988.
—, *Le Dernier Voyage du Bouddha*, Lis, 1998.

En anglais :

Thomas William Rhys Davids, *Dialogues of the Buddha*, 3 vol., 1899 ; Pali Text Society, 1995.
Trevor Ling, *The Buddha*, Pelican Books, 1976.
Bhikkhu Nanamoli, *The Life of the Buddha According to the Pali Canon*, Buddhist Publication Society, Pariyatti Editions, 1992.
—, *The Middle Lenght Discourses of the Buddha*, Wisdom Publications, 2001.
E. J. Thomas, *The Life of the Buddha as Legend and History*, Routledge & Kegan Paul, 1927.

Sur internet, de larges extraits des textes canoniques sont accessibles, en particulier sur les sites suivants :
uwf.edu/wmikulas/Webpage/Leaves/website
www.accesstoinsight.org/
www.canonpali.org

LE BOUDDHISME

En français :

Au berceau du bouddhisme, dossier d'Archéologie n° 254, Éd. Faton, juin 2000.
André Bareau, *Les Religions de l'Inde*, t. III : *Bouddhisme, jaïnisme, religions archaïques*, Payot, 1966.
—, *Les Sectes bouddhiques du Petit Véhicule*, École française d'Extrême-Orient, 1955.
Heinz Bechert et Richard Gombrich (dir.), *Le Monde du bouddhisme*, Thames & Hudson, 1998.

Jules Bloch, *Les Inscriptions d'Ashoka*, Les Belles Lettres, 1950.
Eugène Burnouf, *Introduction à l'histoire du Buddhisme indien*, Maisonneuve & Cie, 1876.
Edward Conze, *Le Bouddhisme dans son essence et son développement*, Payot, 1995.
Dictionnaire du bouddhisme, Encyclopædia Universalis et Albin Michel, 1999.
Étienne Lamotte, *Histoire du bouddhisme indien. Des origines à l'ère saka*, Publications universitaires de Louvain, 1958.
C. Meuwese (éd.), *L'Inde du Bouddha vue par des pèlerins chinois sous la dynastie Tang*, Calmann-Lévy, 1968.
Pankaj Mishra, *La Fin de la souffrance*, Buchet-Chastel, 2006.
Louis Renou et Jean Filliozat, *L'Inde classique. Manuel des études indiennes*, t. II, École française d'Extrême-Orient, 1953.
Lilian Silburn, *Aux sources du bouddhisme*, Fayard, 1997.

En anglais :

Hirakawa Akira, *A History of Indian Buddhism from Sakyamuni to Early Mahayana*, University of Hawaii Press, 1990.
Edward Conze, *Buddhist Thought in India. Three Phases of Buddhist Philosophy*, George, Allen and Unwin, 1963.
Arthur L. Herman, *An Introduction to Buddhist Thought*, University Press of America, 1983.
Trevor Ling, *The Buddha*, Pelican Books, 1976.
Benjamin Rowland, *The Art and Architecture of India Buddhist, Hindu and Jaina*, Penguin, 1953.
K. Warder, *Indian Buddhism*, Motilal Banarsidass, 1980.

L'INDE ANCIENNE

En français :

Arthur Basham, *La Civilisation de l'Inde ancienne*, Arthaud, 1988.

Jean Filliozat, *Les Philosophies de l'Inde*, Presses universitaires de France, 1970.
Heinrich Franz, *L'Inde ancienne. Histoire et civilisation*, Bordas, 1990.
Damodar Kosambi, *Culture et civilisation de l'Inde ancienne*, Maspéro, 1970.
Louis Renou, *La Civilisation de l'Inde ancienne*, Flammarion, 1981.
Louis Renou et Jean Filliozat, *L'Inde classique. Manuel des études indiennes*, 2 vol., École française d'Extrême-Orient, 1947, 1953.
Heinrich Zimmer, *Les Philosophies de l'Inde*, Payot, 1978, 1997.

En anglais :

Benimadhab Barua, *A History of Pre-Buddhistic Indian Philosophy*, Motilal Banarsidass, 1921, 1970.
Johannes Bronkhorst, *Greater Magadha. Studies in the Culture of Early India*, Brill, 2007.
Padmanabh S. Jaini, *The Jaina Path of Purification*, University of California Press, 1979.
Romila Thapar, *The Penguin History of Early India, from the Origins to AD 1300*, Penguin Books India, 2003.

LA DÉCOUVERTE DU BOUDDHISME PAR LES OCCIDENTAUX

En français :

Marc Clüet (dir.), *La Fascination de l'Inde en Allemagne, 1800-1933*, Presses universitaires de Rennes, 2004.
Roger-Pol Droit, *L'Oubli de l'Inde. Une amnésie philosophique*, Presses universitaires de France, 1989.
—, *Le Culte du néant. Les philosophes et le Bouddha*, Seuil, 1997.

Bernard de Give, *Les Rapports de l'Inde et de l'Occident. Des origines au règne d'Ashoka*, Les Indes savantes, 2005.
Frédéric Lenoir, *La Rencontre du bouddhisme et de l'Occident*, Fayard, 1999.
Henri de Lubac, *La Rencontre du bouddhisme et de l'Occident*, Aubier, 1952.

En anglais :

Charles Allen, *The Buddha and the Sahibs. The Men who Discovered India's Lost Religion*, Paperback Edition, 2003.
Upinder Singh, *The Discovery of Ancient India. Early Archaeologists and the Beginnings of Archaeology*, Permanent Black Editions, 2004.

NOTES

PROLOGUE

1. Hermann Oldenberg, *Le Bouddha : sa vie, sa doctrine, sa communauté*, Bibliothèque de philosophie contemporaine, Librairie Félix Alcan, 2e édition française, 1903.

NAISSANCE

1. *Lalitavistara ou Développement des Jeux. L'histoire traditionnelle de la vie du Bouddha çakyamuni.* Traduit par P. E. de Foucaux, in *Annales du musée Guimet*, Éd. Leroux, 1884.

2. *Ibid.*

3. *Ibid.*

4. *Ibid.*

5. *Ibid.*

6. *Ibid.*

7. *Ibid.*

8. *Ibid.*

9. *Ibid.*

10. *Majjhima-nikaya*, 123. Lorsque les sources ne sont pas précisées, les références des extraits de textes canoniques correspondent à celles de l'édition officielle de la Pali Text Society de Londres (P.S.T.), publiée de 1822 à nos jours.

11. *Lalitavistara, op. cit.*

12. *Ibid.*

13. *Ibid.*

14. *Ibid.*

LUMBINI, 1896

1. Clément d'Alexandrie, *Stromates*, cité *in* Henri de Lubac, *La Rencontre du bouddhisme et de l'Occident*, Aubier, 1952.

2. Marco Polo, *La Description du monde*, Librairie générale française, 1998.

3. *Encyclopédie* de Diderot et d'Alembert, article « Asiatiques », t. I, 1751.

4. Henri de Lubac, *La Rencontre du bouddhisme et de l'Occident*, *op. cit.*

5. Michel-Jean-François Ozerey, *Recherches sur Buddon ou Bouddon, instituteur de l'Asie orientale, précédées de considérations générales*, cité *in* Henri de Lubac, *op. cit.*

6. Hermann Oldenberg, *op. cit.*

7. *Archeological Survey Reports*, cité *in* Upinder Singh, *The Discovery of Ancient India. Early Archaeologists and the Beginnings of Archaeology*, Permanent Black Editions, 2004. Traduction de l'anglais par l'auteur.

8. *A Record of Buddhistic Kingdoms : Being an Account by the Chinese Monk Fa-Hien of his Travels in India and Ceylon (A.D. 399-414) in Search of the Buddhist Books of Discipline*, traduit par James Legge, Oxford, Clarendon Press, 1886. Traduction de l'anglais par l'auteur.

9. Arthur L. Basham, *La Civilisation de l'Inde ancienne*, Arthaud, 1988.

10. C. Meuwese (éd.), *L'Inde du Bouddha vue par des pèlerins chinois sous la dynastie Tang*, Calmann-Lévy, 1968.

11. Lawrence Austine Waddell, cité *in* Charles Allen, *The Buddha and the Sahibs. The Men Who Discovered India's Lost Religion*, Paperback Edition, 2003. Traduction de l'anglais par l'auteur.

12. *Ibid.*

13. Duncan Ricketts, cité *in* Charles Allen, *op. cit.*

14. *Les Inscriptions d'Ashoka*, traduit par Jules Bloch, Les Belles Lettres, 1950.

15. Lawrence Austine Waddell, cité *in* Charles Allen, *op. cit.*

16. *Milinda-Pañha. Les questions de Milinda*, traduit par Louis Finot, Gallimard, coll. « Connaissance de l'Orient », 1992.

17. *Ibid.*

JEUNESSE

1. *Lalitavistara, op. cit.*
2. *Ibid.*
3. *Ibid.*
4. *Ibid.*
5. *Ibid.*
6. *Ibid.*
7. *Ibid.*
8. *Ibid.*
9. *Ibid.*
10. *Ibid.*
11. *Sutta-nipata*, 3.
12. *Lalitavistara, op. cit.*
13. *Anguttara-nikaya*, 3.
14. *Lalitavistara, op. cit.*
15. *Ibid.*
16. *Ibid.*
17. *Ibid.*
18. *Ibid.*
19. *Sutta-nipata*, 3.
20. *Anguttara-nikaya*, 3.
21. *Ibid.*
22. *Ibid.*

À LA FRONTIÈRE

1. *A Record of Buddhistic Kingdoms : Being an Account by the Chinese Monk Fa-Hien of his Travels in India and Ceylon (A.D. 399-414) in Search of the Buddhist Books of Discipline, op. cit.*
2. *Ibid.*
3. C. Meuwese (éd.), *op. cit.*
4. *Ibid.*

DÉPART

1. *Mahasaccaka Sutta.*

2. *Ibid.*

3. *Mahavastu.*

4. *Ibid.*

5. *Vinayapitaka des Mahîçâsaka*, cité *in* André Bareau, *En suivant Bouddha*, Éd. du Félin, 2000.

6. *Ibid.*

7. *Ibid.*

8. *Ibid.*

9. *Ibid.*

10. *Ibid.*

11. *Ibid.*

12. *Ibid.*

13. *Anguttara-nikaya*, 3.

14. *Majjhima-nikaya*, 36, 100.

15. *Vinayapitaka des Mahîçâsaka*, *op. cit.*

16. *Nidanakatha.*

17. *Lalitavistara*, *op. cit.*

18. *Ibid.*

19. *Ibid.*

20. *Buddhacharita.*

INDE, VERS — 1800

1. *The Hymns of the Rigveda, translated with a Popular Commentary*, traduit par Ralph T. H. Griffith, E. J. Lazarus and Co., 1889. Traduction de l'auteur.

2. *Ibid.*

3. *Ibid.*

4. *Ibid.*

5. *Hymnes spéculatifs du Veda*, traduit par Louis Renou, Gallimard, coll. « Connaissance de l'Orient », 1956.

6. *Ibid.*

7. *Ibid.*
8. *Lalitavistara, op. cit.*
9. *Ibid.*
10. *Mahavastu.*

QUÊTE

1. *Majjhima-nikaya*, 36.
2. *Ibid.*
3. *Ibid.*
4. *Ibid.*
5. *Sutta-nipata*, 3.
6. *Ibid.*
7. *Ibid.*
8. *Ibid.*
9. *Ibid.*
10. *Lalitavistara, op. cit.*
11. *Ibid.*
12. *Ibid.*
13. *Ibid.*
14. *Majjhima-nikaya*, 36.
15. *Ibid.*
16. *Majjhima-nikaya*, 4.
17. *Ibid*, 36.
18. *Ibid.*
19. *Ibid.*
20. *Vinayapitaka des Dharmaguptaka*, cité *in* André Bareau, *op. cit.*
21. *Vinayapitaka des Mahîçâsaka, op. cit.*

VALLÉE DU GANGE, VERS — 500

1. André Bareau, « Les origines de la pensée bouddhique », conférence de l'Institut bouddhique Truc lâm, 24 mai 1987, publié sur la page internet suivante : http://cusi.free.fr/fra/fra0070.htm
2. *Lalitavistara, op. cit.*

3. *Chandogya Upanishad.*
4. *Digha-nikaya*, 2.
5. *Ibid.*
6. *Anguttara-nikaya*, 3.
7. *Digha-nikaya*, 2.
8. *Katha Upanishad.*
9. *Praçna Upanishad.*

ÉVEIL

1. *Lalitavistara*, *op. cit.*
2. *Ibid.*
3. *Ibid.*
4. *Ibid.*
5. *Ibid.*
6. *Ibid.*
7. *Jataka*, 1.
8. *Lalitavistara*, *op. cit.*
9. *Ibid.*
10. *Ibid.*
11. *Ibid.*
12. *Ibid.*
13. *Ibid.*
14. *Jataka*, 1.
15. *Ibid.*
16. *Mahavagga*, 1.
17. *Majjhima-nikaya*, 36
18. *Ibid.*
19. *Lalitavistara*, *op. cit.*
20. *Ibid.*
21. *Majjhima-nikaya*, 26.
22. *Dhammapada Sutta.*
23. *Mahavagga, 1.*
24. *Lalitavistara*, *op. cit.*
25. *Ibid.*
26. *Ibid.*
27. *Ibid.*
28. *Ibid.*

29. *Mahavagga, 1.*
30. *Majjhima-nikaya*, 26.
31. *Ibid.*
32. *Ibid.*
33. *Ibid.*
34. *Ibid.*
35. *Ibid.*
36. *Ibid*
37. *Ibid.*
38. *Ibid.*

LA LÉGENDE ILLUSTRÉE

1. *Lalitavistara, op. cit.*
2. *Sutta Pitaka.*
3. *Ibid.*
4. *Lalitavistara, op. cit.*
5. *Ibid.*
6. *Milinda-Pañha, op. cit.*
7. *Majjhima Nikaya*, 26.
8. C. Meuwese, *op. cit.*

SERMON

1. *Lalitavistara, op. cit.*
2. *Majjhima-nikaya*, 26.
3. *Lalitavistara, op. cit.*
4. *Ibid.*
5. *Ibid.*
6. *Atharva Veda.*
7. *Lalitavistara, op. cit.*
8. *Majjhima-nikaya*, 26.
9. *Lalitavistara, op. cit.*
10. *Ibid.*
11. *Majjhima-nikaya*, 26.
12. *Mahavagga*, 1.

13. *Lalitavistara, op. cit.*
14. *Ibid.*
15. *Mahavagga*, 1.
16. *Dhamma-cakkappavattana Sutta.*
17. *Lalitavistara, op. cit.*
18. *Mahavagga*, 1.
19. *Anattalakkhana Sutta.*
20. *Ibid.*
21. *Ibid.*
22. *Ibid.*
23. *Lalitavistara, op. cit.*

EUROPE, XIXe SIÈCLE

1. Leana Quilici et Renzo Ragghianti, *Lettres curieuses sur la Renaissance orientale des frères Humboldt, d'August Schlegel et d'autres, avec en appendice quelques lettres de Constant, Renan, Thierry et Tocqueville*, Cromohs (Cyber Review of Modern Historiography), http://www.eliohs.unifi.it, 2008.
2. Henri de Lubac, *op. cit.*
3. Raymond Schwab, *La Renaissance orientale*, Payot, 1953.
4. *Ibid.*
5. Roger-Pol Droit, *L'Oubli de l'Inde. Une amnésie philosophique*, Presses universitaires de France, 1989.
6. Sylvain Levi, cité *in* Henri de Lubac, *op. cit.*
7. Jules Barthélemy-Saint-Hilaire, *Le Bouddha et sa religion*, Didier et Cie, 1866.
8. *Anattalakkhana Sutta.*
9. Roger-Pol Droit, *Le Culte du néant. Les philosophes et le Bouddha*, Éd. du Seuil, 1997.
10. G. W. F. Hegel, cité *in* Roger-Pol Droit, *op. cit.*
11. *Ibid.*
12. Jules Barthélemy-Saint-Hilaire, *op. cit.*
13. Friedrich Nietzsche, *Ecce homo*, « Comment on devient ce que l'on est », Gallimard, 1978.
14. Friedrich Nietzsche, *Fragment posthume du printemps* (1888), in *Œuvres philosophiques complètes*, Gallimard, 1976.
15. *Mahavagga*, 1.

16. Sigmund Freud, *Malaise dans la civilisation*, 1930.

CONVERSIONS

1. *Majjhima-nikaya*, 26.
2. *Mahavagga*, 1
3. *Vinayapitaka des Dharmagupta, op cit.*
4. *Ibid.*
5. *Ibid.*
6. *Sutta Pitaka.*
7. *Cullavagga*, 6.
8. *Mahavagga*, 1.
9. *Vinayapitaka des Dharmagupta, op cit.*
10. *Mahavagga*, 1.
11. *Ibid.*
12. *Vinayapitaka des Dharmagupta, op cit.*
13. *Sutta Pitaka.*

DE SARNATH À VARANASI

1. Cité in *Dictionnaire du bouddhisme*, article « Sarnath » de Rita Regnier, Encyclopædia Universalis / Albin Michel, 1999.
2. *Les Inscriptions d'Ashoka, op. cit.*
3. Lanza del Vasto, *Le Pèlerinage aux sources*, Denoël, 1943.

MIRACLES

1. *Vinayapitaka des Dharmagupta, op. cit.*
2. *Mahavagga*, 1.
3. *Vinayapitaka des Dharmagupta, op. cit.*
4. *Ibid*
5. *Ibid.*
6. *Ibid.*
7. *Ibid.*

8. *Ibid.*
9. *Mahavagga*, 1.
10. *Vinayapitaka des Mahîçâsaka, op. cit.*
11. *Adittapariyaya Sutta.*
12. *Vinayapitaka des Mahîçâsaka, op. cit.*
13. *Mahavagga*, 1.
14. *Vinayapitaka des Mahîçâsaka, op. cit.*
15. *Mahavagga*, 1.

AUTOPSIE LITTÉRAIRE

1. *Les Inscriptions d'Ashoka, op. cit.*
2. *Vinayapitaka des Mahîçâsaka, op. cit.*
3. Georges Dumézil, *Mythe et Épopée*, Gallimard, 1995.

RECRUTEMENT

1. *Nidana-Katha.*
2. *Theragatha.*
3. *Vinayapitaka des Dharmaguptaka, op. cit.*
4. *Ibid.*
5. Cité *in* Alfred Foucher, *La Vie du Bouddha d'après les textes et les monuments de l'Inde*, Jean Maisonneuve, Libraire d'Amérique et d'Orient, 1987.
6. *Ibid.*
7. *Ibid.*
8. *Lalitavistara, op. cit.*
9. *Cullavagga*, 10.
10. *Ibid.*
11. *Ibid.*
12. *Ibid.*

NAGPUR, 1956

1. Bhimrao Ramji Ambedkar, *Dr Babasaheb Ambedkar, Writings and Speeches*, Government of Maharashtra, Education Department, 1991. Traduction de l'auteur.

2. *Ibid.*
3. *Ibid.*
4. *Digha-nikaya*, 16.
5. *Sutta-nipata*, 1.
6. *Theragatha*.
7. *Majjhima-nikaya*, 135.

MISSION

1. *Cullavagga*, 6.
2. *Sutta Pitaka*.
3. *Mahavagga*, 8.
4. *Ibid.*, 10.
5. *Majjhima-nikaya*, 89.
6. *Lalitavistara*, *op. cit.*

AJANTA, 1819

1. Charles Allen, *The Buddha and the Sahibs*, Paperback Edition, 2003. Traduction de l'anglais par l'auteur.
2. *Samyutta-nikaya*, 10.
3. *Dhammapada*, 239.
4. *Mahatanhasankhaya Sutta*.
5. *Mahavagga*, 2.
6. *Vinaya Pitaka*.

RIVALITÉS

1. Cité *in* Alfred Foucher, *op. cit.*
2. *Ibid.*
3. *Ibid.*
4. *Ibid.*
5. *Ibid.*
6. *Ibid.*

7. *Ibid.*
8. *Ibid.*
9. *Cullavaga*, 7.
10. *Ibid.*
11. *Ibid.*
12. *Ibid.*
13. *Ibid.*
14. *Ibid.*

TROUBLANTES RESSEMBLANCES

1. Marco Polo, *op. cit.*
2. René Girard, *Les Origines de la culture*, Desclée de Brouwer, 2004.
3. *Majjhima-nikaya*, 56.

EXTINCTION

1. *Vinaya Pitaka.*
2. *Digha-nikaya*, 16.
3. *Ibid.*
4. *Ekottara-agama*, cité *in* André Bareau, *Recherches sur la biographie du Buddha dans les Sutrapitaka et les Vinayapitaka anciens*, vol. III, Presses de l'École française d'Extrême-Orient, 1995.
5. *Digha-nikaya*, 16.
6. *Ibid.*
7. *Anguttara-nikaya*, 4.

KUSHINAGAR, 637

1. C. Meuwese, *op. cit.*
2. *Ibid.*
3. *Ibid.*
4. *Ibid.*

5. *Ibid.*

6. Cité *in* « Buried with the Buddha », *The Sunday Times*, 21 mars 2004. Traduction de l'auteur.

7. *Digha-nikaya*, 16.

8. *Ibid.*

9. *Culamalunkya-sutta.*

10. *Ibid.*

11. André Bareau, *op. cit.*

12. Cité *in* André Levy, *Les Pèlerins bouddhistes*, Jean-Claude Lattès, 1995.

ÉPILOGUE

1. Jean Eracle, *Paroles du Bouddha tirées de la tradition primitive*, Éd. du Seuil, 1991.

2. Claude Lévi-Strauss, *Tristes Tropiques*, Plon, 1955.

3. Victor Hugo, *Quatrevingt-treize*, Le Livre de Poche, 2001.

4. *Digha-nikaya*, 16.

5. *Udana*, 7.

ANNEXES

FOLIO BIOGRAPHIES

Alexandre le Grand, par JOËL SCHMIDT

Lou Andreas-Salomé, par DORIAN ASTOR

Attila, par ÉRIC DESCHODT. PRIX « Coup de cœur en poche 2006 » décerné par *Le Point*.

Joséphine Baker, par JACQUES PESSIS

Balzac, par FRANÇOIS TAILLANDIER

Baudelaire, par JEAN-BAPTISTE BARONIAN

Bouddha, par SOPHIE ROYER

James Brown, par STÉPHANE KOECHLIN

Maria Callas, par RENÉ DE CECCATTY

Calvin, par JEAN-LUC MOUTON

Le Caravage, par GÉRARD-JULIEN SALVY

Céline, par YVES BUIN

Jules César, par JOËL SCHMIDT

Cézanne, par BERNARD FAUCONNIER. Prix de biographie de la ville de Hossegor 2007.

Cléopâtre, par JOËL SCHMIDT

Albert Cohen, par FRANCK MÉDIONI

Colette, par MADELEINE LAZARD

James Dean, par JEAN-PHILIPPE GUERAND

Diderot, par RAYMOND TROUSSON

Marlene Dietrich, par JEAN PAVANS

Albert Einstein, par LAURENT SEKSIK

Fellini, par BENITO MERLINO

Freud, par RENÉ MAJOR et CHANTAL TALAGRAND

Gandhi, par CHRISTINE JORDIS. Prix du livre d'histoire de la ville de Courbevoie 2008.

De Gaulle, par ÉRIC ROUSSEL

Geronimo, par OLIVIER DELAVAULT

Goya, par MARIE-FRANCE SCHMIDT

Billie Holiday, par SYLVIA FOL

Ibsen, par JACQUES DE DECKER

Jésus, par CHRISTIANE RANCÉ

Janis Joplin, par JEAN-YVES REUZEAU

Kafka, par GÉRARD-GEORGES LEMAIRE

Kerouac, par YVES BUIN

Louis XIV, par ÉRIC DESCHODT

Louis XVI, par BERNARD VINCENT

Michel-Ange, par NADINE SAUTEL

Modigliani, par CHRISTIAN PARISOT

Molière, par CHRISTOPHE MORY

Marilyn Monroe, par ANNE PLANTAGENET

Moïse, par CHARLES SZLAKMANN

Mozart, par JEAN BLOT

Pasolini, par RENÉ DE CECCATTY

Pasteur, par JANINE TROTEREAU

Picasso, par GILLES PLAZY

Louis Renault, par JEAN-NOËL MOURET

Rimbaud, par JEAN-BAPTISTE BARONIAN

Shakespeare, par CLAUDE MOURTHÉ

Stendhal, par SANDRINE FILLIPETTI

Jacques Tati, par JEAN-PHILIPPE GUERAND

Tchekhov, par VIRGIL TANASE

Toussaint Louverture, par ALAIN FOIX

Van Gogh, par DAVID HAZIOT. Prix d'Académie 2008 décerné par l'Académie française (fondation Le Métais-Larivière).

Verlaine, par JEAN-BAPTISTE BARONIAN

Boris Vian, par CLAIRE JULLIARD

Léonard de Vinci, par SOPHIE CHAUVEAU

Andy Warhol, par MÉRIAM KORICHI